일상에서 건져 올린 마음의 거울

스쳐가는 바람소리

윤위식의 수필집

맑은샘

　어제보다 나을 내일을 믿고 날새기가 무섭게 일상을 껴안는 것은 기대하는 미래가 머지않을 것이라는 믿음이 있어서다. 맞바람이 불어도 돌아서지 않았고 등 떠밀어주어도 우쭐거리지도 않았으며 유혹의 손짓에도 눈길을 주지 않았다. 지름길로 앞서간 발자국을 더듬지 않았으며 선점한 오만함을 부러워하지도 않았다. 헛돌았던 길에서 발목이 시큰거려도 주저앉지 않은 것은 가슴의 온기를 나누며 서로가 비비댄 살냄새가 있어서였다.

보일 듯 보일 듯한 고난의 저 너머에서 기다리는 쉼터는, 다가가면 다가가는 것만큼 멀어졌다. 단내가 나도록 걷고 걸어도 닿지 않는 까닭은, 꿈은 날개를 달고 언제나 앞장섰고, 성취의 깃발은 바라보는 곳마다 높은 곳에서 내려다볼 뿐 손을 내밀지는 않았다. 행운의 여신은 언제나 인색하고 이상향의 고향은 신기루였다.

머나먼 길을 멀리도 걸어왔다.
돌아갈 수 없을 만큼 멀어진 뒤에야, 험난한 길이었음을 알게 된 것이 참으로 다행이다.

지름길을 일러주는 사람들도 더러 있었으나 앞서려고 하지 않고, 더 많은 것을 얻으려고도 하지 않았다.

뿌린 것만큼 거두어야 한다는 셈도 하지 않았다. 수리 앞에서 영악하지 못하고 정이 헤퍼서 생으로 앓은 속앓이를 책으로 엮었다. 작은 소리에 귀 기울이고 그늘에 가려진 그림자를 눈여겨보았다. 잡목의 바람 소리는 철마다 바뀌어도 가지 끝을 흔들지언정 소나무에 부는 바람 소리는 한결같다는 것을 알고부터였다.

바깥에는 언제나 바람이 분다. 우쭐거리는 빌딩 숲을 할퀸 바람이 쪽방촌 문풍지를 붙잡고 운다. 번들거리는 이마를 스친 바람이 땀에 젖은 오지랖에서 서럽게 운다. 양심을 붙잡고 실익 앞에 통곡하는 정의의 절규인가. 스쳐 가는 바람 소리가 가슴을 후빈다. 바람에 데인 상처는 흉터가 되고 눈물에 젖은 얼룩은 무늬가 된다.

안 보아도 좋을 것이 보이고 안 들어도 좋을 소리가 들려도 돌아서지 않았다. 뻐꾹새 우는 소리가 애달프면 처량하다고 받아 쓰고, 시린 달빛이 서러우면 애가 타서 옮겨 적었다.

밤이 길어서 남긴 사연, 외롭지 않으려고 써버린 낙서, 돌아앉은 부처의 등에 대고 하소연한다. 안 해도 좋을 소리도 원 없이 해댄다. 이제는 이야기해도 부끄럽지 않을 만큼 먼 곳까지 왔다. 버리고 버려도 돌아오는 서운함에 생으로 앓는 소리를 스쳐 가는 바람 소리에 딸려 보낸다.

차례

01

장미가 피는 5월

5월이 되면 장미가 핀다. 구김살도 없이 활짝 펴 마음껏 웃는다. 탐스럽고 우아하여 품위가 있고 멋지다. 곱고 격조 있어 황홀하기까지 하다. 그런데도 요염한 듯 화사하지만, 유혹의 체취도 없고 몸짓도 없다. 벌과 나비를 불러들이기 위해 달콤한 꿀도 없고 진하게 향기를 내뿜지도 않는다.

온갖 꽃들이 저마다 수술의 끄트머리에 샛노란 꽃가루를 풍성하게 매달아 벌을 유혹하고 암술 깊은 곳에 꿀주머니를 마련하여 벌과 나비를 유혹하지만, 장미는 벌과 나비를 유혹할 꽃가루도 없고 꿀도 없다. 오로지 자기 취향을 아름다움으로 발산하는 순정의 꽃이며 생기발랄한 청춘의 꽃이다. 현혹을 위한 보여주기식의 아름다움이 아니고 과시를 위한 뽐냄도 아니다. 그저 자신을 마음껏 단장하여 아름다움을 스스로 즐기며 자기만족을 얻으려는 순수한 꽃이다.

누구에게도 아름다움을 내보여 실익을 얻으려고 손을 내밀지 않고 기회 포착을 위해 요염한 자태로 때를 기다리는 것도 아니다. 오로지 자신을 위해 자기를 가꾸고 다듬는 수련의 과정으로 나태하지 않고 열성을 다하며 자기 성찰을 위한 지성적인 단장의 과정이다.

애초부터 아름다움이라는 결과를 얻으려고 은밀하게 계획한 것도 아니며, 아름다움을 이용하여 어떤 목적을 달성하기 위한 수단으로 삼으려는 것도 아니다. 그저 은은한 자기만의 체취를 가지고 주어진 시간과 공간에 남에게는 폐해 없게 마음껏 젊음을 발휘하는 활달한 꽃이다. 청춘들을 위한 청춘이 꽃으로, 피 끓는 청춘들에게 생기를 주고 희망을 주는 활기찬 꽃이다.

청춘은 꿈이 있어 화사하고, 아름다움이 있어 구김이 없으며, 활기차서 머뭇거리지 않고 달려도 달려도 힘이 넘친다. 5월이 청춘을 환호하고 장미가 마음껏 응원한다. 가슴 뜨거운 청춘들아! 주저하지 말고 나서야 하고 두려워하지 말고 맞서야 하며 머뭇거리지 말고 내달리며 돌아보지 말고 앞만 보고 달려라. 저 넓은 광야가 누구를 위한 마련인가. 떠오르는 태양은 누구를 위해 오늘을 준비하며 저토록 찬란한가? 광야는 청춘을 위한 광장이고 오늘은 젊은이를 위해 마련한 시간이다.

장미는 얻기 위하여 유혹하지 않았고 보이기 위해서 꾸미지도 않았다. 청춘들아! 외제 차 타지 않아도 멋지고 웃기만 하여도 예쁘며 꾸미지 않아도 멋있고 뽐내지 않아도 넘치게 아름답고 그 모습 그대로가 미덥고 든든하다. 서두를 것도 없다. 꾸준한 열정이면 충분하고 갖추어서 나서려고 하지 않아도 좋다. 갖추기 위해 나서는 것이다. 가진 것이 없다고 탓하면 가질 수 없다. 가지기 위해서 노력하고 노력하여 가지는 것이다. 넘어질 것을 미리 두려워하지 않아도 된다. 한 번 넘어지면 한 번만 일어서면 된다. 젊은 날의 실패는 실패가 아니라 실수이다. 처음에는 누구나 실수할 수 있다. 듣기 좋은 말이야 누군들 못하겠으며 말로는 쉬운 줄을 누가 모르겠냐만, 관념(觀念)이나 사고(思考)가 실행을 불러오고 실행의 결과는 결실의 경중(輕重)을 불러온다.

　과거사 이야기만 나오면 곰팡이 내음이 풍긴다고 할지 모르지만, 누구에게나 시간적으로 공평했던 명절이었으나 과거의 명절 쇠기와 오늘의 명절 쇠기만 보아도 그 차이는 엄청나게 크다. 모자라는 것이 당연하고 없는 것은 예사였던 지난날은 가난을 끼고 살면서도 명절날을 손꼽아 기다렸고, 가족들이 모두 모여 준비하느라 온갖 먹거리를 지지고 볶으며 솔가지 타는 연기에 눈물을 흘리면서도 함박웃음을 원 없이 웃었는데 지금은 어떤가? 남는 것이 당연하고 넘치는 것이 예사인데 명절 오는 것을 모두는 부담으로 느끼고 서로가 이 눈치 저 눈치 보며 삐걱거리며 아슬아슬하게 넘긴다. 과거는 허리띠는 졸라매도 행복이었고 지금은 풍요 속에서도 고난이고 고역이다. 사고(思考)의 변화일까, 의식의 오류(誤謬)일까? 관념적 차이가 극과 극을 달리한다. 새로운 다짐이 절실하게 필요한 때이다.

　시대의 변화와 변천이야 어쩔 수 없다지만, 근본이 흐트러지면 사고의 변화를 불러오고 사고가 헝클어지면 인식이 혼란을 일으킨다. 언제나 깨어있는 의식으로 새로운 다짐을 다부지게 하며 주춤거리지 말고 나서야 한다. 그 주역이 청춘들이다.

　젊음의 피는 태산이라도 끌고 갈 만치 뜨겁게 끓는다. 무모한 만용까지도 경쾌하게 수용한다. 모른 것은 시작일 뿐, 시작의 첫머리는 누구나 어설프고 서툴러서 어줍기도 하지만, 그것은 부끄러운 것이 아니고 누구나의 출발을 위한 시작점의 과정이다. 이 시대의 젊은이들을 어찌 모르겠나. 생존의 법칙이 너무 가혹하고 살기 위한 몸부림이 한없이 처절하다.

오늘의 젊은이들은 넋두리할 겨를도 없고 하소연할 상대도 없다. 짬은 언제나 없고 틈은 어디에도 없다. 왜 모르겠나. 3포니 5포니 하는 소리를 들을 때마다 부모의 가슴은 찢어진다. 오죽하면 저런 소리가 나올까 하고 가슴을 치지만 돌아서기에는 너무나 멀리 와버렸고 돌아선들 어디서도 해답을 찾을 수 없다. 탓을 탓하면 한 발짝도 더 나아가지 못한다.

길은 처음부터 없었던 것을 누군가 앞서서 닦은 것이다. 길이 없으면 앞서서 길을 닦으면 길이 된다. 앞서서 길을 내면 새길이 되어 두고두고 따르는 사람이 있다. 탓은 좌절에서 나오고 좌절은 멈춤이 아니라 탈락이다. 언제나 새로운 시작의 도전은 젊은이들의 몫이다.

장미는 도리행화의 향기를 부러워하지 않았다. 비바람을 피하지 않았고 천둥 번개를 두려워하지 않았다. 봄볕만 좋아하지 않았다. 달빛도 품고 별들과도 도란거렸다.

5월은 장미의 계절이자 청춘의 계절이다. 나서라, 응원하리라. 뛰어라, 손뼉을 힘껏 치마. 5월의 장미는 청춘들을 위해 활짝 피었다.

02

일상에서의 일탈

어제 같은 오늘을 매일 같이 반복하며 살다 보면 때로는 하루하루
가 지루하게 느껴져 삶의 의욕이 떨어지는 날이 더러 있다. 그렇다고
딱히 변화를 줄만 한 일을 만들 수도 없을뿐더러 이런저런 사정이 있
어 그럴 여유도 갖지 못하는 것이 우리들의 일상이다.

젊은이들이야 일자리가 있어 하루가 지루할 수 없다. 날마다 같은
일이 반복되는 일상에서도 동료나 관계인과의 대면을 즐기며 눈코
뜰 새 없이 쫓고 쫓기며 부대끼기도 하면서 의욕이 넘쳐서 나부대다
보면 시간 가는 줄도 모르게 하루가 간다. 하지만 일손을 놓고 물러
난 젊은 노인들은 할 일 없는 하루가 지루하기만 하다. 젊은이는 세
월이 길고 하루가 짧지만, 노인은 세월이 짧고 하루가 길다. 온갖 소
일거리를 찾아 만들기도 하여 하루를 보내지만 그게 그거라서 언제
나 개미 쳇바퀴 돌 듯한 어제 같은 오늘이고 내일이 오늘 될 내일 하
루도 훤히 내다보고 쓴 입맛을 다신다.

골프? 무소득이 용납하지 않고, 발길 닿는 대로? 반기는 곳이 없
고, 나 홀로 드라이브? 산유국이 부럽고, 뭉쳐서 밥이나 먹어? 놀던
물이 달라서 서먹하고, 고스톱? 신물이 나서 날 샜고, 그린 골프? 백

수가 몸살 한다고 시간에 얽매여서 못 하고, 모여서 술이나 마셔? 아! 옛날이여! 다. 여자들이야 모여서 수다라도 떨지만, 남정네야 체질이 달라서 그러지도 못하고 속절없이 독야청청하든지 독수공방하든지 양자택일밖에 할 게 없다.

40여 년 지기에게 전화를 걸었다. "내일 9시 40분에 준비해서 집 앞으로 나와라.", "어쩐 일로, 어디 갈 건데?", "어쩐 일이면 뭐하고 어디면 뭐할 건데, 나오기나 해.", "성질머리하고는." 다음날 그를 차에 태워 진주역 주차장에 차를 대 놓고 대합실로 가서 삼랑진 발 1시 52분 진주행 열차 시각을 확인하고 진주발 10시 16분 삼랑진역 표 두 장을 달랬다. 눈치 9단인 그와 백수 9단이 만났으니 말은 별로 필요 없다. 신분증 제시도 안 했는데 경로 할인으로 삼천팔백 원씩 칠천육백 원을 내란다. 그런데 좌석이 세 자리밖에 없고 그것도 따로따로랬다. 늦게 온 내 잘못이지 선택의 여지가 없다. 예매든 매표든 선착순이다. 바깥세상의 이치다. 의무는 칼이라도 권리는 운이다. 군말 않고 받았다.

진주역이 옮겨지고 첫길이라서 모든 것이 생소하다. 하지만 옛날 서울 오르내리던 관록에다 60년대 통학하는 친구 집에 오갔던 경력이 있는데, 낯은 설어도 서슴거리지 않고 지하 통로로 들어섰다. "엘리베이터가 있네." 유리 벽으로 오장육부가 훤하게 보이는 승강기를 본 모양이다. 돌아보지도 않고 그의 말이 떨어지기가 무섭게 "무릎 관절 좋을 때 많이 걸어!" 누가 부르기라도 하듯이 용감하게 지하도를 통과하여 플랫폼에 섰다. 플랫폼은 썰렁했다. 우리 두 사람을 보태도 예닐곱이다. 플랫폼을 에워싸고 여러 가닥으로 널려있는 철길이 멀리서 복선으로 모아져 가을 햇살에 정겨움을 반짝거리며 가물가물 뻗쳐 있다.

기차가 올 방향을 나란히 보고 섰다. 저 멀리서 기차가 올 것이다. 웍웍! 위-익! 하고 불쑥 나타나서 화산이 터진 듯이 시커먼 연기를 푹푹 내뿜으며 괴물 같은 덩치로 칙칙거리며 부리나케 달려올 것이다. 육중한 쇠바퀴를 휘젓는 피스톤이 느려지며 하얀 증기를 사방으로 품어내며 치-익! 하고 기차가 멈춘다. 옆구리를 뚫고 뭇 사람들이 꾸역꾸역 빠져나온다. 고난의 땟국이 얼룩진 하얀 치마저고리의 아낙들이 크고 작은 보따리를 머리에 이고 서로 먼저 오르려고 야단이다. 가난이 찰거머리처럼 치마꼬리에 달라붙어 줄줄이 따라 오른다. 먼저 오른 아낙이 창문 밖으로 손을 내저으며 얼른 타라고 목이 찢어져라 누군가를 부른다. 부르는 소리에 깜짝 놀라서 돌아보는데 저 멀리서 파란색 주황색의 머플러를 휘날리며 열차가 들어온다. 저만큼에서 들릴 듯한 기적소리도 없이 하얀 수증기도 내뿜지 않고 멈춰 선다. 휑뎅그렁한 플랫폼을 두고 무궁화호 열차에 올랐다. 예전에는 긴 의자가 서로 마주 보게 배열됐었는데 진행 방향으로 둘씩의 의자가 날렵한 몸으로 가지런하다. 내 번호 옆에는 중년 부인이 앉았고 그의 번호 옆자리엔 앳된 아가씨가 앉았다. 우리가 좌석 옆에서 머뭇거리니까 중년 부인이 눈치를 채고 얼른 앞자리로 옮겨 앉으며 눈인사를 한다. 고마워서 우리는 꾸벅했다.

느닷없이 쇠를 깎는 소리가 귀청이 찢어지게 들리는데 조명이 어두워진다. 터널이다. 어리둥절하여 서로가 마주 보는데 금세 터널을 뚫고 나왔다. 그럼 그렇지 하고 바깥을 내다보는 순간 또 쇠를 깎는 소리가 귀청을 찢는다. 숨바꼭질하듯 하늘을 본 듯하면 금세 터널 속이다. 들녘이 벼가 익어 샛노랗건만 보고 즐길 짬이 없다. 순식간에 터널 속으로 빨려 들어간다. 어쩌다 잠시 파란 가을 하늘이 보이고 황금 들녘이 보이기도 한다. 어디만큼 왔을까?

군청색의 제모와 제복을 입을 차장이 기차표를 검표하고 다음 칸으로 가고 나면 어김없이 "아이스 케이키, 얼음과자."하고 앳된 소년이 소리를 낮춰 발 빠르게 다가온다. "오징어, 땅콩, 계란이 왔습니다." 하는 판매 갱생원의 컬컬한 목소리가 들리면 소년은 벌써 사라지고 흔적도 없다. "구두 닦슈." 하던 소년도 몸을 숨기고 보이지 않는다. 그들은 지금 어느 하늘 아래의 기차를 타고 어디만큼 가고 있을까? 그들이 떠나간 철길 옆의 둔덕에는 그때 그 시절의 코스모스도 보이지 않는다. 기적소리도 사라졌다.

산 돌고 들 돌아 구물구물 가던 기차는 세월의 저편 어디만큼 갔는지 보이지 않고 숨바꼭질하듯 터널을 수없이 들락거리고는 삼랑진역 플랫폼에 발을 내디뎠다. 청색 홍색의 기를 말아쥔 차장도 없다. 무궁화호 열차는 간다, 온다 말도 없이 떠나버리고 네댓 명의 승객은 지하 통로로 들어가 버린다. 모두가 제 갈 길을 가버린 플랫폼에 둘만 섰다.

플랫폼 동쪽 끄트머리에서 조금 떨어진 철길 옆에 바짝 붙어서 커다란 원형구조물이 웅장하게 섰다. 그 옛날 증기 기관차에 물을 채워주느라고 낮도 밤도 없이 문전성시를 이루던 급수 탱크다. 흥망성

쇠를 누군들 알겠냐만 기적소리 사라지니 부귀영화 간곳없고 세월의 강 저편으로 떠밀려서 처량히도 홀로 섰다. 그리움을 달래려고 파랗게 담쟁이넝쿨을 휘감았을까? 담쟁이넝쿨은 아직도 파랗건만 옛 추억이 서글프다. 떠나서 외로워지고 보내고 그리워하는 많고 많은 사람. 그 많은 사람이 만나고 헤어지던 눈물의 삼랑진역 플랫폼, '잘 가세요, 잘 있어요' 두 손 잡고 흐느끼며 헤어져 간 그 사람들, 그날에 떠나간 그들을 못 잊어 이제나저제나 하염없이 기다리며 급수 탱크는 문화재가 되어 옛 세월을 지키며 하염없이 쓸쓸하다.

잘 가라는 차장도 없고 어서 오라며 차표를 받던 역무원도 없는 역사를 나와 나무 아래의 벤치에 나란히 앉았다.

진주에서 서울을 가려면 진주발 기차를 타고 와서 삼랑진에서 부산발 서울행 기차로 갈아타야 했던 시절, 끼고 살던 가난을 떨치려고 모진 마음 독하게 먹고 삼랑진역에 내려서는 돌아 보이는 고향이 있어 눈시울을 적신 사람들, 입술을 깨물며 기약 없는 타향살이 행(行) 경부선 열차에 몸은 실은 사람들, 두고 온 고향산천 정든 사람 돌아 보여 진주행 기차에 다시 오른 사람들, 그들이 앉았던 눈물 젖은 자리에 세월을 깔고 앉았다. 파랗게 높아 버린 가을 하늘에 뜬 구름도 머뭇거린다. 자판기에서 뽑은 커피의 종이컵이 따뜻하다.

마주 앉은 그의 얼굴에는 세월이 남기고 간 그림자가 가을볕을 붙잡고 배시시 웃건만 머리카락은 한 올 한 올 억새 빛깔로 반짝인다. 길 건너 돼지국밥에서 점심을 먹고 1시 52분 발 진주행 무궁화호 기차에 나란히 올랐다.

03
|

노송과 할머니

고모님 두 분이 계시는데, 큰고모님 집은 네댓 살 무렵 할머니의 치마꼬리를 잡고 처음으로 갔다. 냇물도 건너야 하고 비포장도로를 걸어 산 고개 두 개를 넘으며 족히 두 시간을 걸어야 닿는 꽤 먼 길이었다. '시건내 장'을 지나 '돌 장시 고개'를 넘어서 '노리 밭'을 지나서 다시 '메구재'를 넘어 '씩 바구'를 지나야 한다. 이게 무슨 말인지 알아들을 수 있는 사람은 지금은 나밖에 없다. 그러나 당시에는 인근 사람들은 흔히 쓰기도 하는 말이었고 충분히 알아듣고 되물을 필요도 없이 정확하게 알아들었다. 당시에는 "이리 쭈—욱 가다가 저리로 쭈—욱 가면 된다." 해도 알아듣던 시대라서 이 정도면 갈 찾기로는 요즘의 내비게이션과 맞먹을 정도다. '시건내 장'은 시냇물이 흐르는 시내 건너편에 있는 오일장이고, '돌 장시 고개'는 돌장승이 있는 고개이고, '노리 밭'은 노루가 하도 많아서 밭농사에 애를 먹는다는 마을 이름이고, '메구재'는 마귀 할멈이 산다는 고개이며 '씩 바구'는 삵의 형상을 한 바위 이름이다.

'돌 장시 고개'에는 지금도 선사 시대의 유적인 선돌이 그대로 서 있다. 마귀 할머니가 물렛돌을 하려고 머리에 이고 가다가, 아무래도 조금 작은 것 같아서 내던져버린 것이 꼿꼿하게 꽂혀서 저렇게 섰다는 할머니의 이야기에 귀를 쫑긋 세우고 들으며 '돌 장시 고개'를 넘어갔다. '돌 장시'라는 지명은 '돌 장승'의 변성어로 보면 무방할 것 같다. 선돌이 저렇게 멀쩡하게 서 있는 데도 잊지 않아도 좋을 전설을 이어 갈 필요를 못 느껴 잊어가고 있고, 할머니의 무릎에서 들어줄 손주가 없어서 이어가지도 못하는 것이다.

정사(正史)만이 역사이고 문화인 것은 아니다. 야사(野史)이든 구전이든 전설이든 우리의 옛 역사이고 문화이다. 정사는 역사로의 가치를 갖고 야사는 정서적인 가치를 갖는다. 정서는 인성을 가꾸어 인품으로 이어진다. 무턱대고 새것이 좋은 것은 아니다. 옛것을 알고 새것을 익히면 더 좋은 것이다. 법고창신이란 값진 말이 있다. 호랑이 담배 먹던 시절은 지났으나 아이들은 옛이야기라도 귀를 쫑긋 세우고 솔깃하게 듣는다. 지성으로 듣는 것이 아니고 감성으로 듣기 때문이다.

역사는 승자만의 기록이라고 했다. 그러니 야사에는 패자의 기록도 있다. 승자의 기록은 우쭐우쭐 오만하고 패자의 기록은 구구절절 애틋하다.

할머니의 무릎을 베고 전설 속에서 잠들던 어린 시절이 뜬금없이 되살아나면 현재와 꿰맞추며 행복해지기도 하지만, 어이없어 탄식의 한숨도 내쉬게 된다. 도로명 주소다.

한인타운의 맨해튼 웨스터 32번가와 동진로 415번 길은 매겨진 방법조차 다르다. 씨줄 날줄을 가른 미국과 달리 우리나라의 길은 대추나무에 연실 걸리듯이 헝클려있는데 대체 왜 이러는지 이해가 안 된다.

우리 땅의 지명은 그 어느 것 하나 허투루 매긴 것이 없다. 찬 샘이 있어 찬 새미나 큰 절이 있어 대사리와 같이 현존성을 따져 지은 이름도 있지만, 기막힌 것은 당시에는 있지도 않아서 본 적도 없고 상상조차 못 한 이름이다. 비행장이 들어선 곳마다 옛 이름에 날개 익(翼)자나 날개 상(翔)자가 붙었는가 하면, 상문리(象文里)에 대학교가 들어서고 제곡리(濟谷里)에 병원이 들어선 것은 우연이 아니며, '새밋골'하면 샘(우물)이 있는 곳이고 '불당골'하면 절집이 있었던 곳인가를 금방 알아차릴 수 있어 역사의 흐름까지도 더듬게 한다. 이처럼 지명에 특징이나 특성을 붙여서 사용해 왔었는데, 갑자기 도로명 주소가 나와 얼떨떨하고 현지인에게 도로명 주소를 들이대며 현 위치에서 물어봐도 도리도리 머리를 흔든다.

빤히 보이는 고갯마루에 마구 할머니가 혹시라도 있을까 하여 꾹꾹 참고 걷다가도 다리가 아프다고 칭얼댔던 기억이 난다. 할머니의 말씀은 언제나 "매굿재에 가서 쉬자."였다. 매굿재는 마구 할머니가 넘나들었다는 고갯마루라는 것을 이미 몇 차례 할머니께 들어 알고 있다.

매굿재의 고갯마루에는 커다란 소나무가 있었다. 그것도 딱 한 그루가 서 있다. 굵기는 당시 나의 아름으로는 손끝이 닿지 않았고 키가 컸다. 그러나 허리도 굽고 이리저리 뒤틀려서 할머니만큼이나 늙어 보였다. 할머니는 그 소나무가 좋았나 보다. 밑둥치 옆에 마련된 둥글넓적한 돌이 여러 개 있어 오래전부터 누구든 쉬어가라고 마련한 쉼터였고 할머니는 나직한 돌에 걸터앉아 소나무 등걸을 쓰다듬으시며 나는 알아들을 수 없는 무슨 말을 하시면서 혀를 끌끌 차고 하셨다. 할머니는 허리도 굽지 않았고 지팡이도 짚지 않았다. 하지만 노송은 허리가 굽고 뒤틀려서 땅바닥을 기듯이 안쓰러웠다.

할머니가 보고 싶어 다시 찾았던 고갯마루에는 오르는 길조차 풀숲에 파묻혀 세월의 무상함을 더듬으며 할머니의 냄새를 잊을 수 없어 돌아설 수가 없었다. '소나무는 그대로 있겠지'하고 가까스로 헤집고 올랐건만 소나무도 간곳없고 앉았던 돌도 흔적조차 없었다. 까마득한 세월 속의 미아가 되어 무심히 떠가는 구름을 본다.

큰고모님이 이따금 집에 오시면 할머니가 일러주던 말씀이 어렴풋이 기억난다. "여자가 시집을 가면 울타리 밑에 있는 비단카리도 보인다." 비단카리는 사기그릇의 깨어진 조각의 방언인데 하찮은 그릇 하나도 아쉽다는 뜻으로 살림살이가 눈에 보인다는 말씀이셨다. "사람 사는 끝은 있느니라. 뭐든 참고 살아야 해." 하시며 큰고모의 등을 다독거리시면 은가락지도 아닌 쌍가락지에서 쇳소리가 났다.

산발치에서 딸네 집을 내려다보시던 할머니는 보이지 않고 긴 한숨 소리만 그리움이 되어 가슴 속을 휘젓는다.

04

아기를 업은 여자

매일 아침 밥숟가락을 놓기가 무섭게 지하 주차장에서 차를 몰고 나의 공간으로 와버린다. 집에서 시내버스 일곱 정류장을 지나면 되고, 정확히 6킬로미터로 10분 안짝이면 도착하는 가까운 거리에 내 공간이 있다. 나의 공간에는 아직도 이름표 두 개가 붙어있다. '지역 문제 연구소'와 '문암 문학 교실'이다.

정확히 1998년 3월 30일에 몸을 풀었으니 올해로 꼭 26년째다. 4층 건물의 3층 30평을 독차지하고 있으면서 궁합이 안 맞는지 한국은행과는 등을 돌리고 버티고 있으니, 실내 장식이 훼손되지 않고 잘 보존되어 있어 문화재 감이다. 비가 오나 눈이 오나 나는 이 문화재를 끼고 산다.

문학 강의를 하고 있으나 간판을 내가 단 것이 아니다. 생활법률상담이 지역 문제 연구소를 뜨게 하더니 이래저래 문이 넓어지며, 원고지를 들고 찾아오는 사람이 하나둘씩 단골이 되어 이심전심 뜻이 모여 문학 교실이란 간판을 걸게 되었다. 그러나 아직도 나는 정치 쪽이 훨씬 잘 보여서 시사 칼럼을 20년 넘게 써오고 있다. 그래서 지면

상으로는 서로가 인사를 나누는데 얼굴을 본 적이 없으니 이건 아니다 싶다. 나는 매주 신문에 쪽 사진이 실리니까 저쪽에서는 일면식이라도 있는 것 같이 손을 내밀기도 하지만 내 쪽에서는 어리둥절하여 악수를 머뭇거리게 된다. 이건 말이 아니고 참으로 앞이 캄캄하다. 묘안 찾기에 몰입하여 얻어낸 답이 시내버스를 타고 오가기로 했다.

아파트 입구가 버스 정류장이다. 10분 타고 내려서는 5분만 걸으면 된다. 이 정도면 요즘같이 러시아워가 분잡한 세상에서 매화틀 타고 풍월할 팔자다. 주차 공간이 없어서 일진 타령할 필요도 없다. 그런데 왜?

철이 가도 철이 안 드는 게 남자라지만 몇 차례 시도를 해봤다. 도시락 안 가지고 오는 날은 코빼기도 안 보이다가 도시락을 챙겨오는 날이면 밥 먹자는 사람이 찾아오고, 차를 가지고 오는 날은 아무도 찾지 않다가 차를 두고 오는 날이면 꼭 나갈 일이 생긴다. 그도 그럴 것이 매달 기행 수필 한 편씩을 일간지에 싣는데, 수·목요일 강의 없는 날은 할 일 없어 무료해지면 탐방이나 갈까 하고 오금을 쑤셔대니까 차를 두고 오던 것을 포기했었다. 독수공방이 아니라 독수공차의 나날은 나를 자꾸만 사람들과 멀어지게 했다. 그런데다 코로나19로 얼굴까지 가리고 다니다 보니까 사람들 표정 보기도 어려웠고 웃는 얼굴도 볼 수가 없어서 이러다가 아는 얼굴조차 잊어버리겠다 하고 고민 중인데, "요즘 문산 사십니까?" 농협 자동 입출금기 앞에서 만난 한마을에 사는 지인의 인사를 받았다. 얼굴이 화끈 달아올랐다. 표를 달라고 골목골목을 누비며 악수를 청했고 유세차에 올라 마이크를 잡고 마을마다 찾아다니던 지난날이 엊그제 같은데 '요즘 문산 계십니까?' 하는 인사는 충격이었다. 작심하고 다음날부터 시내버스에 올랐다.

출근 시각이 지난 뒤인데도 시내버스가 만석이고 네댓 사람은 손잡이를 잡고 섰다. 차량 속도 3050이 시행된 이후로 차의 흔들림이 훨씬 적어졌다. 가로수는 푸르러서 싱그러운데 승객들은 하얀 마스크가 입을 막아 풀이 죽어있다. 입놀림이 자연스럽지 않아 발음조차 어리바리하여 말하기가 싫어졌다. 자연히 눈이 앞선다. 승객들도 창밖에 눈을 댄다. 예전 같으면 지인끼리 주고받는 대화를 본의 아니게 엿듣기도 했는데 마스크가 그럴 일도 없게 해서 바깥만 본다.

요즘의 도롯가에는 현수막이 지정 게시대 말고도 가로수와 가로수로 연이어 걸려서 오색찬란하게 전시회를 한다. 문산 IC 사거리와 충무공동 교차로도 현수막의 거리다. 차의 속도가 느려져서 웬만한 현수막은 건듯건듯 읽을 수 있다. 다음 정류장을 알리는 기계음 소리는 익숙해져 있는데 느닷없는 음성이 튀어나오는 바람에 귀를 쫑긋 세웠다.

"에레이, 빌어 묵을 늠들! 그새 변덕이라?" 의자를 붙잡고 선 할머니께로 승객들의 시선이 집중된다. "쓸개가 빠졌다 빠졌어!" 머리카락이 반백이신 할머니는 승객들의 시선과는 상관없이 톤을 높인다. 승객들이 얼른 본래의 자세로 돌아가 굳어 버린다. "뭐시라? 엘에이치를 응원한다꼬!?" 승객들은 누가 시킨 듯이 일제히 창밖을 내다보는데 'LH를 응원합니다'라고 내걸린 현수막은 이미 지나친 뒤다. "즈

거들은 가는 대마다 집 사고 땅 사고? 젊은 아—들이 집을 못 구해서 결혼도 포기하는데 즈거들은 집 장사하고 땅 장사해? 나라 망해 무라! 그걸 응원해?! 쓸개 빠진 늠들." 찬물을 끼얹은 듯 차 안에 냉기가 흐르고 승객들이 석고상같이 굳어진다. 중년 아저씨가 얼른 자리에서 일어나서 할머니의 어깨를 두 손으로 살며시 잡아끌어 자기가 앉았던 자리에 앉히고 천장의 손잡이를 잡고 목이 아픈 척 고개를 좌우로 흔들다 만다.

침묵도 잠깐, 버스가 때맞추어 거대한 LH 건물 앞을 지나자, "에레이, 나쁜 늠들." 아까와는 달리 말끝이 흐려져 푸념같이 들린다. 승객들 모두가 멍한 자세다. 할머니의 시선은 창밖에 고정되고 승객들은 아무도 할머니를 쳐다보지 못한다.

다음 정류소 안내 방송이 나오자 앞에 앉았던 앳된 청년이 할머니 앞을 지나면서 고개를 깊이 숙이고 내리는 문 앞에 선다. 모두가 청년을 바라본다. 출입문이 닫히며 바깥 소음이 차단되는데 할아버지 한 분이 '으—응'하고 앓는 소리를 낸다. 세상 사는 소리였다. 사람 사는 세상의 소리가 귀를 트이게 하고 마음을 무겁게 했다.

다음 날 신문에 「LH 본사 앞을 지나면서」라는 제목의 칼럼을 실었다.

세상의 소리가 생음으로 들리고 TV 화면 속에서 보이던 바깥세상이 눈앞에 펼쳐졌다. 다행히 마스크를 벗게 되었으니 이번에는 사람들 얼굴이라도 실컷 보고 살아야겠다고 마음을 바꿨다.

"이리 앉으세요."

다음 정류소에서 아기를 업은 초로의 젊은 할머니가 애기를 업고 올라왔다. 경로석에 앉았던 나는 벌떡 일어났다. 얼마 만인가? 애기를 업은 여자의 모습이 더없이 반가웠다. 옛날에 우리들이 애기 키울 때의 누비포대기가 아니다. 반원형의 통같이 모양새도 예쁘다. 오색 찬란하여 빛깔도 곱다. 아기는 깊숙한 통 속에서 포근하게 할머니의 등에 업혀서 잠이 든 모양이다.

　새파랗게 젊은 할머니가 의자에 앉는다. 아기가 고개를 내밀었다. 순간 가슴에서 쿵 하는 소리가 나며 눈앞이 캄캄했다. 어슴푸레하던 눈을 크게 뜨고 정신을 차렸다. 아기의 얼굴이 아니었다. 밤색 털이 텁수룩한 개의 머리였다.

05

길고양이들의 수난사

　승강기 두 대로 두 구역으로 나누지만 15층인 60세대의 단일 건물인 단출한 아파트인데, 지하 주차장이 마련되어있다. 차량의 출입구 양쪽으로 계단이 있어 바깥과의 통로는 어쨌거나 셋이다. 아침에 집을 나서서 한 번 들어가고 저녁 무렵에 차를 세우고 나오는 것으로 하루에 꼭 두 번은 들어간다. 대체로 환기가 잘 되는 편이어서 여름에는 시원하고 겨울에는 차 유리에 성에가 끼지 않아 지하 주차장이라고 나쁘지 않다.

　오늘 아침에도 지하 주차장으로 차를 가지러 내려가는데 고함을 지르며 다른 한 사람을 쫓으며 차와 차 사이를 비호같이 뛰어 구석 쪽으로 눈 깜작할 새 사라졌다. 지하 공간이 소리의 울림으로 공포 분위기를 덮어쓰고 움찔하며 마지막 계단에서 멈춰 섰다. 무슨 급박한 일이 생긴 것이 분명하다 싶어 나도 모르게 기합 태세로 전신에 힘이 불끈 들어갔다.

　요즘 세상이 하도 무서워도 언제나 남의 이야기였는데 그게 아니었다. 지하 주차장의 끔찍한 뉴스가 머릿속을 번개같이 스치자 '야, 이거 큰일 났구나.'하고, 소리가 나는 구석 쪽으로 달려갔다. 이게 뭐람!

한 남자가 매미채를 치켜세우며 "또 놓쳤어." 씩씩거리며 히죽 웃는 모습을 보고 어깨에 힘이 고무풍선 바람 빠지듯이 한꺼번에 쭉—빠지며 허탈감이 왔다.

무슨 끔찍한 사건이 전개되기를 바란 것같이, 기대했던 다음 장면이 연속되지 않고 화면이 꺼져버린 것 같았다. 끔찍한 사건이 아니라서 안도를 해야 하는데 이게 무슨 심사인가. 세상 따라 인성이 모질어졌다.

"사람이 죽었대."

"어디 어디서?"

"어쩌다가?" 귀를 쫑긋 세우고 놀란 토끼 눈을 했던 우리가 어쩌다 이렇게 무신경하게 무뎌져 모질어졌을까? 떼죽음이나 했으면 모르지만, 교통사고든 작업장이든 한두 사람 죽어봤자 귀도 달싹 안 한다. "그랬어?" 하면 그나마 다행인데 들은 척도 안 한다. 너를 위한 가슴은 그래도 미지근하지만, 그들을 위한 우리의 가슴은 식은 지가 오래다. 얼음장만큼이나 차가워졌다. 쌀쌀맞고 싸늘하다.

길가의 어떤 자리에 꽃을 가져다 놓고 리본도 달고 하지만 거기서만 그런다. 꽃가게에서 나오다가 어깨 살짝 부딪쳤다고 "눈 똑바로 뜨고 다니세요." 하고 쏘아붙이고 왔다. 교회에선 창조주를 침이 마르도록 찬양하던 과학 선생님이 학생들 앞에서는 다윈의 진화론을 게거품을 물며 설명한다. 엄마 목욕은 요양 보호사에게 맡기고 애완견의 목욕은 간난 아기 씻기듯이 이리저리 뒤적이며 땀을 뻘뻘 흘리며 씻는다.

"고양이란 놈이 아예 살아요, 살아." 경비원은 허탕친 분을 삭이지 못하고 씩씩거리며 동의라도 구하듯이 쳐다본다. 그냥 돌아서기가 뭐해서 "길고양이가 말썽이네요." 했더니 우군이라도 만난 듯이 "이게 말입니다."를 시작으로 경과보고(?)를 늘어놓기 시작한다. 출근하는 사람이야 붙잡아도 내빼겠지만 백수 9단인 나야 이참에 편이라도 들어주자 하고 애석한 표정으로 귀가 솔깃한 것처럼 고개를 끄덕였다.

집 나온 고양이 먹이 주지 말라고 안내방송도 여러 차례 하고 공고까지 붙여도 그래도 날마다 양재기에 사료를 주는 사람을 CCTV로 확인해서 찾아 제발 먹이 주지 말라고 사정사정했다는 이야기에서부터 아무리 쫓아도 돌아서면 들어오고 해서 아까 그 주민분과 함께 몇 날 며칠째 포획하려고 해도 어찌나 비호같은지 매번 허탕을 친다고 했다.

당신 마음 알겠다는 투로 고개를 크게 끄덕여주고 어줍게 자리를 벗어나 내 차 있는 곳으로 가서 차 문을 열려는데 뒷바퀴 안쪽으로 알록달록한 고양이가 웅크리고 앉아 나를 뚫어지게 쳐다본다.

"저 아저씬 나만 보면 못 잡아먹어서 저 안달을 한다고요." 볼이 부었다. 동공을 활짝 열고 눈치를 살피더니, "전요 차에 해코지 안 해요. 사람들은 남의 차 보닛 위에 짐 올려놓고 자기 차 문 열잖아요. 알기나 하고 잡을 걸 잡아야지."

"그러는데 왜 밖으로 나돌아, 집으로 돌아가."

"모르는 소리 작작 하시오. 집? 집 좋지요. 한때는 아랫목 차지하고 보물처럼 귀염받고 살았지요."

"근데 왜 나왔어? 집 나오면 사람도 고생이라 했는데."

"누가 뭐 나오고 싶어서 나온 줄 아시오? 비명횡사 안 하려고 나왔지요."

"그게 뭔 소리야?"

"사람들은 저렇다니까 다들 똑똑한 척하지만 똑똑하긴 뭐가 똑똑해요? 알고 보면 쥐뿔도 아니라고요."

"요것 봐라. 요 녀석 맹랑하구나! 못 하는 소리가 없네."

"다들요 껍죽거리고 우쭐거리는 게 우습다고요. 제 딴에는 직장이나 일터에서 제 하는 일 인정 받고 살면서 남의 신세 안 지고 제 차 몰고 다니면서 매장에 가서 먹고 싶은 것 사고 입고 싶은 것 사면서 남한테 손 안 벌리고 제 잘난 맛에 산다고 잘난 줄 알고 똑똑한 줄 안다고요."

"그럼 됐지!"

"되긴 뭐가 돼요? 제아무리 석사 박사라도 시장 상인들 회의에 가면 무슨 말인지 알지도 못해서 끌어다 놓은 보릿자루라고요. 팀장요? 팀장 좋아하시네. 부장 과장도 제 하는 일밖에 모르고 바늘 뒷구멍도 모른다고요. 요즘 사람들은 도통 상식이 없어요. 세상은 상식으로 살아야만 아무 곳에서나 말이 통한다고요. 전문지식은 밥벌이는 될지 몰라도 두루두루 아는 것이 없어서 어딜 가나 말이 안 통해서 어울리지 못하고 외톨이로 살잖아요?" 듣고 보니 그런 것도 같은데.

"상식이 많아야 그럼 그럼 하며 어울려서 산다고요. 깊게는 몰라도 넓게는 알아야 남의 말을 알아듣는다고요."

"하, 요놈 봐라. 맹랑하다."

"뭐 내가 집 나왔다고 불량배라도 되는 줄 아십니까?" 이거 갈수록 산이다. 오늘 된통 맞게 생겼다.

"주인 먼저 일어나서 뒤 볼일 밖에서 보고 흙으로 잘 묻어두고 손등에 침 발라서 이 뺨 저 뺨 닦아서 세수하고 재롱부리며 살 때는 저도 귀염받고 살았어요."

"그러면 됐지! 뭐가 불만이었어?"

"샌님도 글 쓰는 것밖에 모르잖아요. 어깨너머로 배우든 귀동냥으로 익히든 남의 소리도 예사로 듣지 말고 상식을 넓혀요. 지식은 인터넷에 다 있어도 상식은 없어요. 누가 집 좋은 걸 몰라서 나와요? 요즘 젊은이들도 집을 장만할 길이 없어 결혼도 못 하고 3포니 5포니 하며 독신으로 살잖아요? 그만큼 집이 소중한데 왜 집을 나왔겠어요?" 폭포수 쏟듯이 신세타령을 해대는데 허투루 들을 말이 아니라서 고개만 끄덕였다.

"옛말에 인심은 조석으로 변한다더니 애완견인지 뭔지 털북숭이 한마리 들여놓고 나서는 꼬리 살랑살랑 흔드는 그 꾐에 홀딱 빠져서 침질질 흘리는 그걸 좋다고 안고 씻기고 빗기고 하며 뒤처리도 못 하는 것을 산해진미 사 먹이며 임금님 침전 상궁은 저만큼 가란 듯이 시중을 들며 상전 모시기를 하늘같이 하는데 그 꼴 보는 것도 복장 터지고, 주인 빽만 믿고 나만 보면 잡아먹을 듯이 고 쪼그마한 게 성질머리는 더럽게도 사나워서 이 몸이 책장이고 진열장이고 타고 오르는 재주가 없으면 벌써 북망산천 갔었다고요. 이젠 좀 알아듣겠어요?"

듣고 보니 그런 것 같은데, 요 맹랑한 녀석을 여러 차례 눈여겨보았다. 차에 타려고 차 가까이 가면 슬그머니 자리를 옮기고, 어떤 차가 무선 키의 작동으로 갑자기 시동이 걸리면 화들짝 놀라서 도망을 치던 놈이다.

지난겨울에는 주차하려고 들어오는 차를 기다렸다는 듯이 운전자가 떠나면 잽싸게 그 차 밑으로 옮겨갔다. 한동안 엔진 밑이 따뜻해서다. 겨울에는 차 밑에서 이리저리 옮겨 다니며 잠을 자고 했었는데 비 오는 날에 바닥이 젖으면 차의 보닛 위에 올라앉아 잔다. 금방 시동을 끈 차로 옮겨 다닌다. 보닛 위에다 매화꽃 무늬를 진흙 자국으로 촘촘히도 그린 녀석이다. 그러고도 해코지 안 한다고? 고 참, 맹랑한 녀석.

이런저런 생각으로 내 강의실 앞까지 왔는데, 이미 다른 차들이 줄서서 자리잡고 있어 주차할 곳을 찾아 골목길을 한 바퀴 돌았다. 아침마다 간발의 차이로 차를 대느냐 못 대느냐 치열한 경쟁이 더러 있는 경우라 또 한 바퀴를 돌았다. 운수 대통한 날은 그 새 빠지는 차가 있고 그렇지 않으면 한 블록 밖을 벗어나서 돌아봐야 한다.

운수 대통한 날이 아니었다. 한 바퀴 도는 데 운수 대통은 아니라도 운수 좋은 날인 모양이다. 한 자리가 용케도 비어있었다. 내가 뒤로 바짝 물러서 대면 앞에도 한 대 더 댈 수 있겠다 싶어서 담벼락을 따라 조심스럽게 후진을 하는 순간, 우지직! 하고 뭔가 부서지는 소리가 났다. 백미러를 눈여겨보았으므로 벽을 긁은 것은 분명 아닌 줄 알고 차에서 내렸는데 아뿔싸 작은 스티로폼 상자를 뒷바퀴가 박살을 냈다. 길고양이 사료가 짓뭉개졌다. 남의 쪽을 깬 것이다. 어쩌나 하는데 지하 주차장에서 나를 빤히 쳐다보던 고양이가 눈앞에 어른거린다.

06

저출산의 위기 시대

　올해부터 두 자녀만 가져도 시행 중인 세 자녀 이상의 다자녀 혜택을 동일하게 받는다. 이미 출산 부모에게 주는 혜택도 만만치 않고, 할머니가 손주를 돌봐주면 할머니에게 보육 수당까지 주기로 했다. 자식 낳고 손주 기르는데 정부의 복지 혜택이 이 정도면 상당하다고 봐야 할 것이다. 게다가 고등학교까지 학비도 무상이다. 점심밥도 주고 교복까지 지원한다. 이 말고도 매월 지급되는 보조금도 있다. 극성스러운 사교육비 말고는 경제적 부담이 줄었으나 합계출산율은 0.7로 곤두박질했다. 물론, 지금의 가임 부모 세대가 신조어 '3포'니 '5포'니 하며 하나에서 열까지 치열한 경쟁 생활에 진절머리를 흔드는 것을 모르는 바는 아니다. 불확실한 미래가 불을 보듯 빤 한데 자식에게까지 같은 전철을 밟게 하는 고난의 대물림은 하고 싶지도 않다는 것이다. 치열한 경쟁 사회에서 한 몸 살기조차 버겁고 지겨운데 내 하나로 끝을 내자며 '관두자'라는 것이다.

　서울대 모 교수는 저출산의 원인을 '경쟁'을 꼽으며 '경쟁의 다른 이름은 불안이다.'라며 내가 이 경쟁에서 뒤처지지 않을까 항상 불안

한 것이다"라고 지적했고 또 다른 경제학 교수는 경쟁 사회는 굉장한 불평등이 있으므로 가장 버려야 할 것은 '경쟁'이라고 했다. 경쟁은 또 다른 경쟁을 불러오므로 경쟁은 영원히 멈추지 않는다. 이 지구상의 모든 생명체는 적자생존의 테두리를 벗어날 수 없다. 그러나 인간은 공동체 구조의 일원이므로 적자생존의 원리까지 공유하며 공존·공생의 길을 모색해야 한다. 하지만 이론적 논리일 뿐이지 현실은 경쟁의 극점을 치달으며 약육강식의 치열한 사투로 이어지고 있다. 승자 독식이고 약자 도륙의 세상이다. 이것을 극복하지 못하면 종국에는 이간이 인간을 멸망시키는 종말을 불러올 것이다. 이같이 인간이 인간의 비극을 불러오지 않으려면 경쟁이 아닌 공존의 길을 찾아야 한다. 난제이긴 해도 원인이기 때문에 풀어야 할 과제다.

다음으로는 '내 인생 내 산다.'라는 식의 자유로운 생활을 마음껏 누리고 살자는 것이다. 속박도 제약도 없이 내 멋에 내 재미로 내 취향대로 살겠다는 것이다. 그래서 결혼하지 않겠다는 수가 경제적 이유로 결혼을 못 하는 수보다 훨씬 많다는 것이다. 남자는 가장 노릇이 버겁고 책임과 의무에 얽매여서 허덕거려야 할 것이 너무 두렵다는 것이고, 여자 또한 주부라는 멍에를 쓰고 같은 생각이라며 얼마든지 모양내며 재미있게 살 수 있는데 뭣 하러 결혼하고 아기를 갖겠느냐는 것이다. 아이를 낳아 키우는 것이 정신적 육체적 고통이며 아름다움과 자유의 포기라고 생각한다.

할머니들도 손주 키우는 것을 기피 한다. 체력으론 아무런 문제가 없어도 시간에 얽매이기 싫다는 것이다. 친구들과 어울려서 멋 내고 맛나게 살 것인데 '지 새끼 지 키워라'는 식이니 무슨 더 할 말이 없다.

"대한민국 완전히 망했네요. 와! 그 정도로 낮은 수치의 출산율을 들어본 적도 없어요." 세계적인 석학 미국의 조앤 윌리엄스 캘리포니아주립대 명예 교수가 한국의 합계출산율이 지난해 기준 0.78명이라는 매스컴의 보도를 보고는 도무지 믿기지 않는다는 듯이 머리를 부여잡고 외친 경탄(驚歎)의 소리다. 전년도 기준이 0.78명이고 올해는 이미 0.7명으로 급강하했는데 이를 봤으면 그는 또 뭐라고 했을까. 이미 몇 년 전부터 우리나라의 합계출산율을 지켜본 세계의 인류학자들이 이 지구상에서 제일 먼저 없어질 나라가 한국이라고 했다. 자연 소멸의 날이 성큼성큼 다가오는 것 같다.

지방의 시·군에서 한 해 동안 출생아가 단 한 명도 없는 곳이 해마다 늘고 있다. 당연히 학교는 폐교가 되고 인근에조차 산부인과 병원은 없어진 지가 오래다. 농촌의 빈집은 날로 늘어 다정다감했던 농촌의 풍경은 처량히도 을씨년스럽다. 곳곳에서 늘어나는 폐가가 흉물스럽다고 지자체에서 철거를 서둘러서 하겠단다.

가마 타고 시집왔던 집, 아이노리(시발택시) 타고 장가왔던 집, 신랑 방의 노랫소리는 여운조차 없고 아기 울음소리도 간 곳이 없다. 폐허에 서린 회포를 달랠 길 없는 고향 풍경이 눈에 선 하다.

노인들의 의식 변화도 예사롭지 않다. 자녀들이 결혼하지 않겠다고 해도 네 뜻대로 해라. 다 큰 자녀더러 이래라저래라한다고 그들이 따를 것도 아닌 것을 잘 알고 있어, 거리감만 생긴다며 한두 번의 권유로 끝을 낸다. 그러고는 하는 말이 하나같이 똑같다. '내 죽고 나면 그뿐이지'다. 틀린 말은 아니다. 가문의 대를 이으려고 목숨도 걸었던 전설 같은 옛이야기들이 초라해졌다. 오로지 자기중심의 시대가 온 것이다. 우주의 중심도 본인이라고 했는데 '내 죽고 나면 끝이다'라는 말이 맞다. 하지만 죽기 전까지가 문제라는 것도 생각해 볼 일이다. 허망한 세월이 다가온다. 우리의 미래는 우리가 걱정해야 한다.

07

/

골치 아프게 사는 사람

코로나 때문에 다들 적조해서 마음마저 멀어지는 것 같아 오랜만에 근 40년 지기인 멋쟁이 할머니에게 전화를 걸었다. 주변의 사람들의 소리가 시끌벅적하게 배경음악으로 잠시 깔리더니, "아이구나! 오랜만입니다."하는데 언제나 한 옥타브의 높은 소리가 반가움을 넘치게 한다. 요즘은 코로나 때문에 노래 교실도 폐쇄돼서 밥만 먹고 나면 선학산을 오른다며 묻지도 않은 근황을 더 물어볼 것도 없이 다다다 쉼표도 없이 풀어낸다. 차 한잔해야 할 텐데, 어디냐고 물어서 사무실이라며 어차피 지나가는 길이니까, "오세요. 차나 한잔하게." 했더니, "뭐, 사무실에서 갑갑하게."라고 한다. 그 말 뒤에는 '널따랗고 분위기 좋은 카페라면 몰라도'가 생략된 것 같다.

"밖에 나와서 친구들이랑 산에 오르면서 하하하 호호호 하며 시원한 바람도 쐬고 맑은 공기도 마시니까 속이 시원해서 엄청 좋아요."

그도 그럴 것 같다. 역마살을 타고나서인지 이골나게 해본 짓인데, 난들 왜 모르겠나. 나만큼 싸돌아다니기도 어렵다. 매달 한 편의 기행 수필을 신문 전면 분량으로 꼬박 8년간 100회를 쓰면서 지구를 반

바퀴나 돌았다. 제목도 가관이다. 〈윤위식의 발길 닿는 대로〉였으니까 제목대로 발길 닿는 대로 다녔으니 이골이 나고 남는다. 글감 찾아 탐방하러 가고 신문에 글이 실리면 신문 가져다주러 가고, 최소한 두 번씩은 갔었다. 고집이 있어서 잘 알려진 유명한 곳은 될 수 있으면 피하고 덜 알려진 곳만 찾아다녔으니 헛걸음도 반이나 했다.

언제 어디로 갈 것인가 하는 계획 자체를 하지 않았다. 날을 잡으면 일이 생기고 소문을 내면 탈이 생겨서였다. 미리 어디로 갈 것이라 소문을 내면 따라가겠다며 아무 날 가자 하고 일정을 바꿔버리기 때문이다.

제 버릇 개 주랴. 요즘도 매주 이틀 정도는 어디든지 나간다. 시도 때도 없다. 그래도 굶어 죽지 않으려고 차 트렁크 속에는 의자와 돗자리에다 가스버너랑 컵라면 정도는 필수품으로 마련돼 있다. 나가면 물론 좋다. 우선 세상사를 잊고 자연에 동화되고 얽혀진 역사에 몰입되고 풍광에 매료되어 세상사와 작별이다. 사무실도 글 쓰고 차 마시며 인터넷 검색도 하면 하루나 이틀 정도는 있어 볼 만하다. 더구나 넓고 조용하다. 정사각형의 실제 바닥면적 서른 평의 사무실을 혼자 쓰고 있어 갑갑한 정도는 아니다. 사무실 안으로 화장실도 남녀 구분돼있고, 가스레인지와 전기밥솥에 냄비와 프라이팬까지 마련돼 있어 차도 끓이고 라면도 끓이고 냉장고에는 밑반찬과 음료수도 있고 때로는 삼겹살도 굽게 간단한 주방 시설까지 마련돼 있다.

차 종류도 녹차랑 커피가 서너 종류 넘게 있고 모 유명 사찰 주지 스님이 명차라며 보내주신 보이차도 아직 남아 있고, 남향바지의 베란다에는 설거지할 수 있는 개수대도 놓여있다. 문학 강의용으로 대형 TV가 PC와 연결되어 여남은 개의 소파와 멀찍이 떨어져 있고, 키보드와 마우스는 무선으로 여럿이 함께 쓸 수 있게 되어있다. 프린터기와 팩스, 와이파이까지 마련돼 있다.

냉난방시설도 무난하다. 정남향이라서 겨울이면 창문으로 들어오는 햇볕이 가스난로와 전기난로의 비용을 거들고, 여름이면 주인집인 위층의 덕으로 복사열을 막아주어 에어컨의 전기료도 덜 들게 하고 3층이라서 시야도 좋고 주변이 조용해서 귀에 거슬리는 소리도 들리지 않는다. 문제가 있다면 승강기가 없어 다리가 불편한 사람은 오르내리기가 그렇고, 25년 전 입실할 때의 그대로라서 꾸민 것이 없어 돈을 버는 재주가 전혀 없다는 표가 많이 난다는 것이 문제다.

40년 지기가 하산 중이라며, "점심은 먹었어요?", "보온도시락에 밥 담아 왔어요.", "뭘. 집에 가서 드시지.", "이게 편해요." 다음 말은 안 들어도 안다. '골치 아프다'다. '지지리 궁상이다.'라고 하였을지 모른다.

집까지는 정확히 5킬로미터 거리다. 거리가 문제가 아니다. 골목길이라도 2차선 너비인데 양쪽으로 아무나 무료 주차를 하니까 다시 와서 빈자리를 찾으려면 5킬로미터도 더 돌아도 운수 대통한 날이라야 찾아낸다. 하기야 그것 말고도 더한 문제가 있다. 유통기한이 다 지난 나이에 삼식이 꼴이 되는 것이 싫을뿐더러 괜스레 집사람을 집에 붙들어 놓기도 싫어서다. 이렇게 속내를 말하면 또 '골치 아프다.' 할 거라서 입을 다물었더니 "수강생은 와요?"하고 묻는다. "아니요."

했으니 그다음 생략된 단어는 '골치 아프다.'일 것이다.

코로나도 코로나이지만 수강생이라야 언제나 둘씩, 아니면 세 명씩 두세 팀이었다. 매주 2시간으로 3년 차와 1년 차. 그래도 연인원 10여 명이고 시인으로 두 명, 수필가로 세 명을 등단시켰다. 칼럼작가로 데뷔한 수강생도 있고 문학지에 1차 추천을 받은 수강생도 있다. 꿩을 잡아야 매가 아닌가. 이만하면 알차다. 멀리 배둔까지 출강도 한다. 카페 강의인데 여기서도 시인 한 명과 수필가 한 명을 등단시켰다.

지난번에는 수강료는 얼마 받느냐고 물어서 매월 5만 원을 받는다고 했다가 '골치 아프다'라는 소리를 즉석에서 들었다. 내가 뭐 잘났다고 그것도 안 받고 아는 것 나누려고 했는데, 돈을 안 받고 안 내면 책임감도 없고 사명감도 없다고 해서 받는 것인데 말이다. 사무실 운영비나 되냐는 것이다. 월세 없이 전세 걸렸는데 뭐가 걱정이냐고 했다가 '골치 아프다'라는 통만 맞았다. 아니, 대학도 '한·일협정 굴욕외교'라며 스크랩을 짜고 외치며 교문을 나서서 필동 남산 길을 내려오다가 경찰 트럭에 실려서 송추나 안양유원지로 실려 가서 종일 버림받기도 했고, 몇 차례 중부경찰서로 실려 가서 조사도 받고 하다가 학교도 쫓겨난 주제에 뭐 내세울 게 있다고 강의료를 받느냐 말이다. 강의 준비하느라 내 공부가 되어서 좋기만 하여서 들어주는 것만으로도 감지덕지다.

정권 바뀌고 졸업장 주겠다며 민주화 운동 당시 제적생 복학하라는데 왜 안 했냐며 그때도 '골치 아프다'라며 미치고 팔딱 뛰겠다는 표정이었다. 요즘은 모 일간지에 매주 수요일마다 칼럼을 6년째 쓰는데 원고료는 얼마나 받느냐고 물었을 때도 못 받는다고 했더니 '골치 아프다'라고 했다. 이왕지사 뭐 돈 버는 재주는 없으니까 심산 고찰이나 찾아다닌다니까 기름값은 어디서 나오느냐. 국민연금 25만 원 나오고 기초 연금 나오는데 기름값은 된다고 했다가 또 퉁을 맞았다. '골치 아프다'였다.

예나 저나 절집이 그게 그건데 뭘 보러 다니느냐고 해서 유래도 알고 얼룩진 역사의 애환도 되새기며 스님들과 차도 마시며 선문답도 한다니까 그것 알아서 뭐하냐며 또 '골치 아프다'라고 했다. 에이, 어디 절집만 가나. 옛 폐사지도 찾아가서 돌탑도 보고 석불과 승탑도 보며 흥망성쇠의 옛이야기도 더듬어 보고, 마을마다 전해오는 애달픈 사연도 경로당에서 듣고 서원에도 찾아가서 옛 선현들의 유훈도 되새기며 보람을 느낀다고 했다가 된통 면박을 당했다.

"서산대사가 골프를 치던지 이순신 장군이 월남전에 갔던지 지금와서 그것 알아서 뭐할 거요. 그 시간에 친구들과 어울려서 맛있는 것도 먹고 하하하 호호호 하며 스트레스도 풀고 재미있게 살아야지 골치 아프다."라며 따발총을 쏘아붙인다. 하기야 남편 연금으로 돈안 벌고 사는 사람이 무슨 걱정이 있겠나. 매장에 가기만 하면 입맛대로 다 있고 취향대로 다 있다. 쌀 걱정 연탄 걱정했던 옛사람이 불쌍하지 요즘 사람들이야 끼니때가 되어도 '반찬 뭐로 하지?' 하고 식자재를 걱정하는 것이 아니라 '반찬 뭐로 먹지?'하고 입맛 갖춘 선택을 고민한다. 그마저도 마땅찮으면 외식이다. 걱정 없는 그들 앞에서 그러고 보니 나는 정말 골치 아프게 사는 사람인가보다.

08

알아 두면 쓸데없는 것들

단일 바위로는 전국에서 제일 큰 바위가 멀잖은 곳에 있고 소나무의 가슴 높이 둘레가 6.15미터라고 하면, 그게 어찌 소나무냐 느티나무를 잘 못 본 것이라고 할지 모르지만, 이 또한 국내에서 제일 큰 소나무가 인근에 있다. 전국 제일의 굴피나무가 있고 충무공 이순신 장군이 당항포해전을 끝내고 배를 묶었던 느티나무가 해마다 토지세를 내며 길섶에 서 있어도 개 바위 지나듯이 지나친다.

산은 산이고 물은 물인데 바위는 바위이고 나무는 나무인데, 더 알아야 할 필요도 없고 알아 둬도 쓸데가 없다. 몰라도 아무 일이 없으니 관심이 없다. 그러나 자연 발생 유원지는 혹여 피서라도 갈까, 아니면 단풍놀이라도 갈까 하고 기억의 언저리에 걸어두고 있는데, 바위가 크면 뭐하고 소나무가 크면 뭐할 것이며 이순신 장군께서 배를 메었든 더위를 식혔던 느티나무면 느티나무이지 관심을 둘 이유가 없다. 오늘 밤 연속극이 더 궁금하고 미스터 트로트나 국민가요를 몇 시에 하나가 더 궁금하고 연예인 누가 언제 어디로 온다더라가 더 재미있고 누구는 밀애 중이고 누구는 소속사와 마찰이 있다느니 미주알고주알 다 꿰고 있다.

명품 할인 판매를 언제 하며 그 친구는 가방을 어디서 샀는지가 궁금하고 새 차로 바꾼 돈이 어디서 났는지가 궁금하고 같이 타고 가는 그 사람과는 어떤 관계인가가 궁금하다. 알고 싶어서 안달이다. 알아서 어디에 쓰든 상관없다. 모르면 미친다. 알아 두면 쓸데가 있는 것들이다. 그래서 사방에다 안테나를 뻗치고 당나귀 귀만큼이나 귀를 쫑긋 세운다.

요소수가 왜 필요하며 수입 문제로 왜 난리를 쳤으며 농민들이 트랙터 시위를 왜 하는지는 하나도 궁금하지 않고, 민주노총이 집회를 왜 하는지도 궁금하지 않다. 알아 두면 쓸데가 없어서다.

어느 카페가 분위기 좋으며 주차할 곳이 있냐가 중요하고 무료로 주차할 곳이 있냐가 더 중요하다. 요소수 수입이 끊겨 대형 디젤차가 멈출 뻔 했는데 일본이 고순도 불화 수소의 한국 수출을 금지하는 바람에 그만큼 혼쭐이 났으면 단일 노선의 산업용 원재료 수입 품목 정도는 미리 챙겨 봤어야 할 것을 왜 저러고 있었을까? 하는 궁금증은 일지도 않는다.

들도 보도 못한 사람도 있지만, 듣고도 개 모래 먹는 소리쯤으로 취급하고 기름값이 고공 행진을 하는데도 석유공사와 정유사는 어떤 관계인지 아느냐고 물으면 뭐 자다가 봉창 두들기는 소리하느냐는 식이고 공기업이 지은 아파트값이 왜 사기업이 지은 아파트보다 비싸냐고 물으면 귀신 씻나락 까먹는 소리 말라는 식이다. 알아 두면 쓸데없는 것이 아니라 알아 둬도 쓸데없다는 것이다.

하기야 시골 어디를 가도 바퀴 없는 것은 예사고 핸들도 떨어져 나

43

간 경운기를 왜 버리지 않고 모셔두고 있는지는 더 모르고 알아두면 쓸데없는 것들이다.

어디 그뿐인가. 아파트 값이 광란을 부리고 있어도 토지주택공사가 원가 공개를 아직도 다 안 하는 이유도 안 궁금하고, 농업용 면세유 가격이 반값도 안 되는 이유도 안 궁금하고, 쌀 한 되의 값이 얼마인가도 안 궁금하며 전산화 시대에 공무원 숫자를 왜 자꾸 늘리는가도 안 궁금하다.

관광버스가 전국 10개의 혁신도시마다 아침, 저녁으로 왜 들락거리는지도 궁금하지 않고 공기업이 왜 적자를 내는지도 궁금하지 않고 공무원 노조는 퇴직해도 노조원으로 그 권리가 유지되는 이유도 전혀 궁금하지 않다.

교사들은 팻말을 들고 거리로 나와 수만 명이 모여서 데모를 하는데 사기업의 직장에서 왕따를 당하거나 인권 침해를 받고 극단적 선택을 한 사람들이 한 해에 수십 명이라는데 그들은 왜 거리로 나서지 못하는 이유는 하나도 궁금하지 않다. 알아 둬도 쓸데가 없어 알아두면 쓸데없는 것들이기 때문이다.

09

아침에 하는 다짐

"옳고 바른 생각만 하겠습니다."

아침마다 잠자리에서 일어나면 이부자리부터 정리하고 샤워를 끝내고 나면 제일 먼저 하는 일이 앞 베란다의 창문을 여는 것이다. 밤새 묵은 공기를 아침의 새 공기로 바꾸려는 의도도 있지만, 13층에서 바라다보는 산야의 전경도 기분을 좋게 하고 하늘과 맞닿은 스카이라인의 곡선이 마음의 여유를 갖게 한다. 새로운 하루의 시작을 알리는 아침 해가 솟고 있어 기분 좋은 출발이 상큼하고 가슴 벅찬 희망적인 기대감에 흡족하여 좋기만 하다. 하지만 그보다 더 중요한 것은 부모님과 오늘의 약속을 하는 것이다. 야트막한 산등선의 중간 높이에서 조금 아래로 풀숲에 우뚝하게 치솟은 도토리나무까지 줄자를 들이댄다면 1킬로미터 남짓한 거리일 것인데, 그 도토리나무 아래에 봉분은 보이지 않으나 두 분 부모님이 나란히 큰아들의 아파트를 빤히 보고 계신다.

일제 강점기에는 징용으로 끌려가 규슈 탄광에서 지옥보다 더한 나날을 버텨오셨고 아홉 식구를 건사하시며 험하디험한 보릿고개를 넘어오셨다. 아들 여섯에 딸 하나여서 그 누구도 입 하나 줄일 수 없었고 그 어디에도 밥벌이라도 내보낼 곳이 없었다. 오롯이 모여서 둥근 밥상에 가난을 차려놓고 둘러앉아 허기를 달래야 했다. 그래도 어떤 일이 있어도 자식들 공부는 시켜야 하신다며 책 보따리를 걸머지어 내보냈는데 장남인 내가 정작으로 어긋났다.

대일청구권 굴욕 외교 무효 주장과 제7대 국회 6·8총선의 무더기 표와 대리 투표의 부정을 규탄하는 대학생들의 시위로 1967년도 대학교에 휴교령이 내리고 조기 방학에 들어갔다. 하루빨리 고향 집으로 안 내려온다고 천 리 길 먼 곳을 향해 어머님은 야단이시고, 아버님은 '옳고 바른 일이면 하여라.' 하셨다. 1980년 중반의 직선제 개헌 추진을 위해 마이크를 잡고 시가지를 누빌 때에도 아버님은 '옳고 바른 일이면 해야지.' 하시고 사주팔자는 속일 수가 없다며 어머님을 달래시곤 하셨다.

집안 살림과는 애당초 거리가 먼 자식이라고 아버님은 일찍이 아들의 안정적인 가정생활을 포기하시고 '수신제가 치국평천하'의 깊은 뜻을 새겨서 아느냐고 거듭 물으시며 훗날에 다시 "옳고 바르다고 생각하나?'하고 아비가 묻거든 '예'라고 자신 있게 대답할 수 있어야 한다." 하시며 다짐을 받으셨다. 7남매 6형제의 장남을 포기한다는 것이 부모에게는 얼마나 가슴 아픈 상처였을까. 시대적으로 비장함이 아니었으면 입에 담을 말이 아니다. 흔적도 없이 사라져 간 젊은이들, 사인도 밝히지 못한 죽음, 강제 징집 등 현실은 백척간두에서 아찔한 춤을 춰야 하고 한 치 앞을 가늠할 수 없는 앞날은 암울하기 그지없는 칠흑 같은 어둠이었다. 이상(理想)은 현실 밖의 방랑자였고 정의(正義)는 외면당한 이방인이었다.

그 '옳고 바름'이 원론적이고 포괄적이며 광범위하여 삶의 귀감이 되기보다는 운신의 폭을 옥죄는 목줄처럼 버겁고 거추장스러워 냉혹한 현실 속에서 곤혹스러울 때도 많았다. 5·16에서부터 6·29항복 선언의 군정 종식까지 이어지는 격변기를 살아온 젊은 날은 아침마다 칠성판을 지고 집을 나서면 온종일 살얼음판을 걸으면서도 '옳고 바른가'를 스스로 돌아보지 않으면 안 되었다. 저녁 무렵에, 다시 대문 안으로 발을 디딜 수 있을지 알 수 없어 골목길을 몇 번이고 돌아보기를 거듭했던 나날들은 원가 한을 남기고 세월의 저편으로 사라졌으나 아침마다 해는 마주 보는 산봉우리 위에서 솟아오른다.

고희를 넘긴 지금에 생각해도 팔자를 고칠 유혹이 서너 차례 있었던 것은 분명한데, 세상 사람을 다 속여도 너무나 고생하시며 사신 아버님을 속일 엄두는 내 볼 수가 없었다. 오늘 아침에도 해가 뜨는 산봉우리 아래 부모님 산소를 바라보며 '옳은 생각 바른 생각 좋은 생각 하며, 옳은 일 바른 일 좋은 일을 하겠습니다.'라고 다짐한다. 다짐이 다짐으로 끝나는 줄 알면서도 언제까지도 나는 다짐을 할 것이다. 생각이 말이 되고 말이 행동으로 옮겨질 때까지 다짐할 것이다. 돌아온 제비가 아침 하늘을 가르며 힘차게 날고 있다.

10

일주문 앞에서 돌아서다

일상에 부대껴도 하루가 버거운데 새삼스레 떠오르는 뜬금없는 기억들이 지난날을 되밟게 하여 때때로 괴롭힌다. 이제는 잊었나 했었는데 되살아나기도 하고 서운해도 좋으니 다 털어버린다며 생각지도 않는데 아직도 분이 덜 삭아서 남은 것이 있을까 아니면 겸연쩍고 민망했던 철없던 시절의 부끄러웠던 기억들이 멍에가 되어 떨어지지 않아서일까. 잠자리에서 잠들기 전까지가 내게는 고뇌와 번민의 시간이다. 젊은 날에야 이런 시간도 갖지 못했으니 잘못 살아온 것은 확실하다. 묻어도 될성싶고 덮어도 될성싶지만, 세상사는 하늘이 알고 땅이 알아서 무서운 것이 아니고 양심이 내린 벌이 더 무서운 것인 줄을 알고부터 번민의 늪에서 허우적거렸다. 무던하지 못한 것이 후회이고 대범하지 못한 것이 부끄럽다. 언제나 실리의 유혹이 양심을 속박하고 역지사지에는 소홀하여 내 편만을 들며, 좋은 것만 탐하고 솔깃한 소리에만 귀를 기울이며 득실의 저울 눈금에 예민하지는 않았던지 돌아보게 한다.

고희를 넘기고부터 있는 속 없는 속 다 비우고 신선처럼 학처럼 살아보려고 부단히도 노력하는데 날새기가 무섭게 쫓아오는 일상의 하루가 만만치가 않다. 그렇다고 언제까지 휘둘리고 부대낄 수는 없어서 줄이고 버리는 일에 애를 쓰며 잊으려는데 마음을 쏟는다.

온갖 잡념 다 떨치고 비운 속도 앙금 없이 명경지수 맑은 물에 헹궈 볼까 작심하고, 바람 잡고 구름 따라 정처 없이 나서보면 천 갈래, 만 갈래로 길은 길로 이어져도, 정작으로 갈 곳은 그리 많지 않은 것을 나서고 보면 누구나 알게 된다. '어디로 가지?' 멀리 가물가물 길게 금을 그어 하늘과 바다를 어렴풋이 갈라놓고 출렁거리는 파도나 실컷 보며 해조음이라도 들어 볼까? 아니면 심산계곡으로 찾아들어 반들거리는 반석을 깔고 앉아, 비단결같이 흘러내리는 청정 옥수에 발이라도 담그고 허한 마음을 달래볼까? 선현들이 떠난 정자에 올라 남기신 유훈이라도 들으며 옛 세월이라도 더듬어 볼까? 차라리 오일장에나 가서 안 팔 듯이 하다가도 덤까지 얹어주고 안 살 듯이 하다가도 지갑을 여는 진솔한 생활상을 들여다보고 옥신각신 티격태격 허허 호호하는 삶의 땀 냄새라도 실컷 맡아볼까? 이리저리 더듬어 봐도 딱히 마땅한 곳이 없어 무시로 들락거린 절집이 그래도 만만하여 길머리를 잡았다.

요즘 사람들의 나들이나 여행은 몸을 쉬게 하려고 나서는 것이 아니고, 마음을 쉬게 하고 싶어서 집을 나선다. 그러니 어디를 가든 시도 때도 없이 사람들이 북적거리고 걸핏하면 통제 구역이고 금지 구역이라서 편안하게 마음 쉴 곳이 흔치 않다. 그러나 내가 들락거리는 연화산 옥천사는 그렇지 않아서 좋다. 대형 주차장과 소형 주차장이 깔끔하게 마련되었기도 한데, 마을 벗어나 절골 들머리에서부터 절 마당까지 계곡을 따라 아무 곳에라도 차를 세워도 다른 차의 통행에 방해가 되지 않게 주차할 수 있도록 낙락장송들까지 길섶으로 틈새를 내어주고 있으며 주차 금지가 아니라 삭정이가 부러져 떨어지면 차가 피해를 볼 수 있다며 오히려 차들을 걱정한다. 이 얼마나 자연과 자유를 마음껏 누리라는 부처님의 자비가 아니고서야 금지 팻말이 열 개도 더 섰을 것이며, 어디든 마음을 내려놓고 쉬어가라는 스님들의 배려가 아니었으면 금줄이나 펜스가 끝도 없이 쳐졌을 것이다. 그래서 누구라도 "고맙습니다."하는 합장의 예를 갖추게 하는 길이다.

일주문 앞에 차를 세우고 누군가가 마련한 바윗돌에 걸터앉았다. 열두 개의 물레방아를 수백 년간 돌리다가 흥망성쇠의 희로애락을 다 털어내고 이제는 홀가분하게 흘러가는 계곡물 소리에 마음을 헹군다. 솔가지 끝에서 바람이 내려와서 가슴을 다독이고 이름 모를 산새가 외로움을 달랜다. 세속의 땟국이 솔기마다 찌들어서 오지랖이 부끄럽다. 천공(天空)의 빛이 노송의 가지 사이로 예리하게 내려꽂힌다. 감춰둔 마음을 읽고 있는 걸까? 가슴이 찌릿찌릿하다. 생각 없이 드나들던 일주문이 오늘따라 하늘 높이 더 우뚝하다. 육중한 무게감에 엄중함이 짓누르며 경건함이 엄습한다. 오만함이었을까. 언제나 겁도 없이 일주문 안으로 들락거리며, 불보살상 앞에서 함부로 무릎 꿇기를 얼마나 하였으며, 소원 빌기를 또 얼마나 했던가를 돌아보니 가슴이 철렁 내려앉는다.

어디 그뿐일까, 못 본 척 못 들은 척 외면은 또 얼마나 했으며 때때로 날 선 비수는 얼마나 던졌을까. 태나게 멋 내려고 거울 보기를 수 없이 하면서도 뒷모습은 돌아보지도 않고 겉보기만 하였으니 허세의 죄업을 어쩔 것인가. 쥐뿔도 없으면서 우쭐거리고 개코도 아니면서 껍죽거리며 눈치 없이 날뛰면서 속은 감추고 밖은 들어내려고 또 얼마나 겉 포장을 과시하였으며 북데기 힘만 믿고 외줄 타기를 또 얼마나 했을까를 생각하면 천왕문 드나든 것이 얼마나 무례하고 무모했던가 머리끝이 쭈뼛 선다. 잡으려 했던 것은 언제나 뜬구름이었다. 일주문 앞에서 이제야 돌아본다. 노송은 바람 앞에 겸허하고 청솔가지는 뜬구름을 전송한다. 나는 아직은 아닌 것 같아 일주문 앞에서 돌아선다. 용서하옵소서, 나무 관세음보살.

11

/

박제된 에밀레종

할아버지께서 에밀레종의 슬픈 전설을 들려주셨다. 초등학교 입학도 하기 전이었다. 할아버지의 방인 사랑방에서 다섯 살배기 코흘리개에서부터 초등학교를 졸업할 때까지 침식을 함께했다. 줄줄이 동생들이 태어나서 어머니의 품에서 할머니의 무릎으로 할머니의 무릎에서 할아버지의 사랑방으로 밀어내기 하듯이 밀려났다. 할아버지의 진짓상은 언제나 사랑방으로 어머니께서 들려 놓으신다. 조손(祖孫)의 겸상이다. 당시에는 할아버지가 엄청 엄하셨다 싶었는데 그게 아닌 줄은 세월이 한참 흐른 후에야 알았다. 장손이라고 귀염을 한 몸에 받았던 것이다. 더구나 어머님이 시집와서 5년 만에 둔 아들이라 당시로는 기다리고 기다렸던 터에 얻은 손자였으니까 할아버지의 장손자 사랑이 오죽했겠나 싶다.

할아버지는 온갖 것을 다 가르쳐 주고 싶어서 틈만 나면 글공부와 이야기가 일과의 전부였고 간간이 마을 들머리의 외딴집인 주막에 들리실 때도 꼭 손자를 앞세우고 오가셨다. 물론 내 머리에는 크기가 맞지 않은 할아버지의 유건을 눈을 가려질 정도로 깊이 쓰고, 긴 담뱃대도 들고 앞장을 섰다. 유건이야 그렇다 해도 집안에 상을 당해

백관들이 쓰는 할아버지의 삼베 두건도 손자가 차지했다. 크기가 안 맞아 눈을 자꾸만 가려도 고쳐쓰기를 거듭하며 할아버지 앞에서 전답 사이로 혹은 논두렁 밭두렁을 따라 난 좁다란 길을 조손(祖孫)이 걸었다. 옛날이 시골길이 신작로 말고는 다 그러했는데 논밭에서 일하던 사람들의 허리를 펴게 한 모습을 유명 화가가 그렸더라면 밀레의 〈이삭줍기〉보다 더 유명한 그림이 되었을지 모른다. 어슴푸레한 기억이지만 자주 하는 탓인지 그림 같은 풍경이 머릿속의 액자에서 지금도 완연하다.

할아버지의 이야기는 주로 효자 효녀의 전설이었고 때로는 권선징악의 고전소설이었으며 더러는 내가 보지 못한 타지방의 이야기였다. 천만다행으로 손자는 할아버지의 이야기가 더러는 재탕하셔도 귀가 솔깃했든지, 이야기하시는 할아버지께서 더 재미있어했다는 전언을 훗날 할머니로부터 자주 들었다. 철없는 것이 무관심했으면 할아버지께서 얼마나 서운해했을까를 생각하면 아찔한데, 아무튼 조손이 죽이 잘 맞았던 모양이다. 때때로 목각 인형도 깎아주시고 놀잇감을 지어내어서 만들어주신 것으로 보아, 아주 자상하기도 하셨던 것 같다.

"왜, 무슨 일이 있는데 할애비한테 말해봐라." 할아버진 언제나 내 속을 훤히 꿰뚫어 보고 계셨다. 해마다 가을 추수가 한창일 때쯤에, 6학년들은 가을 소풍이 없고 수학여행이 있었다. 3박4일 경주 불국사였다. 여행비로 쌀 두 되(升)와 돈 얼마를 학교에 내야 하는데 부모님의 허락이 떨어지지 않아 며칠째 풀이 죽어있었다. 할아버지의 레

이터망은 손자 속을 들락거리며 AI보다 더 정확했다. "수학여행 안된
대요." 목구멍으로 기어들어 가는 소리였는데도 "어디로 간다더냐?"
돌아앉아서 앉은뱅이책상에 엎친 채로 낙서만 긁적거리며 "불국사
요." 할아버지는 한동안 아무 말씀도 없으시더니 "얼마를 가져오라더
냐?", "쌀 두 되 하고 돈 ○○○환요.", "돈은 할아비가 주마. 간다고
하거라." 뛸 듯이 기뻤으나 "예."라는 짧은 대답만 했다. 경망한 행동
은 할아버지 앞에서는 절대 금물이었다. 그러나 기쁨을 참을 수가 없
어서 방문은 슬그머니 열고 발 빠르게 후다닥 나왔다. 신바람 나는
기분을 진정시키느라 할 일 없이 외양간에도 가보고 구구구 하고 닭
도 불러 모았다.

할아버지와의 겸상인 저녁 밥상을 물리고 동몽선습을 배운 곳까지
카랑카랑하게 읽고 학교 숙제를 시작하려는데 할아버지께서 "경주에
가면." 하시더니 석굴암, 무영탑, 에밀레종 등 경주를 꿰뚫다시피 차
례로 이야기하시며 가보시지도 않은 경주 이야기를 신바람 나게 하
신다. 저녁 밥상만 물리고 나면 같은 이야기를 또 하고 또 하시면서
추가 이야기가 끝이 없었다. 며칠 밤을 들어도 석굴암도 무영탑도 별
흥미가 없고 솔깃한 것은 에밀레종의 슬픈 전설이었다.

이른 새벽의 깜깜한 안개 속을 헤집고 한 시간을 줄을 지어 걷고
걸어서 역사도 없는 간이역인 갈촌역에서 기차를 탔다. 마산에서는
왔던 길을 다시 거꾸로 나오는데 왜 그러지는 알 수가 없었고 동해선
기차 시간 때문인지 부산 우남공원(이승만 대통령의 호) 지금의 용두산
공원을 올랐는데 별 기억은 없고 입구의 미화당 백화점은 왜 꼬맹이

들을 데리고 갔는지 알 수 없으나 영도다리가 들리는 것을 본 기억밖에 없다.

다시 기차를 타고 깜깜한 밤에 불국사역에 도착해서 어떤 방이 많은 커다란 집에서 저녁밥을 먹고 잠도 그 집에서 잤다. 아침 일찍부터 걷고 걸어서 토함산을 올라 석굴암에 닿았는데 이미 동해바다의 해는 한참 떠오른 뒤라서 "해가 처음 뜨면 제일 먼저 석굴암 부처님 이마에 박힌 구슬로 비추게 되고 구슬에서 환한 빛이 사방으로 퍼진다"고 하신 할아버지의 이야기를 맞춰 볼 겨를도 없어 줄을 서서 굴 안으로 들어가서 정신없이 두리번거리기만 했다. 벽면이 정말로 돌인가 싶어 만져보고 엄청나게 커 보이는 불상의 엉덩이는 손이 닿지 않아 좌대만 만졌는데 차가운 돌이 틀림없었다. 일제 강점기에 일본 사람이 진짜 돌인가 의심스러워 왼쪽 엉덩이를 깨었다가 붙인 시멘트 자국이 선명했고 굴의 천장 중앙부의 돌을 뜯어보고 다시 꽂았으나 떨어질까 봐 면마다 쐐기를 꽂은 것은 눈여겨봤다. 불상의 왼쪽 어깨 위로 물방울이 떨어져 자국도 선명했다.

불국사의 청운교 백운교 밑으로 배를 타고 다녔다는 할아버지의 이야기는 사실 같지 않았고 다보탑과 석가탑은 꼬맹이의 키로는 가늠이 안 될 만큼 엄청 커 보였는데 할아버지께서 한 개의 탑은 그림자가 없다고 하셨는데 둘 다 가을 햇볕을 받아 그림자가 선명했다. 이야기로만 들은 무영탑을 두고 하신 이야기를 손자는 훗날에야 되새겨 보았다.

손자의 관심은 오로지 '에밀레, 에밀레' 하고 아기 울음소리를 내는 에밀레종에만 관심을 쏟고 있어 맨 앞자리에 턱을 고이고 쪼그리고 앉았다. 전국에서 수학여행을 온 학생들도 많았고 일반 관광객들도 학교 운동회만큼 사람들이 많아서 이들을 위해 딱 한 번만 종을 쳐주는데 앞에 선 사람은 앉으라고 해서 손자는 맨 앞줄에 쪼그리고 앉았다. 마술사의 동작을 기다리듯 가슴이 두근두근했다. 관리자가 매달린 봉을 잡아당겨서 힘껏 밀어버렸는데 순간 쪼그려 앉은 나는 엉덩방아를 찧고 말았다. 쾅-! 하는 소리가 내가 태어나서 제일 큰 소리였다. 학교 종과 교회 종소리의 땡땡땡 하는 종소리 말고는 절에서 치는 범종의 텅! 하는 소리였다. 그것도 요즘은 절집은 종도 커졌지만, 당시에는 절집의 종도 꼬맹이던 내 키보다는 작았다. 얼른 자세를 바로 하고 웅웅웅 하는 울림의 소리에 놀란 채 귀를 아무리 기우려도 '에밀레~ 에밀레~'하는 아기 울음소리는 들리지 않았다. 끄트머리에 들릴까 하고 다른 사람들이 우르르르 자리를 떠나도 앉은 자세로 한참을 기다렸다. 아기 울음소리는 들리지 않았지만, 꼬맹이의 생각에도 이렇게 맑고 청아한 울림의 소리가 있나 하고 종소리의 여운에 빠져 빨리 가자는 선생님의 소리를 못 듣고 선생님이 잡고 일으켜서야 돌아보면서 자리를 떴다.

봉덕사에서 영묘사로 다시 봉황대 정례문에서 구 경주박물관으로 옮겨지며 1200여 년을 인간이 다시는 만들어 낼 수 없는 소리로 천지를 진동하였건만 지금은 새로 지은 국립경주박물관 마당에 매달려서 '박물관에 들어온 이상 기능의 가치는 없고 유물로의 가치만 존재한다'는 알량한 양반의 철학 때문에 에밀레종을 아무 소리도 못 내게 박제를 해버렸다. 천 년을 울고 울어도 한결같은 그 울음, 원 없이 울고 싶어도 에밀레종은 울지 못하고 아침마다 소리 없는 눈물로 온몸을 적신다.

12

용서받지 못한 주검

사과는 가해자가 피해자에 대한 잘못을 인정하고 속죄든 사죄든 용서를 비는 것으로 피해자 앞에서의 일방적인 행위지만, 피해자가 이를 수용하든지 말든지 강요받지 않아야 한다. 이를 수용하면 화해가 성립되어 용서를 받은 것이고 그렇지 않으면 화해가 없어 용서를 받지 못한 것이다.

대선 정국으로 말도 많고 탈도 많은 요즘은 과거의 잘못이나 실언에 대해 사과를 하면 그 진실성이나 진정성에 대한 논란이 부쩍 많이 일고 있다. 바라보는 처지에서는 상처받은 아픔의 깊이를 알 수 없어, 용서하라 말라는 할 수도 없고 그저 짐작하며 지켜볼 수밖에 없다.

용서받기 위해 사과를 하는 쪽을 보면 그 진정성의 진위 또한, 판단할 수 없어 왕배덕배 할 수도 없다. 그래서 '훗날을 지켜보면 언젠가 그 답이 보이겠지.' 하고 객꾼으로 자리를 지킬 뿐이다. 그래도 세론은 언제나 피해자의 편이어서 가해자는 현실에 미칠 영향에 따라 시간의 압박을 받는다. 사과는 때를 놓치면 용서받기가 힘들어지거나 영원히 용서받지 못할뿐더러 부메랑이 되어 돌아올 업의 불안을 안고 가야 한다. 이는 가해자가 가해자임을 스스로 인정하는 경우이고 가해자가 진위의 가름이 불분명하거나 가름 자체를 할 수 없어 가해자임을 인정할 수 없는 경우나 의도적으로 인정하지 않으려고 오히려 본인이 피해자라고 주장하면 화해는 있을 수가 없다. 감정이나 원한의 골만 깊어진다. 사과는 진정성이 있어야 하고 용서는 후회가 없어야 하는데 둘 다 인색한 것이 늘 문제다.

전두환 전 대통령이 별세하고 이순자 씨가 '재임 중 고통을 받고 상처를 입으신 분들께 남편을 대신해 깊이 사죄를 드리고 싶다'라고 하며 남편은 '무덤도 만들지 말라'했다고 전했다. 본인의 사죄라도 풀리지 않을 원한인데 '재임 중'이라는 말머리가 5·18 유족과 국민을 분노하게 했다. 1979년 12월 12일 전두환 씨는 신군부 세력을 이끌고 쿠데타를 일으켜 계엄 사령관이었던 정승화 육군 참모 총장 등을 강제 연행하고 군권을 장악하고 국가 권력을 탈취한 쿠데타의 주역 일인자가 아닌가.

이듬해 5월 17일 비상계엄령을 확대한 다음 날이 한 맺힌 광주의 5월 18일이다. 이순자 씨의 사과는 대통령 재임 중에 한하며 5·18과는 관련이 없다는 전두환 전 대통령 측근의 발언이 또 우리를 상처받게 했다. 그런데 전두환 전 대통령은 본인이 죽거든 무덤은 왜 만들지 말라고 했을까. 부관참시를 염려하였을까. 아니면 저주와 증오의 대상물로 남을까를 염려하였을까. 끝끝내 입을 다문 그 속내를 어찌 알랴.

13

물가 비상

"안 오른 게 없어, 전부가 다 올랐다. 이래서는 못 산다, 못 살아."
요즘 들어와서 집사람이 마트에 갔다가 현관문 열고 들어오면서 하
는 독백이다. 오래전 전축의 레코드판이 긁혀서 같은 구절만 계속해
서 되풀이하듯 오늘도 그 소리를 할 줄 알고 "안 오른 게 없어. 이래
서는 못 산다, 못 살아." 시장바구니를 끌고 현관문을 들어서는 집사
람을 보고 내가 얼른 대신 말했다. 다른 때는 오르기만 하는 물가에
부아가 나서 뽀로통하거나 분을 못 삭여서 씩씩거렸는데 폭소를 터
뜨린다. 나도 따라서 웃음이 나오려는 것을 얼른 숨을 한가득 머금고
웃음을 꾹 참았다. 나는 같이 웃을 처지가 아닌 것을 내가 잘 알고 있
기 때문이다.

두 식구가 살면서 눈치 보고 산다는 것은 안 될 말이지만 집사람이
시장을 봐오는 때는 나도 모르게 집사람의 눈치를 보게 된다. 도둑이
제 발 저리다고 생활비를 줘본 적이 없으니 많이 미안해서다. 어떤
양반은 정치 9단이라는데 나는 백수 9단이다. 집사람의 눈치를 보기
만 할 뿐이지 대책은 언제나 무대책이다. 그래도 쫓겨나지 않고 용하

게 버티는 것은 백수 9단이기 때문이다.

휘발윳값이 2,100원 대로 올라도 기름값 비싸다는 넋두리도 집사람 앞에서는 못 한다. 며칠 전에 휘발윳값이 2,000원으로 올랐다고 투덜거리다가 집사람으로부터 경고를 단단히 받았기 때문이다.

"기름값 보태 달라는 소리는 아예 마시오. 차를 매달아 두든지 그건 알아서 하시고." 포고령 제1호가 선포되었기 때문이다. 위반했다가는 가택 연금을 당할 판이라서 차 기름값이 노령 연금을 초과하지 못하게 아낀다.

어쩌다가 들어오는 기행 수필 원고 청탁이 요즘은 영 반갑지 않다. 타고난 역마살에다 온갖 풍광들이 눈에 삼삼해도 옴짝달싹도 못 하고 푸념도 못 한다. 이 같은 소리는 얼핏 들으면 팔자 늘어져서 매화 틀 타고 풍월하는 소리로 들리기에 십상이지만 코로나로 2년 넘겨 발목 잡혔다가 이제 막 숙지근해져서 옳다구나 했는데 기름값이 천정부지로 오르고 있어 꼼짝 마라니까 또 환장할 노릇이다.

물론 식생활비의 오름세에 박탈감과 소외감까지 느끼며 속 끓이는 우리의 삶이 오죽하랴.

전에 없던 딱지가 한 장 냉장고에 붙었다. '외식 사절, 반찬은 적게, 커피는 집에서, 마트는 다음에' 보통 때처럼 달랑달랑 나풀거리게 붙인 것이 아니라 굵은 글씨에 스카치테이프로 덧씌워 냉장고 문짝에 붙인 것으로 보아 내 보라는 것은 분명히 아니고, 집사람이 광명진언 외우듯이 외울 모양이다. 지당한 말씀 같긴 한데 입맛을 쓰게 하는 서글픈 주문이다.

어쩔 수 없는 고유가와 고물가 시대에 소비인가 낭비인가를 보다 심각하게 따져보며 살아야 할 것 같다. 소비는 미덕이고 낭비는 죄악이다. 내게는 둘 다 죄악이다.

14

어쩌자고 이럴까

물가가 너무 오른다고 야단들이다. 정치가 엉망이라고 아우성이다. 세상이 무섭다고 혀를 내두른다. 어쩌자고 이럴까?

생산비가 적게 들어 물가가 싸면 오죽이나 좋겠냐만, 고비용 저물가면 생산자가 부아나고 저비용 고물가면 소비자가 부아나고 누이좋고 매부 좋게 적정선이면 딱 좋은데 모사(謀士)꾼들의 재주까지 합세하여 그게 아닌 이상한 세상이다. 중간 상인이야 발품 팔아 눈치껏먹고 사는 사람이라 어쩔 수가 없다지만, 덩치 큰 모사꾼이 공기업은아니었으면 하는데 묘하게도 원가 공개도 못 하는 것들이 많아 아리송하다.

뭐, 속는 것은 조조 군사라고 했는데 그러려니 하면 신선같이 사는거고, 그러려니 할 수 없는 처지의 서민들은 알고 나면 열불 나고 파고들면 경상도 말로 천불 나서 못 산다. 하지만 그들이 낸 세금으로온갖 혜택을 받으며 살고 있다고 생각하고 열을 식혀야지 별수 없다.

세상을 바로 잡으려 하면 죽을 때까지 괴롭다. 세상사도 관성의 법칙을 따르는지 누가 뭐래도 계속 간다. 천지가 개벽해도 아침이면 해가 동쪽에서 뜨니까 그게 탈이다. 하늘이 노해서 하루만 해가 서쪽에서 뜨면 아뿔싸 큰일 났다 싶어 모두가 잘못을 돌아보겠지만, 그럴 일은 없다. 열불이 나든 천불이 나든 '보리가 나도록 씨동무'인데 울화통이 터져도 뉴스도 보고 살아야 한다.

아침마다 TV만 켜면 민주당 이재명 대표가 단골이다. 이러다가는 이 정권 내내 이재명 대표 비리 수사로 끝날 수 있겠다 싶어 걱정이다. 얼른 끝내고 정치 좀 했으면 한다. 야당이야 야당 노릇을 한다고 그런다지만, 현 정권은 전 정권 탓만 할 일이 아니다. 전 정권의 잘못은 현 정권이 바로잡는 것이 정치다. 지켜보는 국민이 심판관이다.

친일 굴욕외교는 잘못이고 반공은 잘하고 있고 역사 뒤적거리는 일은 국력 소모고 무책임은 천벌 받을 짓이고 사회구조 개선이 미흡하고 민원 편의에 소홀하고 작은 소리를 못 듣는 것이 흠이나 사업하기 좋게 하고 젊은이들 길 열어주고 저출산에 고심하며 약자 인권 보장과 소외 계층을 보살피며 서민을 보듬는 것은 잘하고 있다.

국민이 정치에 등을 돌리면 이 사회는 결속력을 잃고 개인주의로 치닫는다. 각자도생을 위해 외톨이가 되어 공동체 의식을 배척하고 도덕이 무시되고 상식이 먹혀들지 않으면 옳고 그름의 분별이 소용없어 참여를 기피하고 관계를 단절하며 서로를 경계하고 적대시하면 사회성이 피폐해진다. 이쯤에서 바로 서야 한다.

15

잃어버린 여름밤

시골의 여름밤은 아직도 별들이 희미하게나마 반짝인다. 금가루를 마구 뿌린 듯 촘촘하던 여름밤의 별들이 허전하리만큼 듬성듬성 성글 어졌다. 그나마 띄엄띄엄 알이 굵은 별들만 반짝거리기는 해도 어딘 지 모르게 풀이 죽어 거슴츠레하다. 다가오는 반가움이 아니라 자꾸 만 멀어져가는 이별같이 서글프기까지 하다. 도시와의 인접한 거리가 멀어지면 멀어질수록 기력을 조금씩 회복하는 듯하지만 지친 모습이 초췌하여 안쓰럽다. 그 많던 별들은 어디로 갔나? 초롱초롱하던 그 찬란하던 꿈들이 빛이 바래 쇠락하는 모습이 너무도 서글프다.

어쩌다 우리는 밤하늘의 별을 잃어버리고 희뿌연 하늘에 짓눌려 삶의 진액을 흘리고 있나. 내 것만을 챙기려고 눈길 한 번 주지 않은 변심의 몰인정이 몸에 배어서 가슴도 얼음장같이 식어만 간다. 가슴 따뜻한 온기를 나누는 별들의 도란거림은 귀 밖으로 듣고 탐욕의 유 혹에 당나귀 귀를 하고 솔깃하게 귀 기울인 우리를 함께 할 수 없어 별들은 떠나갔다.

밤이면 밤마다 언제나 그 자리에 있어 그러려니 했고 십 리를 가든

백 리를 가든, 밤이면 한결같이 따라와서 제 자리를 지키고 있어 만만하게 보았다. 웃고 즐기며 때로는 성을 내도 변함없는 그 모습이라서 눈여겨 봐주지 않아도 찬란하게 빛나서 언제나 그러겠지 했다.

별들이 하나둘 떠나고 있다. 문명한 과학이 그들을 밀쳐낸다. 휘황찬란한 불빛은 별이 빛나던 밤하늘을 멀리 내쳐버렸다. 그들이 떠나버린 빈자리에 초저녁부터 희뿌연 밤하늘이 우중충하게 내려앉는다. 자꾸만 내려앉는 희뿌연 밤하늘, 도시의 불야성이 가까스로 떠받치고 있다. 별이 빛나던 여름밤의 밤하늘을 우리는 까맣게 잊어버렸다.

끝없이 이어지는 차들의 꼬리 끝에서 새빨간 용암이 흘러내린다. 거미줄같이 얽혀서 불바다가 된다. 날새기가 무섭게 키 자랑을 하는 마천루는 오색찬란한 불꽃놀이를 하며 횃불같이 활활 타오른다. 불야성이다. 가로등도 줄지어서 덩달아 우쭐거린다. 금가루 은가루를 뿌린 듯이 반짝거리던 무수한 별들은 미련 없이 떠났다.

'날 저무는 밤하늘에 별이 삼 형제
반짝반짝 정답게 지내이더니
웬일인지 별 하나 보이지 않고
남은 별이 둘이서 눈물 흘린다.'던 형제별도 떠났다.

귀청 떨어지게 하는 소음과 눈이 맵도록 따가운 매연. 더는 함께할 수 없는 여름밤. 옥수수 삶는 냄새도 사라졌고 모깃불에 타는 쑥 냄새도 흔적이 없다. 할머니의 무릎에서 전설을 듣던 손자 손녀도 전설이 되어 떠나갔다.

기다려도 다시 오지 않을 줄 알고 다시는 할 일 없어 대나무 평상도 자취를 감추었고 몽당 빗자루에 횃불 밝혀 천렵을 나간 장정들도 돌아오지 않는다.

초벌 메고 돌아서서 허리 한 번 펼 짬도 없이 이어지는 논 메기에 무논 바닥을 온종일 기고 대청마루에서 앞뒤 산이 흔들거리게 코를 골던 아버님의 코 고는 소리도 들리지 않고, 밤이 깊도록 졸음을 쫓으며 삼을 삼는 어머님의 삼 톺는 소리도 들리지 않는다. 울 너머서 들여오던 아기 울음소리도 들리지 않고 무쇠솥 뚜껑 여닫는 소리도 사라져 갔다.

가난을 끼고 살며 고단한 삶의 무게가 버거워서 등줄기를 타고 흐르는 진액이 끈적거려도 여름밤의 별들이 초롱초롱했기에 서럽지 않았다. 담장 너머에서 삶은 감자가 넘어오고 모깃불에 구워낸 옥수수가 넘어가면서 질박한 웃음소리가 담장을 넘나들어 외롭지 않았다.

그날의 시골집 사립문은 송아지 못 나가게 닫혔을 뿐, 방물장수에게도 열려있었다. 밥때면 밥상머리에 마주 앉혔다. 동냥 얻는 걸인에게도 닫혀진 것이 아니었다. 각설이 떼에게도 열려있어 보리밥 한술에 한바탕 장타령으로 제풀에 신 풀이를 실컷 하고 갔다.

흙먼지 툴툴 털고 모기 쫓는 부채가 허공을 휘저으면 정겨움이 부러워서 별들은 더 촘촘히도 반짝이던 여름밤이었다. 냉난방 겸 창문 닫아부치고 현관문 매정스레 찰칵! 하고 닫아버리는 소리에 밤하늘의 별들은 미련 없이 가야기에 속절없이 사라졌다.

은하수 끝자락에 회한의 눈물 닦고, 길게 하늘에 금을 긋고 떨어지는 별똥별의 꼬리 끝에 작은 소원도 빌어보던 여름밤의 밤하늘을 잃어버렸다.

16

누구를 위해 먼동이 트나

고단함도 잊고 밤이 길어서 애를 먹었는데 언제 잠이 들었던지 어느새 창문이 훤해 온다. 비우고 또 비워 낸 속을 다잡으며 잊어도 좋을 것은 생각지 말자 하고, 이루지 못할 것은 기대하지 말자며 더하기야 하겠냐 하고 기다렸던 어제의 내일이 창문 밖에서 미리 와서 기다린다. 반가움은 순간으로 끝난다. 어제 같은 오늘이라는 것이 퍼뜩 머릿속을 스쳤기 때문이다.

보람도 소득도 없는 잡다한 잡념들이 눈 뜨기를 기다리며 턱 밑에 미리 와서 우글거린다. 이리저리 돌아눕기를 거듭하며 떨치고 비워 낸 보람은 없고 저마다 어쩔 거냐고 조르며 대드는 것 같다. 떴던 눈도 다시 감아버린다. 새벽마다 들볶는 그들이 풀숲의 모기떼만큼이나 성가시다. 머릿속을 뒤죽박죽으로 헝클어 놓고 다독거려서 다잡아 놓은 속까지 뒤집어 놓는 데는 당할 재간이 없다. 하루 이틀이 아니다. 새벽이면 이렇게 생병을 앓는다. 언제까지 이래야 하는지 끝이 보이지 않아서 더 두렵다. 밤은 힘들고 새벽은 괴롭다.

아니다 아닐 거야, 아니겠지 하는 용기까지 낼 것 없이 떨치고 일어나 일상으로 또 뛰어들어야 하는데 몸이 움직여 주지 않는다. 한 발짝도 나아가지 못하는 하루가 버겁다 못해 두렵기도 하다.

아무리 나부대도 늪에서 빠져나오지 못하고 허우적거리는 몸부림이고, 달리고 달려도 다람쥐 쳇바퀴 돌듯 용을 쓰지만 언제나 제자리에서 기진해진다. 그렇다고 털썩 주저앉아 버릴 수도 없는 것이다. 쫓아오는 것들이 벌 떼같이 몰려오는데 어찌 되든 내달려야만 하기 때문이다. 분명 어딘가에, 언젠가는 있을 것이라는 믿음은 머릿속에 선명하게 자리 잡고 있다. 그것은 어제와 오늘 그리고 내일을 잇는 질기고 모진 끄나풀이다. 놓아버리고 싶어도 놓이지 않는 끈끈한 줄이다.

부모님이 날아 놓은 씨줄이 있고 형제자매가 엮어놓은 날줄도 있고 주변의 많은 사람이 새겨놓은 무늬가 있어서다. 곡괭이 자루가 닳아서 없어질 때까지 삽날의 끝이 다 뭉그러질 때까지 물이 나는 날까지 파고 파야 한다. 바람이 그칠 때를 기다리지 말고 여명이 걷히기도 기다리지 말고 동쪽을 향해 뛰고 달려야 한다. 도움닫기 할 때 잠시만 비켜주었더라면, 턱걸이로 바둥거릴 때 조금만 받쳐주었더라면, 하고 서운해하지도 않아야 한다. 자세히 들여다보면 그들도 그러고 있다.

아무도 도와주지 않는다고 더러 서운해한다. 도와주어야 할 정도가 아니거나 도와주어야 할 일을 하지 않아서다. 정도의 기준도 모호하다는 것도 알아야 한다. 체감 온도가 저마다 다 다르기 때문이다.

흔히들 사회의 구조가 잘못되었다고 투덜거린다. 화를 내고 투덜거려도 바뀌는 것은 없다. 이 사회는 무관할 것 같은 관성의 법칙을 기가 막히게 따른다. 가던 대로 굴러간다. 그렇게 굴러가는 것이 우리가 사는 사회구조가 보편적 기준에 맞춰져 있기 때문이다. 잘 못 굴러간다고 해서 하루 이틀에 바꿀 수가 없다.

사회는 참여하는 자의 몫이지 외면하거나 방관하는 자의 몫은 없다. 뛰어들어야 한다. 24시간은 누구에게나 공평하게 주어졌다. 머뭇거리지 말고 뛰어들어야 한다. 넘어져 봐야 일어서는 방법을 안다. 젊은 고생은 사서도 한다고 했다. 청춘에게는 만용도 기백이 된다. 나서라! 너를 위해 오늘도 먼동이 튼다. 새벽은 푸른 깃발을 흔들며 청춘들을 응원한다.

17

속앓이

누구의 삶인들 팍팍하지 않겠느냐마는 생활의 여유를 갖지 못하는 것은 참으로 불편하고 불행한 것이다. 갖추고 살아가야 할 것 중 의식주가 해결돼야 하는 것은 말할 것도 없지만, 이마저도 갖추지 못하거나 가까스로 마련했어도 온전하거나 완전하지 못하여 안정이 덜 된 상태라면, 돈에 쫓기고 시간에 쫓겨서 그 고달픔은 말할 수 없다. 이 둘이 옥죄어 오면 옆을 돌아볼 겨를이 없어 제 앞가림을 못하고 품위 유지는커녕 제구실 못하는 못난 사람이 되고 만다.

늘 함께하는 가족에게도 부모는 부모 노릇을 못 해서 자식들에게 미안하고, 자식은 자식 노릇을 못해서 부모에게 죄스럽다. 형제 사이에도 미안하고 친인척 앞에서는 제 앞가림도 못하는 것 같아 얼굴 대하기가 민망하다. 그러나 이들은 속사정이라도 어느 정도 알고 있는 사이라서 위로나 위안이라도 받을 수 있으나 그렇지 못한 직장동료나 친구들은 관계까지 소원해지기에 십상이다. 남남 사이로 속속들이 이야기할 계제(階梯)도 아니지만, 이야기한들 이를 이해하고 수긍하기는커녕 궁상떤다고 면박 받기 알맞지, 격려받는 사회가 아니다.

그나마 젊은 날에는 신접살이에 애들 기르며 직장에 얽매이고 일터에서 부대끼고 집안일에 쫓기느라 다들 엇비슷한 일상이어서 이심전심으로 그러려니 하며 이럭저럭 지나왔다. 하지만 일흔을 훌쩍 넘기고 나니 사정은 이유가 되고 이유는 핑계가 되고 핑계는 변명이 되어 오해까지 불러와서 서로의 관계까지 뒤틀려지는 경우가 더러 있어 사뭇 걱정스러운 때가 더러 있다.

애들 다 키워서 제 갈 길 다 갔고 열심히 일해서 쓸 만큼 벌었으면 구애받을 일이 뭐가 있느냐는 거다. 어린이집이고 유치원이고 차 태워서 보내고 마치고 돌아오면 받아오던 손주들도 한집에 사는 것도 아닌데 그런 소리 듣기에 딱 알맞은 나이다. 열심히 일해서 쓸 만큼 벌어두었다고 하면 좋으련만 사정과는 거리가 먼 얼토당토않은 형편이라서 손사래를 쳐봤자 알아들을 까닭이 없으니 이유이고 핑계이고 변명만 될 것인데 차라리 입을 다무는 게 골백번 낫다.

문제는 입을 다문 이후의 후유증이다. 속 끓일 일이 좀 많은 것이 아니다. 해외여행을 가자는 것이 그렇고 이름난 '맛집'을 찾아 정기적으로 미식 탐방하는 모임을 만들자는 것도 버겁기는 마찬가지고, 불쑥불쑥 전화하여 밥 먹자는 것도 횟수가 잦으면 가랑비에 옷 젖는 격으로 돌아와서 마음이 편찮은 것도 사실이다.

사람이 태어나서 저세상 갈 때까지 사람과 사람과의 관계를 맺으면서 살아가는 것인데, 서로에게 할 말과 못 할 말을 가려가면서 하는 것이야 당연하다. 체면치레한다고 내뱉은 말을 이행하기가 쉽지 않을 때가 더러 있다. 넉넉한 살림살이가 아니다 보니 빠듯한 생활비로 용케도 빚지지 않는 것만도 다행인데, 이는 씀씀이를 요령껏 줄이는 수밖에 달리 도리가 없다. 특별한 상류층의 부자 말고는 너 나할 것 없이 가정사가 빤하다. 생활비를 줄이기도 여간 힘든 것이 아니다. 집에서 먹는 식자재에 드는 돈이야 사실상 별것이 아니다. 생필품값이 오르고 과일값과 채솟값이 오른다고 해도 사실 집에서 먹는 식자재비는 크게 부담되지 않지만, 인사치레의 커피 값이나 외식비가 만만치 않다. 인사치레가 많은 것은 사회 활동이 그만큼 많다는 것이기도 한데 걸맞은 품위를 유지하기가 날이 갈수록 벅차고 힘이 든다. 그러나 할 수 있는 데까지는 하고 보자는 식으로 인연의 끈을 놓지 못한다. 그럭저럭 선후배들과 차근차근 만남의 시간을 갖고부터는 만남의 폭이 생각 외로 더 넓어졌고 횟수도 잦아져서 날이 갈수록 집에 붙어있는 시간이 줄었다.

사람과의 만남은 참으로 오묘한 관계로 엮인다. 만남이 만남을 부르고 하나가 둘이 되고 둘이 넷이 되며 이리저리 얼기설기 엮어지면서 어느새 내 주위가 어떤 집합의 중심체가 되는 것 같다. 언행이 조심스러워지고 약속도 신중하지 않을 수가 없다. 여기저기 휩쓸리다 보면 자질구레한 일들로 뒤엉키고, 대수롭지 않은 인과관계로 보잘것없는 인사치레가 늘어나면 점차 버거워지기 시작한다.

작은 것에 감동키도 하지만, 별것 아닌 것에서도 서운함을 갖는 일이 다반사이다. 초로의 늙은이라지만 언제부터인가 깜박깜박하며 잊어버리기도 하고 '까짓것 별일도 아닌데 뭐.'하고 넘겨버리기도 하여 상대를 서운하게 하는 때도 더러 있다. 하지만 자질구레한 것까지 다

챙기다 보면 '정말로 이런 것까지 내가 챙기면서 살아야 하는가?' 회의를 느낄 때도 없지 않다.

무슨 불로소득이 있는 것도 아니고 연금 생활자도 아니면서 씀씀이는 줄어들 줄 모르고 늘어만 간다. 만남의 규모와 횟수를 더 줄이는 길밖에 도리가 없다. '다음에'라는 피신처의 신세를 져야 하는데 이게 훗날 서로의 관계를 소원하게 하는 불씨가 되어 까마득하게 멀어진 경우가 더러 생겨난다.

하루를 접고 잠자리에 들면 만남의 자리에 못 간 것이 후회스럽기도 하고 미안하기도 하여 온갖 생각들이 잠 못 들게 한다. 어디까지가 적당하고 얼마만큼이면 무난할까를 두고 늘 고민하지만, 언제나 시원한 답은 없고 갈등만 일으킨다. 그래서 사람 사는 것이 어렵다고 했을까!

경제적인 여유와 마음이 넉넉하지 못한 삶이 때때로 원망스럽기도 하지만, 이 또한 지나친 욕심인 줄은 안다. 그럼에도 훨훨 떨치지 못한다. 이제는 나이 탓으로 돌리기보다는 마음의 여유부터 찾아보자 다짐하면서도 선약을 핑계로 삼고 바쁘다는 것을 구실로 삼아야 하는 서글픔이 언제나 속앓이하게 한다.

18

지하 차도 침수 사고

장마 처음에는 이게 장마인가 싶을 정도로 어쩌다가 이슬비가 간간이 내리더니만 갑자기 쏟아진 폭우가 기어이 물난리를 내고 말았다. 부산, 초량동 지하 차도가 침수되어 9명의 사상자를 냈다. 인명 피해는 고귀한 생명을 잃는다는 안타까움도 억울하고 분한 일이지만 남은 자가 감당해야 할 몫도 엄청나다. 있어서는 안 될 생때같은 죽음이 시도 때도 없이 곳곳에서 일어나고 있어 우리를 억장 무너지게 한다. 문명한 과학의 필요악일까. 오고 가는 길에서도 너무나 허다하고 산업의 현장에서도 비일비재하다.

하마나 올 때가 됐는데? 벌써 도착했겠지? 별일 없겠지? 이 모두가 잠재되어있는 걱정들이 부지불식간에 굳은살로 자리 잡았다. 어쩌다가 이런 불안의식을 품고 살아가게 되었나를 생각해 봐야 한다. 스릴러나 모험, 더러는 객기, 무지나 과신, 아니면 만용일까, 잔망스러워서일까. 자의적인 경우들도 허다하지만, 타의의 경우가 대다수다. 생활 환경이나 현장 여건의 근본적인 불안전한 조건이나 장치 또는 시설의 하자(瑕疵)나 미비뿐만 아니라 부실 또는 결함까지도 묵인

되는 일상으로 고착화되어버린 안전 불감증을 들먹이지만 그래 봤자 언제나 사후약방문에 그치지 예방이나 처방에 이르지 못한다. 이는 권리를 주장해야 할 사람은 언제나 '을'의 위치에 있고 의무자는 '갑'의 위치에 있기 때문이다. 산업현장의 고질적인 적폐이다. 민과 관의 관계에서도 마찬가지다. 누군가가 당할 수 있을 가능성만을 두고 관을 움직이려고 나서는 것을 부담스러워한다. 사후 신고는 제법인데 사전 신고는 해볼까 하다가도 검토해 보겠다는 답변과 함께 끝난다는 것을 예상하고 포기해버린다.

사건이든 사고이든 언제나 남의 이야기지 본인은 당사자가 되지 않는다는 확신에 차 있다. 2020년 24일의 부산 초량동 지하 차도 침수는 어째서 통행을 통제하지도 않았을까. 전국 어느 지하 차도든 지하 주차장이든 출입구의 길바닥 물이나 천공(天空)의 빗물 유입을 막는 자연 배수로와 배수펌프 시설을 완벽하다고 생각한다. 전문가의 설계에 의한 전문 업체의 감리와 시공으로 만들어졌고, 설비 설치되었기 때문이다. 그래서 자신만만하게 내놓았고 이용자든 사용자든 철석같이 믿고 활용한다. 그제도 아무 탈이 없었고 어제도 아무 일이 없었다. 그런데 예견치도 않던 사고가 났다.

달리는 차가 지하 차도에서 물이 차올라 침수되어 인명사고 난 것이다. 이 같은 부산 지하 차도 침수 사고는 기후 변화로 인한 국지성 폭우로 불가항력적인 침수 사고라고 했다. 그렇다면 뭐가 문제인가. 안전시설은 예상의 최대치가 수용의 최소치라야 한다. 이번 사건을 예상외의 천재라고 하겠지만 예상의 최대치를 수용의 최대치로 잡았기 때문에 강수량이 예상을 넘어버리니까 수용이 감당을 못한 것이다. 자연의 힘을 얕잡아본 엄연한 인재이다. 사건 현장을 찾은 진영 행안부 장관은 "기상청, 지자체, 경찰과 실시간으로 소통하여 다시는 이런 사고가 일어나지 않도록 관리하고 필요한 대책을 세우겠다."라고 했다. 지켜볼 일이다. 라는 칼럼을 즉시 일간 신문에 실었었다. 그런데 오송 지하도 침수 사건은 또 뭔가? 행안부 장관, 그냥 해본 소리였나? 신고를 딱 부러지게 했는데도 아무도 움직이지 않았다. 충청북도에 3회, 청주시청에 10회 112와 119에도 수차례 신고를 분명히 했었다는 보도가 나왔는데도 출동 허위 보고서까지 작성했다니 국민은 뭐라고 해야 하나?

도로 통제는 경찰관 한 명이라도 충분하다. 경찰이 길을 막고 못 간다고 하면 어떤 사람이라도 안 간다. 못 가게 했으면 인명사고는 일어나지 않았다. 경찰은 신고받고 가려고 했는데 누가 못 가게 했나? 아니면 가라고 하는 것을 안 것인가? 그도 저도 아니면 개 짖는 소리로 알아들었나. 뭔 조사가 필요한가 통신 기록만으로도 사실 확인이 충분한 것 아닌가? 또 몇 년을 질질 끌어 국민이 진절머리나게 하려는 것은 아닌지 또 지켜볼 일이다.

사후약방문이든 소 잃고 외양간을 고치든 때늦은 후회이긴 하지만 같은 우를 더는 범하지 말라는 말인데 부산 지하 차도 참사나 오송 지하 차도 참사나 뭐가 다른가? 이 정도이면 국가 시책이 각자도생 하라는 뜻이다. 제발 떼죽음도 없게 하고 개죽음도 없게 하라. 국민을 원통, 절통하게 만들지 말라. 제발.

옛말에도 급한 불부터 먼저 끄라는 말이 있다. 피해를 입지 않아야 한다는 뜻이다. 오송 지하 차도의 참사는 억장 무너지게 하는 억울한 피해다. 그것도 생떼 같은 죽음이 14명이다. 급한 불을 안 꺼서다. 역부족으로 못 끈 것이 아니라 분명하게 안 끈 것이다. 신고자는 우이독경, 신고받은 자는 마이동풍이었다. 완급의 구분조차 안 한 것인지 못한 것이지, 분통 터지게 이해가 안 되는 부분이다.

뭐가 급한 것이었나? 급한 상황을 지켜본 신고자가 급하다는 신고를 했었다. 달려가서 차량이 진입 못 하게 막았더라면 인명 피해는 일어날 수가 없다. 인명 피해가 없었더라면 원통하고 억울한 죽음도 없었고 애통 절통해야 할 유족도 없었을 것이며 네 탓 내 탓 따질 이유도 없고 국민은 분통 터질 이유도 없고 왕배덕배 하며 나라 안을 추하게 들쑤시고 있지도 않을 것이다. 논리도 해법도 참으로 괴이하다. 왜 차량 진입을 신속하게 통제하지 못했는가를 떠져야 할 일인데 왜 물이 넘쳤느냐를 물고 늘어져 국민의 진을 빼게 한다. 참으로 괴상망측한 논리가 물난리보다 더 끔찍한 난리를 낸다. 나라의 앞날을 걱정스럽게 하는 것이 이태원 참사 해법과 오송 지하 차도 참사 해법이다.

오송 지하 차도 참사는 물이 제방의 둑을 넘어서란다. 물론 물이 제방 둑을 넘지 않았으면 아무 일 없었을 것인데 물이 넘친 것이 원인이다. 그러면 물이 잘못했네. '맞다.' 보수 공사 중이든 아니든 물이 안 넘쳤으면 사고 안 났을 것이다. '맞다.' 물이 넘친 것이 인책 사유이고 물이 원인제공을 했으니까 물이 잘못했네. '맞다.' 넘친 물도 억울하다. 비가 많이 와서다. 그러네. '맞다.' 그러면 비가 죽일 놈이네.

'맞다.' 비도 억울하다. 하늘이 내려보내서 왔다. '맞다.' 그러면 하늘이 죽일 놈이네. 맞다. 이렇게 하면 맞는 것일까?

신고를 받고 즉시 차량 통제만 했어도 인명 피해는 막을 수 있었다. 그리만 했더라면 우리는 지금 다른 일을 하고 있은 거다. 네 탓 내 탓 따질 이유도 없다. 길은 오가라고 만들어졌다. 이태원 참사도 길을 가다가 참담한 사고를 당했고, 오송 지하 차도 참사도 길을 가다가 당한 참사다. 부산 초량동 지하 차도 침수 참사 사건을 까맣게 잊고 있지만 3년 전인 2020년 7월에 차량 7대가 침수되어 9명의 사상자를 낸 참사다. 사후 수습은 제아무리 잘해도 사건 뒤처리일뿐이지 사건 이전으로 되돌릴 수 없다. 예방 다음으로 급한 불을 먼저 꺼야 하고 다음이 수습이고 책임이다.

부산 지하 차도 침수 참사는 물을 못 퍼낸 배수펌프가 죽일 놈이고, 이태원 참사는 길을 간 사람의 잘못이고, 오송 지하 차도 침수 참사는 비를 내린 하늘이 죽일 놈이다. 국민은 그렇게 알고 있으면 된다인가? 왜? 아무도 책임지는 사람이 없기 때문이다.

19

전어 철인데

"대포항 갈까?"

계속되던 불볕더위가 처서를 지나선지 아니면 엊그제부터 간간이 쏟아진 폭우 덕인지 불볕더위가 조금은 수그러지고 비도 그친 하늘에 높이 뜬 뭉게구름이 한가롭다. 코로나19로 인해 그간 적조했던 친구가 오랜만에 찾아와서 점심이나 같이할까 하고 던진 말이다.

"전어회 먹어도 괜찮을까?"

"뭐 비브리오?"

"아니, 일본 방사능 오염수 어제부터 방류했잖아."

그렇다. 2023년 8월 24일 오후 1시에 일본이 후쿠시마 원전 방사능 오염수 방출을 시작했다.

"어제 했으면 우리 근해까지 오려면 아직 멀었잖아?"

"그렇기는 해도 걱정이다."

"뭐, 우린 살 만큼 살았잖아? 지금 죽어도 호상이다." 피식 웃으면서 한 소리지만 맞긴 맞는 말이다.

"이렇게 팔팔한데?" 이태 뒤면 팔십인 친구는 주먹을 불끈 쥐고 양팔을 번쩍 들어 힘을 과시하며 멋쩍게 웃는다.

나는 학교 동기들보다 한두 살 아래다. 당시는 학기 초를 4월 1일이 기준이어서 3월 15일생이라서 15일이 모자라 만 6세가 되지 않았다고 입학 통지서가 나오지 않았는데 한 달을 책도 못 받고 또래들을 따라서 학교로 다녔더니 입학을 시켜주었다. 또래라고 해도 한두 살 위인데 동갑내기는 홍역으로 모두 죽고 혼자만 살아남아 서른 가구의 작은 마을에서 함께 놀던 친구 모두가 학교로 가니까 따라갈 수밖에 없었다. 운동장의 조회 때도 내가 맨 앞줄이고 책상도 없던 시절 교실에서도 내가 맨 앞자리의 임자였다. 뭐든지 따라서 해야 하는 처지여서 그게 실어서 언제나 겁이 없이 도전적이었다.

영국 대처 수상의 아버지가 대처에게 늘 해 온 말이 '생각을 조심해라. 말이 된다. 말을 조심해라 행동이 된다. 행동을 조심해라 습관이 된다. 습관을 조심해라 운명이 된다.'라고 한 말이 어찌 그리 네게 딱 들어맞는지 겁 없이 껍죽거리는 것이 내 운명이 되었다. 해야 할 것 같으면 어물거리지도 않고 머뭇거리지도 않고 앞서서 덤빈다. 결과는 쪽박 찬 내 운명이 되었다.

"팔팔할 때 먹어두자! 이 빠지면 못 먹는다." 오염수가 아직 오지도 않았을 것이고 더구나 우리 쪽에서 보면 일본 땅 뒤쪽인데 어느 세월에 여기까지 오며, 대천지 한바닥이라는 태평양 놔두고 왜 우리 동해나 서해를 찾아오나? 해류 따위에 아는 지식도 상식도 없거니와 어족들의 회유 코스 또한 아는 것이 없으니까 무식해서 용감한 것인지는 몰라도 제철 전어회라도 대접하는 것이 오랜만에 찾아온 친구를 위한 것으로 생각했다.

미리 겁먹을 것 없다는 뜻으로 한 말인데 친구의 양미간 표시 창에 '아니올시다'가 뜬다.

대포항까지 족히 30분을 차로 달려야 하는데 마땅찮다면 이래 층에 있는 추어탕이라도 먹을 생각을 하고 30분의 시간은 벌었으니 화제를 돌릴까 하는데 대뜸 "추석 제물을 미리 사야 하나?" 달포나 남은 추석 제물 걱정을 한다. 오나가나 장남들은 제사며 성묘며 하는 가정행사에 의무와 책임감에서 벗어나지 못하고 있다. 당시 우리 또래는 장남이 아니면 상급학교를 보내지 못해서다. 예닐곱이 예사였던 줄줄이 많은 자식을 대처의 학교로 보내는 것은 가난이 가로막고 있어서였다. 그래서 동기들이 대부분 장남이었다. 친구도 장남이다.

"뭔 소리야. 집사람이 알아서 하겠지?" 얼핏 눈치에 후쿠시마 방사능 오염수가 우리 해역에 닿기 전에 생선을 사자는 뜻이어서 통을 놓았는데 오랜만에 온 친구는 꽤 걱정되어서 한 말인데 면박을 준 것 같아서 거들기로 했다.

"그래야 하나? 어차피 냉동보관 할 건데 미리 사둬도 되겠지? 참 일본 저 사람들 도움 안 된다. 밉다 밉다 하니까 고깔을 모로 쓰고 이래도 밉소 한다더니 하는 짓거리 보면 미운 짓만 골라서 한다. 두고 두고 골칫거리다."

"대체 얼마나 많기에 앞으로 30년 동안을 바다로 쏟아붓는단 건가? 그것도 하루에 200톤에서 210톤을 붓는다며?"

"나도 그 소리 듣고 놀랐어. 30년을 붓는다는 것은 처음 듣는 소리였거든. 그런데 그것도 현재 보관 중인 양을 기준 한 것이지 원전을 폐쇄하기 전까지는 계속해서 오염수가 나오기 때문에 방류 기간은 더 늘어난다고 보던데?”

“그러면 바다는 이제 끝이다.”

“국제 원자력 기구에서도 별문제가 아니라잖아? 우리 정부도 가짜 뉴스로 문제를 만들지 말라며 과학적인 판단을 믿어달라잖아?”

“그 말을 어떻게 믿어? 일본서도 반대가 심하고 중국도 야단이던데?”

“일본은 어민들이 반대하고 중국이야 일본과 대립 관계니까 당연히 그럴게고.”

“안 사 먹으면 되지. 안 먹는다고 죽는 것도 아니고.” 단호하다. 더는 설명이 필요 없을 것 같다.

“그게 문제지. 안 사 먹으면 되는데 그것이 생업인 사람들이 문제지. 대안이든 대책이든 있어야 할 건데.”

“대안 대책이 뭐야? 서로 옳다고 쌈만 하는데 아래층에 아직도 추어탕 하나 보던데?”

우리는 추어탕을 먹으러 아래층으로 내려갔다.

20

비 오는 날의 조령관에서

인연의 맺고 끊음이 예사롭게 일상화되어버린 요즘은 만나고 헤어짐의 가치관에는 아무런 개념이 없다. 만남이 운명이니 숙명이니 하며, 서로가 의도적으로 헤어지는 것은 인연을 끊는 것으로 사람의 도리가 아니라며 피하려고 애썼다. 옛적에는 그랬다. 사람 귀한 줄 알 때였다. 쉬어가라 붙잡고 자고 가라고 아랫목 내어주던 때다. 길동무하자면서 같이 걷고 말동무하자면서 마주했던 그 시절에는 오고 가다 만난 것도 인연이라며 하늘의 뜻이라고 생각했다. 그랬으니 의도적으로 헤어진다는 것은 하늘의 뜻을 거역하는 것으로 인간의 도리가 아니라고 생각했다.

좋을 때야 헤어질 일이 없지만 안 좋을 때도 참으며 파경만은 피하려고 부단히 노력했다. 이웃이 없으면 농사를 못 짓고 친구가 없으면 힘든 일을 못 하던 농경 시대의 필수적인 노동력 때문만은 아니었다. 인간의 도리라는 관념이었다. 실익보다 도덕이 앞선 때였다. 절개니, 의리니, 지조니 하며 관념적 도덕성을 실용성에 앞서 이상으로 우대했었다. 그래서 만남은 하늘의 뜻이고 옷깃만 스쳐도 억겁의 연이라며 헤어지는 것은 인륜에 어긋난다고 여겼다.

사람은 태어나면서 부모와 만나고 자라면서 친구와 만나고 장성하여 부부가 만난다. 부모와의 만남은 운명이고 친구와의 만남은 우연이고 부부의 만남은 인연이다. 천륜과 인륜, 필연과 우연, 부정할 수 없는 인연이다. 그러나 만남이 있으면 헤어짐도 있다. 그래서일까. 요즘은 헤어지는 것을 너무 쉽게 한다. 아름다운 이별이니, 헤어짐은 만남을 위한 또 하나의 시작이니 한다. 말장난이다. 오래전에 문경새재의 조령관까지 차를 몰고 갔었다. 지금은 걷는 길로 정비를 했다는데 그래도 가고 싶은 곳이다. 비 오는 날이면 더 좋겠다. 그때도 비가 왔다.

조령관 옆의 언덕진 비탈에 자리 잡은 주막에서, 비 오는 날의 조령관의 풍광을 즐기며 지인과 파전을 시켜 막걸릿잔을 나누는데 헤어짐이 어떤 것인가를 읽게 했다.

희뿌연 비안개 속을 뚫고 하늘 높은 곳에서 떨어져 내리는 빗방울이 조령관 용마루에서 방울방울 부서진다. 깨어진 빗방울은 한쪽은 남으로 또 한쪽은 북으로 튕겨서 기와지붕의 암막새 끝에서 낙숫물이 되어 한쪽은 낙동강으로 또 한쪽은 남한강으로 가야만 한다.

낙동강 강물은 남해로 가고 남한강 강물은 북한강과 합류하여 서해로 간다. 그들은 언제 어디서 다시 만날 수 있을까.

21

/

정을 주지 말았어야지

"어떻게, 사정이 그렇다면 어쩔 수 없지."하고 전화를 끊자 뒷좌석에서 "왜 급한 사정이라도 생겼답니까?"하고 다급하게 묻는다. "사정은 무슨 사정, 강아지를 혼자 두고 나올 수가 없답니다." 뒷좌석에는 60대 중반의 여자 수강생 두 사람이 타고 내 옆으로는 70대 초반의 시인이 탔다. 약속은 뒷좌석에 50대 후반의 여자 수강생이 한 사람이 더 타기로 되어있었는데 갑자기 답사 동행을 하지 못하게 되었다고 온 전화였다. 매주 한나절씩 문학 강의를 듣는 수강생이 기행문 쓰기에 앞서 매월 한 번씩 사적지 탐방을 위해 승용차 두 대를 움직인다. 문학 강의니 수강생이니 하면 까불거리는 것 같아서 말로는 안 하지만, 글로 쓰자니 달리 적절한 표현이 없어서 부득이 쓰긴 하는데 원로 작가 둘에다 신진 작가 두셋과 아직 등단하지 못한 예닐곱 명의 있어 수강생이라고 했다. 시와 수필을 강의하고 있어 문학 교실이라고 하지만, 함께 공부하는 합평회가 더 걸맞다. 그중 한 사람이 내로라하는 전문 문학지에 초회 추천을 받고 두 번째 작품을 올리기로 준비 중에 애완견을 산 것이 사단이다.

버스 정류장에서 집으로 오는 골목길 들머리에 있는 애완견 센터의 유리 진열장에 털이 하얀 애완견과 오고 가면서 눈을 맞추는데, 너무 귀엽고 애처롭고 불쌍하게 보이며 '제발 저를 데려가 주세요.' 하고 커다랗고 새까만 눈망울에 눈물을 글썽글썽하게 적시며 애원을 한 것 같아서 몇 날 며칠을 잠을 이루지 못하다가 사 왔다는 것이다. 밥을 먹다가도 유리 진열장에 갇혀 눈물을 흘리고 있는 모습이 눈에 선하여 목이 메어 도저히 밥이 넘어가지 않더라는 것이다.

지난주에 "강의실에 애완견 데리고 가면 안 될까요?" 해서 "생각 깊은 사람들에게 주의를 산만하게 할 건데 당연히 안 되지요." 했더니 지난 시간의 강의도 빠졌다. 다른 문우들이 그녀의 재능을 부러워 할 정도로 글쓰기에 한창 물이 올랐고 지난 초회 추천의 심사평도 오랜 시간 숙련된 듯하여 앞으로 눈여겨 볼만 하다고 했었는데 다음 작품이 나올지가 사뭇 걱정스럽다.

별것도 아닌 것 같은 작은 변화가 일상에 끼어들어도 삶의 길이 달라진다. 사람과 사람의 만남이야 말할 것도 없지만 어느 순간의 관심이 동기가 되어 집중하게 되고 이어서 몰입하게 되면 가는 길이 달라져 버린다. 정을 붙이면 어느 것인들 정들지 않는 것은 없다. 순간의 선택에 일상이 발목을 잡힌 것이다. 정을 주지 말았어야지 하는데 뒤자석에서 비수가 날아왔다. "그 인생도 끝났다." 정말 그렇게 되는 것일까. 머리끝이 쭈뼛 선다. 정말 그렇게 끝나버리는 것일까. 개 수발 들다 보면 제 시간은 끝났다는 것이다. 정 붙인 게 탈이라며 혀를 끌끌찼다.

개 이야기만 나오면 아직도 나는 우리 집의 까망이를 기억해낸다. 새까만 털이 윤기가 반들반들했다. 등허리에 올라타서 '이랴이랴'하며 말 타듯이 우쭐거리기도 했다.

감나무잎이 빨갛게 물든 날, 하늘이 무너져내렸다. 앉은뱅이책상에 고개를 처박고 코를 훌쭉거리며 눈물범벅이 되었지만, 소리를 내고 울 수가 없었다. 아니, 소리 내고 울어서는 안 된다. 할아버지는 사내놈이 눈물을 흘려서도 안 되지만 소리 내어 우는 것은 금물이었다.

내 밑으로 두 살 차이로 여동생이 있고 그 밑으로 세 살 차이로 남동생이 있다. 남동생은 갓난쟁이로 엄마 방에 있고 여동생은 엄마 품에서 밀려나서 할머니 방에 있고 나는 할머니 품에서 밀려나서 아래채인 사랑방의 할아버지 방으로 옮겨지며 새로운 생활이 다섯 살 때부터 시작되었다. 밀어내기로 어쩔 수 없이 밀려난 것이지만 할아버지는 4년을 공들여서 얻은 장손이라고 끔찍이도 좋아하셨다.

동몽선습을 읽으며 초등학교에 들어갔고 털이 새까만 개 까망이와 함께 산이고 들이고 쏘다니다 "밥 먹으러 와."하고 부를 때까지 뛰고 뒹굴며 놀던 까망이가 학교를 파하고 집에 왔는데 흔적이 없었다. 책보따리를 왼쪽 겨드랑이에서 오른쪽 어깨로 빗겨 동여매고 달음질치듯 집으로 달려오면 양철 필통의 딸랑거리는 소리를 들었는지 멀리서부터 꼬리가 빠지라고 흔들며 달려오던 그 까망이가 사립문으로 들어서도 기척이 없었다. 순간 눈앞이 캄캄해졌다. "짐서방이 미음도 못 삼키고 개 물만 넘긴다는구나." 아침에 학교로 나설 때 할아버지께서 아버지에게 하신 말씀이 벼락 치는 소리같이 되살아났다. '짐서방'은 내게 재종형이 되는 아들 하나를 키우며 홀로 사시는 당숙모님

집에 코흘리개 때부터 머슴살이를 시작하여 빡빡머리에 허리가 굽은 노인으로 이날까지 충직한 머슴살이를 계속하는 우리 집안의 사위뻘인 김 서방이다.

마당을 번개같이 내달려 마루 밑의 까망이 집부터 살폈다. 까망이도 까망이 집도 없다. 눈물이 펑펑 쏟아졌다. 괴성이 터져 나오려는 소리를 목에다 힘을 주고 꾹 참았다. 위채의 할머니도 아래채의 할아버지도 기척이 없다. 눈물범벅이 된 얼굴을 주먹으로 닦아도 개똥벌레만 반짝거리고 무지개가 가로막아 짚으로 엮어 만든 두꾸리(멱둥구미)의 까망이 집이 보이지 않았다.

눈물을 닦고 닦아도 흐릿하지만 까망이의 집은 치워지고 말끔하게 빗자루 자국만 남아있었다. 눈앞이 캄캄해졌다. "짐서방이 개 물만 넘긴다는구나." 환청으로 되살아나서 귀를 울리고 가슴이 터질 듯이 뜨거워지며 하늘이 새까맣게 무너져 내렸다. 연신 눈물을 닦으며 끅끅 밀고 올라오는 무거운 덩어리를 목에 힘을 주어 되삼키를 거듭하며 사랑방의 책상 앞에 앉았다. 할아버지는 언제나처럼 아랫목에 앉아 계셨다. 내가 오는 인기척을 알아차리고 창호지를 오려내고 손바닥만 하게 붙인 유리를 통해 나를 지켜보았을 것인데도 아무 말씀이 없었다. 다녀왔다는 인사도 없이 앉은뱅이책상에 뺨을 붙이고 어깨만 들썩거렸다. 볼을 붙인 책상에 눈물이 흥건했다. 할아버지는 기척이 없으셨다. 돌아보지 않아도 할아버지의 모습이 눈에 선 하다. 할아버지는 미동도 하지 않고 천장의 서까래를 세고 계셨을 것이다.

22

버림받은 시청자들

    요즘 TV 방송을 보면 누구를 위해 방송을 하는가를 묻고 싶다. 방송의 주체는 출연진이고 객체는 시청자이다. 그러나 뉴스와 광고 방송 특히 홈쇼핑이나 보험 광고 방송 말고는 시청자에게 눈길도 한번 주지 않는 그들만의 방송을 하고 있다. 언제인가부터 방송이 시청자를 외면하고 아니 아예 무시하고 출연진들을 위한 방송으로 전락하였다. 방송의 목적은 다음에 거론키로 하고 방법론부터 따져봐야 한다. 누가 뭐래도 방송은 시청자를 위한 것이다. 방송은 시청자 개개인을 집단으로 생각하고 방송하지만 이인칭 관계를 유지하며 일대일이라고 생각하고 방송하는 것이 본질이고 원칙이다.

    그런데 요즘은 거의 모든 프로그램이 출연자와 이를 지켜보며 감탄하고 경악하고 웃고 즐기며 시시덕거리는 또 다른 출연진들이 한 그룹 더 있다. 후자들이 객석에 앉았거나 아니면 별도의 룸에 앉아 장소와는 상관없이 방송은 이들을 위주로 진행되고 있다. 출연자들의 일거수일투족을 평하거나 어설픈 동작이나 실수인지 고의인지는 알 수 없어도 이들의 행동에 박장대소를 하며 이치와 논리와는 상관없이 떠벌리고 좋아하며 미친 듯이 날뛴다. 방송마다 이들을 서넛에서 많게는 예닐곱 명까지 모셔다 앉혀놓고 진행하다 보니 이들이 안방 차지를 한 것이다. 이들이 방송의 주체이자 객체가 되어 즐기고 날뛰는 것을 시청자들은 담장 밖에서 넘어다보는 꼴이 되었다.

왜 안방의 시청자들은 남의 집 잔치를 담장 너머에서 까치발을 하고 기웃거리는 신세가 되었을까. 왜 안방의 시청자들이 울며 겨자 먹기로 이 두 부류를 보고 있어야 하나. 방송의 내용이 어려워서 시청자들의 이해를 돕고자 중간에 출연진을 둔 것은 확실하게 아니다. 이들이 인기 연예인이든 스포츠 선수이든 아니면 필부필부이든 이들이 시청자이고 방청객이지 안방의 시청자들은 철저하게 무시당한 채 객꾼으로 밀려났다.

방송 미디어의 발전이 일대일의 양방향 방송을 추구해 왔었는데 이제는 어찌 된 판인지 시청자의 위치마저 빼앗겠으니 어디가 잘못된 것인가. 진행자가 시청자와 눈을 맞추고 더러는 묻고 답을 예측하며 자답하는 접근성이 회복되어야 한다. 시청자들도 시청자를 위한 방송으로 회복되기를 위한 적극성이 필요하다. 출연자들이 눈길 한 번 주지 않고 그들끼리 시시덕거려도 아무 말을 않는다면 방송은 그들만의 놀이판으로 계속될 것이다.

23

한국의 피라미드 구형왕릉

대전 통영 간 35번 고속도로 생초 요금소를 나와 엄천강 물줄기를 거슬러 오르다가 화계장터에서 좌회전하여 덕양전을 뒤로 돌아 한참을 오르면 웅장한 돌무덤이 나온다.

근작의 홍예교를 건너 성역의 경계인 홍살문으로 들어서서 솟을삼문으로 들어가면 한국의 피라미드라는 가락국 10대 구형왕의 돌 능이 천오백여 년의 장구한 세월에도 흐트러짐이 없이 잘 보존되어 역사 속의 옛이야기를 오롯이 품고 있다.

혼자 들기에는 버거운 크기의 돌을 산비탈을 따라서 일곱 단의 층을 지워 이등변 삼각형으로 쌓아 올려 상부를 약간 봉긋하게 하였는데 웅장하고 장엄하다. 사자 석상이 마주한 안쪽으로 장신의 무인석과 문인석이 쌍으로 마주하고 커다랗게 혼유석이 놓인 뒤로는 '가락국양왕릉'이라는 신위 비석이 근엄하게 섰다.

가라국 마지막 왕 구형왕은, 찬란했던 철기문화의 오백 년 사직을 신라에 넘겨주고 시조 김수로왕이 말년에 머무르셨던 태왕궁지 아래에 묻혀 이승의 저편에서 망국의 한을 달래며 영면하고 계시다.

흥망이 재천이라 국운을 탄식한들 무엇하랴만 종묘에 죄를 빌고 백성을 위로하려 이토록 애달픈 유언을 남겼을까, "과인이 죽으면 흙으로도 덮지 말고 돌로만 덮어라." 하였으니 비통한 마음을 초목도 함께하고 산짐승도 날짐승도 모두의 애도일까. 폐하 가신 지 천오백 년의 기나긴 세월이 흘렀어도 산새도 능 위로는 날지 않고 칡넝쿨 한 가닥 범하지 않으며 흙먼지 한 점도 쌓이지 않고 가랑잎 하나 날려오지 않으니 수목이 울창한 심산계곡에서 그저 경이롭고 신비로울 뿐이다.

이 글은 필자의 기행 수필 「왕산자락 기락국의 발자취」의 한 단락이다. '능'이라고 하면 임금과 왕후의 무덤으로 면적이 드넓고 봉분의 크기도 웅장하고 장엄하며 결이 고운 잔디가 융단처럼 덮였을 것으로 짐작부터 하는데 왕산자락의 가락국의 마지막 왕 구형왕릉은 돌로만 쌓은 능이다.

백성이 피 흘리지 않게 하려고 신라에 나라를 넘기지만, 선왕의 뒤를 잇지 못하는 망국의 패왕으로 종묘에 속죄하고 백성에게 사죄하며 죄업을 저승까지 지고 가겠다며 무덤에 흙을 얹지 말고 돌로만 덮으라고 했으니 아낌도 남김도 없이 전부를 바쳐서 속죄하려 했으니 산천초목도 비통함을 함께하고 산짐승 날짐승도 애도하고 경모하며 추앙의 예를 다한다.

그런데 전두환 전 대통령은 무덤을 만들지 말라고 했다. 신군부의 죄업을 본인 스스로는 인정하였을까. 무덤을 지으면 부관참시를 염려하였을까. 아니면 저주와 증오의 대상물로 남을까를 염려해서일까. 이승의 업보를 염려한 망자의 심경은 알 수 없으나 속죄든 사죄든 한마디 말도 없이 입을 다물고 떠났으니 남은 자들이 분을 삭이지 못하고 두고두고 힘들어한다.

숭모의 발길이 천오백여 년을 이어지며 추앙받는 구형왕릉이 자꾸만 눈에 선하다.

24

앞선 자의 고난

산이 높으면 오르기가 어렵고 물이 깊으면 건너기가 어렵다. 이치다. 거스르면 무모하고 포기하면 굴복이다. 도전은 정도(程度)의 신중함을 요구하지 만용을 허용하지는 않는다. 패기가 넘치면 만용이지만 소침해도 얻는 것이 없다. 걸맞은 정도의 가늠이 승패를 가르고 결과는 인품으로 나타난다.

대인은 신중함이 지나쳐 때를 놓치고 소인은 객기가 넘쳐서 탈을 낸다. 신중함이 지나치면 돌다리도 두들겨 보고 건너고 객기가 넘치면 징검다리도 건너뛴다. 그러나 머뭇거림이 지나치면 따르는 이들이 지치고 경거망동하면 믿음이 없어 따르지 않는다. 현실이다.

2022년 3월 9일은 20대 대통령 선거일이다. 민주당은 후보자가 결정되었고 국힘당은 경선이 한창이다. 치열하다. 양당의 예비후보 중 누군가가 차기 대통령으로 선출될 것이다. 군왕과 같은 국가의 원수를 이들 중에서 선택해야 한다. 이들만이 국민의 지도자급인 최고 그룹일까. 정작 최고 그룹에 있으면서도 신중함이 지나쳐 때를 놓친 사람이 있을 것이고, 지난 허물이 드러날까 봐 포기를 한 사람도 있을 것이다. 전자든 후자든 국가와 국민은 손해다. 전자는 답답하고 후자는 안타깝다. 전자는 추대하지 못하는 추종자들의 무능으로 인덕이 없고, 후자는 스스로 허물을 씻어 덕으로 숙성시키지 못한 용기 있는 군자의 길을 잃었기 때문이다. 전자의 추종자는 실리에만 급급한 시정잡배에 불과하여 언제든 기회를 만들지 못할 것이지만 후자의 안타까움은 두고두고 아쉬움으로 남을 것이다.

사람은 나이 따라 변하고 시대 따라 변하며 환경 따라 변하고 노력 따라 바뀐다. 우리들의 삶도 마디가 있고 굽이가 있어 고비가 있다. 비 오는 날에도 나서야 하고 때로는 뻘밭도 걸어야 한다. 입신의 영달을 꾀함인가 경세제민을 위함인가에 달렸다.

대나무는 길어도 마디가 있어 뒤틀림이 없고 소나무는 굽어도 기개가 있어 한결같이 품위를 지킨다. 옥에도 티가 있고 밥에도 뉘가 있다. 잘못임을 알았으면 즉시 고쳐야 한다. 먹물은 마르기 전에 씻어야 한다. 때를 놓치면 영원히 지우지 못하는 것이 이치다.

잘못을 스스로 들추면 대인이고 감추면 소인이다. 불확실성 시대의 관직의 울 안에는 도덕적 해이의 전례가 언제나 화근이다.

선비는 혼자 있어도 의관을 정제한다. 난세에 영웅 난다고 했다. 태산은 바람을 두려워하지 않고 대하는 소리 내어 흐르지 않는다. 소리 나는 여론이 전부가 아니다. 소리 내지 않는 여론을 들으면 길이 보일 것이다.

설중매의 향이 천 리를 가고 송죽의 푸르름은 한겨울에 돋보인다.

25

고독한 정의

불의에 시달리는 정의를 위해서는 가만있으면 안 된다. 정의에 동참하고 사회적 불의에 공분하며 의로운 약자에 공감하는 사회로 가꿔야 한다. 부정 앞에 침묵하는 것은 부정에 동조하는 것이라고 했다. 백번 수긍하면서도 이행에 주저한다. 따르는 후환을 염려해서다.

정의는 바탕이 공정하여 자기 보호가 없어도 누구에게나 보호를 받지만, 불의는 자기 보호가 절대적이므로 특정한 보복으로 상대에게 선제공격으로 기습한다. 따라서 그 앙갚음이 두려워 부정 앞에 침묵한다.

인간 사회는 모두가 관계로 맺어졌다. 사실을 밝혀 진실을 말하지 않으면 정의는 부정에 잠식되어 사회 전반의 미래를 장담할 수 없다. 따라서 시시비비가 화두로 떠오르면 침묵해서는 안 된다. 불의나 부정은 정의보다 적극적이다. 부정은 양심으로부터 끝없는 저항을 받고 있어 양심을 짓뭉개지 않으면 자신의 몰락으로 판단하기 때문에 양심을 제압하려고 수단까지 부정한 방법을 동원한다.

먼저 이치나 사리부터 부정하고 합리화를 모색하여 합법화로 끌고 간다. 그렇다고 아귀가 딱 맞는 것이 아니다. 양심은 근본이고 부정은 조작이기 때문에 의도대로 맞춰지지 않는다. 이럴 때 동원되는 것이 전례를 들어대거나 남의 경우를 끌어댄다. 보편화를 꾀하자는 것이다. 통상적으로 또는 묵시적으로 암암리에 과거에도 그러했다는 전례를 끌어댄다. 그러나 양심은 진리와 순리에 순응하지, 변절하지 않는다. 반면에 부정은 최후의 수단까지 동원한다. 자기 고통에서 벗어나 살고 보자는 것이다.

양심은 때로는 부정 앞에 갈등한다. 실리와 실익만이 인정받는 현실 때문이다. 갈등의 골에서 빠져나와야 번민에서 벗어날 수 있다. 살기 위해서는 양심은 묵살하고 부정을 감춘다. 여기까지가 자신과 싸움이다. 엄연한 사실은 냉혹한 현실이 양심까지 짓밟은 것이다. 난도질이다. 유린이다. 하지만 양심 앞에 패배한 것이다. 그러나 패배를 인정하려 들지 않는다. 그래서 고뇌가 따른다. 고통이다. 죄업이다. 이제 남은 것은 망각뿐이다. 머릿속에서 지워야 한다. 그러나 쉽지 않다. 번민이 고통으로 이어진다. 더는 벗어날 수단이 없다. 위선으로 왜곡한다. 그러나 양심의 정의는 불의에 복종하지 않고 순리는 역리를 용납하지 않으므로 불의는 번민에서 벗어나지도 못한다. 묻어버리려 한다. 죄악이다. 양심의 선고는 끝났다. 용서받지 못할 형벌로 종결된다. 그러나 세상 밖으로 드러나면 실정법과는 무관하게 불명예라는 종신형의 수의를 입고 살아야 한다. 언제까지라도 끌고 다녀야 하는 자기의 뒷그림자는 추한 모습이다.

불의는 부정을 두둔하지만, 양심은 부정을 용인하지 않는다. 양심의 편에 서면 정의는 고독하지 않다.

26

법조비리

검찰청사 현관의 포토 라인에서 카메라의 플래시를 받으며 보도진의 집요한 질문 공세에 피곤한 기색이 역력한 고관들의 모습을 종종본다. 이번에는 검사장 출신과 부장 판사 출신의 변호사가 섰다. 피의자의 심문에서부터 칼날같이 예리한 논고로 서슬이 퍼렇게 구형하며 법의 준엄함을 보여 왔던 검사가 피의자가 됐다. 또한, 진리와 사리와 윤리와 도리 등 온갖 이치를 기본으로 한 법리를 바탕으로 옳고그름을 판단했던 판사가 피의자가 됐다.

얼마 전까지만 해도 법복 입은 이들은 범법자의 옥살이 여부와 때로는 생살여탈권까지도 쥐고 있던 검사장과 부장 판사 출신이다. 직위와명예만으로도 사회의 바로미터가 되어 살아야 할 사람들이다. 참으로황당한 일이지만 명예도 자존심도 인성까지 모두 돈 앞에 무너진 처참한 참상이다. 부당한 수임에다 고액의 수임료를 받고도 선임계를 누락시켜 탈세까지 범한 것이고 보면 물욕의 화근이기도 하지만 전관예우를 암시하며 전관 과시를 한 것이 화근의 단초가 되어서다.

욕심 없는 사람이 어디 있겠느냐만 물욕도 가져야 할 때와 경우가 있다. 이들은 가질 만큼 가졌고 갖출 만큼 갖췄을뿐더러 누릴 만큼도 누리고 있는 이들이다. 이제는 사회에 봉사하며 지식도 학식도 인품까지 나누며 올곧은 삶의 선봉에 서야 할 사람들이다.

탐욕의 끝은 어디인가? 못 써도 버리고 넘쳐도 버리고 남아도 버리는 것이 생활의 이치다. 그렇다면 쓸 만큼만 있으면 되고 모자람만 없으면 되는 것을 무한정 갖으려다 존경을 받아야 할 사람이 세인들로부터 지탄의 대상이 되었고 기어코 영어의 몸이 되었으니 두고두고 후회해도 모자랄 평생의 망신이다.

법치 국가로서 죄형 법정주의를 기본으로 삼는데 고액 수임의 변호사와 적정한 수임료로 선임된 변호사가 법정에 마주 서면 무엇이 어떻게 달라지는지 국민은 알고 싶다. 행위는 성립되고 나면 어떠한 경우라고 소멸하지 아니한다. 따라서 원인과 발단과 경위와 결과가 오롯이 남아있다. 그래서 증거 재판주의가 우선된다. 법리의 해석도 다름이 없고 간혹 적용의 다툼만 있을 뿐이다.

진리는 모순이 없고 순리는 거스름이 없고 윤리는 나무랄 데가 없으며 도리는 고칠 데가 없다. 이 모두를 바탕으로 한 것이 법리이다. 따라서 돈으로 이치를 바꿀 수 없고 행위의 성립을 뒤집을 수도 없다면 고액 수임료로 선임되는 변호사는 어떤 변호사며 어떤 사람이 선임을 의뢰하며 어떤 사건인가도 궁금하지만, 무엇보다 알고 싶은 것은 판결이 어떻게 내려지는가가 더 궁금하다.

정의와 양심의 마지막 보루이고 옳고 그름의 최후의 심판대가 전관예우에 휘둘리면 유전무죄 무전유죄의 병폐는 법리를 왜곡하며 정의를 속박할 것이다. 법률의 잣대는 공정하고 언제나 한결같아야 한다.

27

실패한 대통령

역사를 배우는 까닭은 다른 데 있지 않다. 법고창신, 옛 법을 바탕으로 새로운 것을 창안해 낸다는 말로, 옛것의 소중함과 아울러 새것의 필요성을 동시에 표현한 말이다. 옛것이 옳으면 따를 것이고 그르면 버리든지 새롭게 고쳐야 할 것이다. 역사를 배우는 것은 지난날을 알려는 것이고 지난날을 경험으로 삼아 새로운 것을 도모하자는 것인데 우리는 남의 일은 사흘만 지나면 다 잊어버린다. 과거의 전철을 밟지 않겠다는 새로운 각오는 먼저 과거를 알아야 하는데 돌아서면 잊어버려서 본보기인 귀감으로 삼든 경험으로 삼을 수가 없다. 더구나 정치 문제는 엄청난 비용을 치르고 얻은 경험인데도 그마저도 지나고 나면 까맣게 잊어버리고 그뿐이다.

역사는 그치지 않고 이어진다. 오늘이 내일의 역사가 된다. 오늘은 어디서 왔나? 어제의 결과에 따른 이음이다. 그렇다면 현 정권은 어디서 왔나? 지난 정권에서 온 것이다. 지난 정권은 역사이고 현 정권은 작금의 현실이고 미래를 향한 진행형이다.

현 정부는 윤석열 대통령이 이끄는 윤석열 정권이다. 그렇다면 윤석열 대통령은 어디서 왔나? 전 정권인 문재인 정권으로 인하여 생겨났다. 아무리 건망증이 심하더라도 지난 정권 정도는 기억하고 있어야 하는데 잊은 것인지 아니면 기억하고 싶지 않아서 생각하지 않는 것인지 나라의 앞날을 생각하면 답답하면서도 아찔하다.

문재인 정권으로 인하여 윤석열 대통령이 나왔다. 박근혜 정권이 문재인 정권으로 바뀐 것과 그 성격이 다르다. 박근혜 정권이 문재인 정권으로 바뀐 것은 박근혜 정권의 부작용에서 온 것이고 윤석열 정권은 문재인 정부의 반작용에서 온 것이다. 윤 대통령은 대통령이 되어야겠다고 정치에 몸을 담지도 않았고 꿈꾸지도 않았다. 그런데 왜?

문재인 정권은 실패한 정권이다. 문재인 대통령이 뜻과 힘을 합쳐 이 나라를 이끌어 보자며 임명했던 사람이 임기 중에 대통령에게 등을 돌려 사퇴하고 야당의 대통령 후보군으로 나온 것이 이를 입증한다. 대통령의 수뇌부인 경제부총리, 감사원장, 검찰총장이 대통령이 내쳐서 나온 것도 아니다. 이 자리에 더 머물러서는 안 되겠다 하고 사퇴했고, 이대로 두어서는 안 되겠다 하고 대선 출마를 선언했고, 문 대통령 체제의 유지로 이어져서는 안 되겠다 하고 제일 야당인 국민의 힘 당으로 입당한 것이다. 여기까지만 봐도 분명 문 정권은 실패한 정권이다. 게다가 문 대통령의 사법 개혁과 정면으로 맞섰던 윤석열 전 검찰총장이 집권 여당의 대선 후보군까지 앞지르며 줄곧 최상위이고 김동연 전 경제부총리나 최재형 전 감사원장도 선두 그룹이라는 것이다. 왜일까.

일본의 무역 보복에서도 우리 정부가 이겼다. 일본의 목줄 조임에도 굴복하지 않고 자생의 길을 찾아 성공했고, 하고 싶은 말도 다 했다. 중국과도 마찬가지다. 사드 배치에 따른 경제 보복도 극복했다. 한반도의 평화와 비핵화를 위해 북한 김정은도 만났고 백두산에도 같이 올랐다. 결과는 북한의 시간 벌기와 북·중 간의 협력만 굳히게 되었지만, 이는 트럼프 전 미 대통령의 패배이고 중국의 시 주석의 영향이지 문 대통령의 잘못은 아니다. 코로나19의 극복을 위한 대응에도 최선을 다했고 국민의 생계 지원도 최대한 했다. 부동산 문제는 수요와 공급이 맞서고 임대와 임차가 맞서기 때문에 어느 사람도 쉽게 풀 수 있는 현실이 아니다.

그런데 왜일까. 국회 인사청문회를 무시한 인사가 패착이었다. 사사건건 막말하고 시비 걸고 반대만 한다며 야당의 말은 들으려 하지 않았다. 경제, 노동, 원전 문제도 타협 없는 소통 아닌 불통으로 포용력의 부재가 흠결이다. 문 대통령도 법률전문가이면서 편견에서 벗어나지 못했다. 사법 개혁은 독립성과 중립성이 뒷걸음질 쳤다. 정점에 섰던 조국 전 민정수석을 법무부 장관 후보로 지명하고부터 모든 정국이 조국 사태에 함몰되었고 추미애 전 법무부 장관의 보복성으로 이어지며 급기야 박범계 법무부 장관이 양면의 탈을 뒤집어써야 했다. 검찰 개혁의 후유증과 언론 중재법의 파란도 끝이 안 보인다. 긁어서 부스럼을 내고 상처마다 덧낸 꼴이다. 조국은 오발탄이고 추미애는 불발탄이고 박범계는 공포탄이다. 조국의 불씨가 패착이었고 패인이었다. 문 대통령은 잘할 수 있었는데 사법 개혁의 집착에 빠져 임기 반을 허송세월한 실패한 대통령이다.

따라서 사법 개혁에 반기를 든 윤석열 검찰총장이 선봉장이 되라며 국민이 등을 떠밀었다. 여론 조사에조차 본인 이름은 제발 빼어달라고 했던 윤석열 검찰총장이었다. 꿈도 꾸어본 적이 없는데 대통령이 되었다. 윤석열 검찰총장을 대통령으로 만든 주역이 문재인 대통령과 조국 법무부 장관과 추미애 법무부 장관이다. 작용 반작용의 원리에서 반작용이 작용하여 현 정권이 태어난 것이다.

법고창신, 현 정권의 가야 할 길은 작용 반작용에서 목표가 이미 정해져 있었다. 미로 찾기도 아니고 새로운 개척도 아니다. 목표를 향하여 제대로 가고 있는지 그렇지 않은지는 현 위치에서 누구나 판단이 가능하다. 실패한 대통령이 되지 않기를 간절히 바란다.

28

귀뚜라미 우는 밤에

홑이불이 얇다 싶더니 밤이 깊도록 귀뚜라미가 울다가 갔다. 무슨 기별을 하고 간 것 같은데 알 수가 없다. 아파트 베란다까지 온 것을 보면 긴히 전할 말이 있어서일 거다. 날개가 있다고 함부로 날지 않는다. 긴 다리를 가졌다고 아무 곳으로 뛰지 않는다. 목청이 좋다고 함부로 소리 지르지 않는다. 기어이 전해야 할 말이 있어야 날개를 비벼서라도 소리 내어 전한다.

할 소리 안 할 소리 막 해대는 대선 예비 후보군과는 다르다. 눈만 뜨면 그 소리고 날만 새면 딴소리하는 그들과 다르다. 서로가 못 잡아먹어서 안달이 난 그들과는 전혀 다르다. 온갖 채널에서 인기몰이하느라고 해서는 안 될 소리까지 냅다 쏟아내는 떠버리들과도 다르다.

긴히 전할 말이 있어도 언제나 창문 밖에서 밤이 깊도록 때를 기다린다. 설 자리와 앉을 자리를 엄연히 구분하고 때와 장소도 확실하게 구별한다. 출연료에 혈안이 되어 어디든지 끼어드는 그들과는 다르다. 귀담아들으면 정신이 없고 새겨들으면 어지럼증이 나고, 알아 두면 더 쓸데없는 소리다. 그들의 얄궂은 소리에 가는 귀가 어두워져서 귀뚜라미의 전언이 어렴풋하게 들린다.

고향마을에 아람이 벌어졌다고 일러주고 갔을까. 내일쯤에는 잊혀진 옛사람이 찾아올 거라는 기별이었을까. 며늘아기가 둘째를 가졌다는 기별이 올 거라는 귀띔을 한 것일까. 아니면 걱정되던 지인의 아들이 혼처가 생겼다는 기별이었을까. 조금만 더 참으면 마스크를 벗을 날이 머지않았다는 귀띔일까. 고단한 사람들을 눈붙임을 더하라고 밤이 길어졌다는 기별이고 하늘이 높아져서 눈이 새금하게 푸르고 맑아졌다는 귀띔을 한 걸까.

풀벌레 울어서 깊어가는 가을. 귀뚜라미 울어서 길어지는 밤, 밤이 길어서 외로워지는 가을. 코스모스가 길마중을 나서면 옛 가던 길이 가고 싶어서 어쩔 것이며, 모르는 사람들이 그리워지면 또 어쩌나.

산자락의 외진 곳에 들국화가 피어나면, 떠나간 사람들이 보고 싶어져 또 어쩌며, 눈물 젖은 발자국을 돌아보지 말자 했는데 세월의 강 저편이 그래도 그리워지면 또 어쩌나. 한 뼘씩 한 뼘씩 밤이 길어져 옛 살던 그날이 마디마디 서러워서 은하수 끝자락에 회한의 눈물을 흘려 적시면 또 어쩌나.

실바람도 잠들어 깊어진 밤, 오지랖 들추어 그리움 한가득 다독다독 묻어놓고, 울어서 길어진 밤을 남겨두고 귀뚜라미는 흔적도 없다.

날이 밝으면 어디든 나서야겠다며 베란다로 나서서 하늘을 본다. 찬 이슬에 젖어서 높아진 새벽하늘, 별빛은 아직도 초롱초롱한데 실낱같은 그믐달이 애달프게 처량하다.

29

여름밤 그 너머에

초여름의 더위가 제아무리 더워 봤자 숨 막히게 헉헉거릴 정도는 아닌데 습기가 많은 날 밤이면 문제가 달라진다. 우선 후텁지근한 공기가 기분을 언짢게 하고 눅눅한 앉은 자리가 은근히 불쾌감을 자아내고 끈적끈적한 몸에서 짜증이 솟아난다. 이쯤 되면 슬슬 부아가 나기 시작한다.

"그래, 이 먹방들아! 펄펄 끓는 뚝배기에 벌겋게 고춧가루 푹푹 풀어 땀 뻘뻘 흘리며 남은 국물까지 후루루 들고 마시고 뭐라고 시원하다? 그래, 얼큰해서 좋겠다. 왜? 모닥불까지 피워놓고 그러시지."

애먼 텔레비전에 대고 분풀이를 시작한다. 지금부터는 보이는 것이 모두 원수다. "뭐라고? 쾌적한 환경에서 장례지도사가 정중하고 엄숙하게 모시겠다고? 죽기를 바래라. 너 미워서도 안 죽는다."

죄 없는 리모컨을 아금받게 누른다. 무엇인가 번개같이 번뜩했는데 "미친놈."하고 안 보아도 알아차리고 TV를 탁 꺼버리고 소파에서 뻘떡 일어선다. 아무 말 안 해도 될 것을 혼자 구시렁거린다.

'뭐라고? 운전하지 않을 때도 줘? 그게 자동차 보험이야?' 어쩌다 내는 냉장고 돌아가는 소리에도 짜증을 내더니 캔맥주는 잘도 찾아

마신다. 뭐 야채 봉지 밑에 둔다고 못 찾을 것도 아니지만, 문짝마다 참기름 들기름은 터줏대감이고 온갖 양념 병들이 점호 준비를 끝내고 빼곡하게 도열해 섰고 칸칸이 쌓인 비닐봉지는 만삭이고 각양각색의 반찬통이 장작더미처럼 촘촘하여 출퇴근 길의 지하철은 저만치 나가라는데 안 그래도 구박데기인 캔 맥주가 설 자리가 있나. 야채칸 밑창이라도 감지덕지다.

부아나서 일어섰으면 잠자리로 갈 것이지 캔맥주 한 모금에 부아가 삭았는지 다시 거실 소파에 앉는다. 다시는 안 볼 듯이 내동댕이를 쳐놓고 리모컨을 왜 잡나. 찌르기라도 하듯이 손을 뻗치며 다부지게 버튼을 누른다. 매미 날개 같은 연하게 푸른 옷을 바람에 나풀거리며 청량음료를 들이키며 카-아 하고는 생긋 웃고 맹랑한 아가씨가 싹 사라지고 나니까 전동 드릴 세트 가방이 활짝 열린다. 검정과 노란색이 잘 어울리는데 스테인리스 부분은 반짝반짝 빛난다. 주인공 무선 드릴과 다른 부품들이 촘촘히도 들었다.

남자들은 공작 기계니 공구들을 싫어할 사람은 없다. 요즘 광고를 보면 별별 공구며 온갖 접착제와 승용차의 스크래치를 본살 같이 지워내는 스프레이 제품들이 지천이다. 어찌 그리 가격도 꼭 같이 이만 구천구백 원이다. 부러진 곡괭이 자루를 접착제로 붙이면 힘껏 내려쳐도 다시 부러지지 않고, 타일 벽에 거치대를 붙여 턱걸이로 매달려도 안 떨어지는 접착제 하며 별별 것이 다 있다. 드릴 공구가 얼마인가 하고 자막을 아무리 살펴도 없다. 맨 위 구석에 보험 상담만 하면 준단다.

'흙 파서 장사하나.'하고 비아냥거리는데 때맞추어 구급차 소리가 여름밤을 찢는다. 소방차 소리도 다급하게 따라간다. 뭔가 하고 창문을 열었더니 눈 깜짝 할새 소방차는 어디론가 사라졌고 차들의 전조등과 후미등이 줄을 이어 스쳐 가면서 내는 타이어의 마찰음이 신경을 곤두서게 하는데 위층의 개 짖는 소리가 앙칼지게 부아를 지른다. 쾅! 하고 소리가 나게 창문을 세게 닫는다.

선풍기를 엄지발가락으로 꾸! 눌렀다. 보란 듯이 기를 쓰고 돌아간다. 푸—우! 하고 긴 숨을 토해내며 열을 삭히려고 밤하늘을 쳐다본다. 하늘에는 별 하나 보이지 않는다. 그 많던 별들이 어디로 갔나. 금가루 은가루를 뿌린 것 같던 은하수도 없다. 뿌연 회백색의 안개가 하늘을 덮었다. 희뿌연 밤안개 속을 헤집고 옛 살던 고향 집으로 달려간다.

보리타작 뒤끝의 겉겨 타는 냄새가 난다. 누룽지 솥에서 나는 구수한 냄새다. 쑥 냄새도 향긋하다.

대나무 평상에서 할머니의 무릎을 베고 누어 밤하늘을 본다. 우루루 쏟아질 것만 같은 별, 휙! 하니 하늘을 가로지르며 금빛 같은 줄을 긋는 별똥별, 모깃불에서 구워지는 옥수수 냄새를 맡고 북두칠성이 바가지를 내민다.

모기를 쫓는 할머니의 부채 소리가 이따금 툭툭 종아리를 때린다. 담장 너머로 넘겨받은 팥알이 숭숭 박힌 술빵에서 수제비 냄새가 난다. 어제저녁에 도깨비에 쫓겨가던 아이들이 어떻게 되는지 할머니의 입만 쳐다보는데 할머니의 도깨비는 어디론가 사라진 모양이다.

호랑이 이야기로 건너뛰기를 한다. 나물 캐던 여자아이들이 고양이 새끼인 줄 알고 쓰다듬는데 멀찍이서 지켜보던 호랑이를 보고 놀라 혼비백산이 되어 집으로 나물 소쿠리도 버리고 신발이 벗겨지는 줄도 모르게 달려왔는데 다음날, 자고 일어나니까 마루청에 나물 소쿠리와 신발이 가지런히 있었고 마룻바닥에는 호랑이의 커다란 발자국이 있더라고 했다. 어미 호랑이가 밤새 집집이 물어 놓아주고 갔다던데 그 호랑이가 사립문을 밀고 연방이라도 들어올 것만 같아 할머니의 무릎을 더 깊숙이 다잡아 베었다.

사립문에 매달은 요령 소리가 요란하게 울리며 사립문이 열린다. 할머니 허리를 꼭 껴안았다. 삼촌 또래의 이웃집 삼촌들이 횃불을 밝힐 것이라며 달아서 몽글어진 대나무 빗자루와 커다란 새우 소쿠리를 챙겨서 나간 것을 할머니의 이야기를 듣다 까맣게 잊고 있었다. 그들이 이제야 개선장군처럼 왁자지껄하게 사립문을 열고 들어온다. 가슴을 쓸어내렸다.

양철 양동이에서 피라미와 송사리가 투닥투닥 튀며 난리를 친다. 힐끔 보시고 부리나케 부엌으로 들어가신 어머니의 도마소리에 여름 밤이 깊어져 갔다.

30

길 떠나고 싶은 계절

끝장이라도 낼 것같이 삼라만상을 불볕으로 볶아대던 무더위도 제 풀에 물러갔다. 담장 너머의 대추도 볼을 붉히고 석류는 터질 듯이 빨갛게 영글었다. 달덩이 같이 커져 버린 해바라기가 고개를 숙이고 코스모스가 하나둘씩 피어나며 방싯거린다. 들녘이 노르스름하게 물들어 간다. 가을은 어김없이 우리들 곁으로 돌아왔다.

가을의 들녘은 농부들의 몫이고 가을의 강은 기러기의 몫이며 가을의 산은 다람쥐의 몫이지만 코스모스 피어있는 가을 길은 길 떠나는 나그네인 여행자의 몫이다. 아침저녁이 선선해지면서 마음은 벌써 길 떠날 준비로 산란하게 설렌다. 어딘가를 몰라도 좋을 어딘가로 떠나고 싶고, 누군가를 몰라도 좋을 누구와도 떠나고 싶고, 아니라도 좋아서 혼자라도 떠나고 싶어지는 계절이다. 길섶마다 손짓하는 코스모스를 길동무하고, 산기슭 돌아가는 모롱이마다, 피어있는 들국화를 말동무하고, 떠가는 흰 구름의 길 안내 따라, 끝 모르는 어딘가로 떠나고 싶어진다.

무엇을 구하려고 그토록 바둥대고 누구를 앞서려고 그토록 나부대며 무엇을 보여주려 그토록 우쭐대고 무엇을 찾으려고 돌아볼 줄 몰랐으며 무엇을 남기려고 밤잠을 설쳤던가. 정작으로 나를 잊은 지난 세월이 풀벌레 소리에 뒤돌아 뵈는 계절이다. 다정스런 말 한마디 건넸더라면 멀어지지 않아도 좋았을 사람, 그저 한번 살포시 웃어주었더라면 소원하지 않아도 좋았을 사람, 손 한번 가볍게 잡아 주었더라면 보내지 않았어도 좋았을 사람, 눈 한번 슬그머니 감아주었더라면 미움받지 않아도 좋았을 사람, 따뜻한 말 한마디 해줬더라면 돌아서지 않아도 좋았을 사람, 마음 한번 다독거려 주었더라면 두고두고 고마워할 그 좋은 사람, 눈길 한번 주었어도 좋았으련만 힘든 기색 역력해도 마음 한 번 못 준 것이 가슴을 헤집는데 돌아서던 그 사람은 오죽이나 했을까.

행여나 잊고 있는 이 같은 사연들을 꼭꼭 묻어버리고 감추지는 않았는지 화해와 용서의 계절 가을 앞에서 되새기며 돌아본다. 군데군데 얼룩져도 까마득한 옛길은 그리움이고, 이제는 잊어도 좋을 지난날의 잔상들을 툴툴 떨치고, 하늘하늘 코스모스 피어있는 길, 들국화 저만치서 기다리는 길, 억새꽃 한들한들 손짓하는 길, 끝없는 가을 길을 떠나보고 싶어진다.

31

살기 좋은 세상인데

일자리가 있어 땀 흘린 값이라도 그런대로 받으면서 세상사와 적당하게 타협하면 참으로 살기 좋고 놀기 좋은 세상이라는 것을 차를 몰고 나서보면 누구나 느낄 수 있다. 국도든 지방도든 포장이 잘 된 도로가 어디를 가나 사통팔달로 트여 있고 졸음쉼터까지 마련하여 졸리면 쉬어가라고 간곡하게 당부도 하고 온갖 편의 시설을 갖춘 휴게소가 군데군데 자리 잡고 있어 불편한 것도 없고 부족한 것도 없으며 명승지든 문화재든 볼거리까지 낱낱이 알려주는 안내판까지 길목마다 나서서 친절하게 길 안내를 해주고 있어 시설은 편리하고 환경은 깨끗하고 이용은 간편하며 안내도 시원하여 참으로 고맙기만 한 세상이다.

시골길로 들어가 보면 지상 천국 같다. 마을마다 마을 회관이나 경로당이 신식 건물로 건립되어있고 앞마당의 주차장까지 말쑥하게 마련돼 있으며 안으로 들어가면 널따란 거실에는 별도의 주방 시설까지 깔끔하게 꾸며 놓고 큼지막한 방은 눕기도 하고 잠자기도 할 수 있게 남녀 구분된 전용으로 나누어져 있을뿐더러 에어컨과 전기패널을 깔아서 냉난방 설비까지 완벽하게 갖추어져 있다. 그뿐만 아니라 각종 헬스 기구가 웬만한 의원의 물리치료실만큼이 갖춰져 있어 노인들이 온종일 찜질하고 안마를 받을 수 있고 대형 TV와 노래방기기까지 마련돼 있어 여유롭게 시간을 즐길 수 있으며 더러는 목욕탕과 찜질방까지 갖춰진 마을도 있고 북과 장구 등 사물놀이까지 할 수 있게 갖춰진 마을이 대부분이다.

마을 회관 밖으로도 온갖 시설들이 구비돼있다. 무엇보다도 좁은 골목과 비탈로 인한 차량 진입의 어려움이 적잖았는데 웬만한 마을이면 골목길도 넓혀졌고 아스팔트나 시멘트로 포장도 깔끔하게 돼 있고 마을 공용 주차장까지 널따랗게 마련돼 있다.

정자나무 아래에는 방부목을 깔아서 시원스러운 대청마루 같은 휴식 공간과 긴 의자를 놓아서 쉼터의 역할을 톡톡히 하게 하고 옛 내음 물씬 나게 목조기둥에 반들반들한 마루청을 깔고 청기와를 올린 팔각정까지 마련하여 멋스러운 풍경까지 가꿔졌고 체육시설까지 마련돼 있어 남녀노소가 불편함 없이 휴식과 체력 단련까지 할 수 있게 갖춰져 있다.

뭐가 부족하며 뭐가 불편한가를 어디에서도 찾아볼 수가 없다. 이만하면 참으로 살기 좋은 세상이 아닌가 싶다. 가로등 밝아서 밤이라도 대낮같이 밝고 꼭지만 틀면 수돗물이 쾰쾰 나오며 난방 스위치만 틀면 방바닥이 지글지글 끓고 주방과 거실이 한 공간으로 되어 있어 찬바람 맞으며 음식을 조리하거나 설거지할 필요도 없고 비 맞으며 화장실 갈 필요도 없이 거실에서 문만 열면 볼일 다 볼 수 있어 말 그대로 원스톱이고 논스톱의 시설이다.

주방 기구도 고급 호텔 못지않다. 각종 전기 전자제품은 빠진 것이 없고, 조리 기구도 다 갖춰져 있다. 터치 버튼을 누르고 기다리기만 하면 맛있는 밥이 다 되었다고 잘 저어주기나 하라며 예쁜 목소리로 다 알려주고 그저 입맛 갖추어서 반찬이나 만들면 식사 준비 끝이다. 더구나 비상시에는 대피소로 사용할 수 있게 비상 장비까지 다 갖춰졌다. 이만하면 무엇이 더 필요한가. 갖출 것은 다 갖췄으니 그저 누리기만 하면 되는 세상이다.

농사일도 그렇다. 밭곡식 말고는 손도 댈 필요가 없다. 자식들이 제발 농사일 그만하시라고 해도 재미로 할 뿐이고, 벼농사는 모를 언제 심었는지 추수를 언제 했는지도 모른다. 벼농사는 농기계를 갖춘 사람에게 위탁해 버려서다. 첫닭이 울 때까지 잠자리에 들지 못하고 삼 삼고 베 짜며 길쌈하던 때는 호랑이 담배 먹던 옛 시절의 전설이다. 할머니의 할머니와 어머니들이 불쌍했다며 요즘의 할머니들은 마을 회관에 모여 앉아 넘쳐나는 음식물 쓰레기가 걱정이다.

지자체의 보건소에서 이동 진료도 자주 온다. 방역 소독도 수시로 한다. 쓰레기봉투에 넣어만 놓으면 어김없이 제때 쓰레기차가 실어 간다. 깨끗한 주변 환경에 고만고만한 화분이 철마다 꽃을 피우며 다들 제자리에서 제철 오기를 기다린다. 그런데 마을 회관 앞에는 세발자전거들이 있어야 할 자리에 각종 보행 보조용 전동 휠체어와 유모차가 빼곡히 늘어섰다. 그네가 없어졌고 미끄럼틀도 없어졌다. 아기들의 울음소리가 들리지를 않는다.

그저 꽃피면 봄이고 선풍기 돌면 여름이고 에어컨 켜면 삼복이며 오곡백과 거두면 가을이고 찬 서리 내리면 겨울이다. 옛사람들은 철 따라서 부대끼며 살았지만 요즘 사람들은 철 맞추어서 즐기며 산다.

산중에 책력 없어 철 가는 줄 모르도다.
꽃피면 봄이고 입지면 가을이라
아이들 헌 옷가지 찾으면 겨울인가 하노라.

철 가는 줄 모르고 꽃이 피면 봄이라며 천하태평 같은 고시조지만 아이들 헌 옷가지 찾는 데서 가난이 조랑조랑 매달렸고 아녀자들의 눈물이 헌 옷 보퉁이에 서럽게 배였다. 요즘은 유행 따라 옷 입고 온갖 과일이 사시사철 철도 없이 나와서 철 가는 줄 모르고 수입 과일조차 넘쳐나서 더더구나 모른다. 옛사람이 봤으면 철(계절)모르고 철(사리 분별)없이 산다고 할 것이다. 과연 그럴까. 저녁 무렵이면 그림자 길게 끌며 각자의 집으로 보행 보조기를 밀며 돌아가는 허리 굽은 할머니들의 뒷모습은 처량히도 쓸쓸하다.

32

5월이 서글프다

계절의 여왕 5월이다. 아카시아꽃이 만발했다. 등나무의 보라색 꽃도 포도송이처럼 주렁주렁 매달려서 탐스럽게 피어났다. 영산홍도 마음껏 피었다. 화투 5월의 난초도 덩달아서 피었다.

우렁쉥이가 맛있을 때다. 우렁쉥이 비빔밥도 젖혀 두고 초고추장 아니라도 통마리 집어서 입술로 짠물 쭈르륵 훑어내며 빨아들이면 진한 솔 향기가 미각을 마비시키고 싱싱한 봄 멸치 쌈밥도 다른 반찬을 기죽이는데 갯바람 맞으며 묵은 친구랑 막걸리 한잔 곁들이면 극락이고 천국이다. 갯마을이 아닌 산촌이면 어떤가. 삼겹살 사고 불판 챙길 것 없이 논두렁 밭두렁에 지천으로 나서 튼실하게 자란 쑥 뜯어다가 밀가루에 털털 섞어서 찐 쑥버무리는 또 어떤가. 봄의 정취를 통째로 들이킨다. 요리사나 주방장 손을 거칠 것 없이 엄마 손이면 가족 모두가 행복해지는 5월, 가정의 달이다.

어린이날, 어버이날, 스승의 날, 성년의 날, 부부의 날, 부처님 오신 날 등 가족 간, 사제 간의 오붓한 모임이나 봉축 행사로 화합과 축제의 달이다. 그런데 어쩌나. 마트든 백화점이든 유일하게 아이들의 손을 잡고 걸을 수 있는 즐거움은 빼앗겼다. 이 날만이라도 모양내서 해보려는 효도의 기회도, 내심으로 기다렸던 호사의 기회마저 계좌 이체가 마침표를 찍는다. 부모님의 앞가슴에는 천륜의 꽃이 효심으로 피어나고 선생님의 가슴에 존경의 꽃이 사랑으로 피어나고 절집마다 불심의 꽃이 연등으로 피어나 사바세계에 광명의 빛이 가득한 사랑과 존경과 자비의 달인데 말이다.

사리 긴 보리밭에 5월의 햇살은 결결이 밀려와서 살랑거리는 실바람을 안고 드러눕는다. 보리 이삭이 팼다. 종달새를 불러본다. 대답이 없다. 소풍 나온 아이들도 없다. 뻐꾹새가 애끓는 울음을 토한다. 산비둘기의 울음소리도 처량하다. '강나루 건너 밀밭 길을 구름에 달 가듯이 가는 나그네'는 지금은 어디만큼 가고 있을까. 멀어지기 전에 불러서 소찬일망정 마주 앉아 밥이라도 먹여 보낼 것을, 보내고 마음 아플 줄을 미처 몰랐다.

화상 통화도 한두 번이고 문자 안부도 어쩌다가 할 것이지, 무시로 만나던 지인조차 멀어져가고 있다. 언제쯤이면 마스크를 벗고, 언제쯤이면 마주 앉을 수가 있을까. 장미꽃보다 더 붉고 함박꽃보다 더 활짝 핀 웃음꽃이 피어나는 계절의 여왕 5월, 거리 곳곳에 현수막이 나붙었다. 잠깐만 멈추면 멈춘단다. 어쩌나 그래야지, 지금 멈추지 않으면 영원히 멈춰버릴 수 있다.

함께하지 못하는 5월이 서글프다. 까맣게 애가 탄 그림자를 데리고 동구 밖 과수원 길을 홀로 걷는다.

33

5월을 돌아보며

가정의 달이자 어린이날인 5일 새벽. 렌터카 속에서 네 살, 두 살 짜리 아들딸과 함께 30대 부부 일가족 네 명의 주검이 발견됐다. 가정의 달이 원망스럽고 어린이날이 야속하다. 사채 7천만 원의 빚을 매월 분납으로 갚아보려고 개인회생신청을 하여 매월 80만 원씩을 갚아오다가 부부가 실직하여 이마저도 갚을 길이 없어 극단적인 선택을 했다고 보고 있다.

이를 두고 세간에서는 왜 한 번 더 손을 내밀지 않았을까 안타까워했다. 그들은 왜 한 번 더 손을 내밀지 못했을까. 개인 회생 신청을 하면서도 죽을 용기를 내서 했다고 봐야 한다.

어렵고 힘들 때 감지덕지 꾸어 쓰고 지금에 와서 형편이 어렵다고 법과 제도에 맡겨버린다는 양심적 자괴감에 얼마나 괴로워했을까를 생각해 봐야 한다. 그런데 변제계획안 변경 신청을 또 어떻게 낼 수 있는가 말이다.

정부의 시책을 악용하는 재주 좋고 잔꾀 많은 사람의 도덕적 해이에 경종을 울린 것이다. 최저 생계비를 공제하고 매월 80만 원씩을 갚아가며 가까스로 생계를 꾸려왔었는데 내외 모두가 실직하였으니 그 허망하고 참담함이야 본인만이 아는 고통이었을 것이다.

처음 그들이 개인 회생 신청을 한 것으로 보아 어떻게든 살아보려고 발버둥 친 것은 사실이다. 개인 파산 신청이나 변제계획안 변경 신청을 몰라서 안 하지는 않았을 것 같다. 개인 회생 신청을 할 당시에 법률 조력을 받으면서 다른 방법과 추후 할 수 있는 방법도 변호사로부터 충분히 설명을 들었다고 봐야 한다. 그러나 그들 부부는 법률적인 허락을 받았으나 스스로의 양심으로부터 허락을 받지 못하여 더는 손을 내밀지 못하고 극단적인 선택을 한 것이다.

네 살과 두 살배기의 그 티 없는 어린것들은 엄마, 아빠랑 차 타고 어딘가로 놀러 가는 줄로만 알고 재잘거리며 얼마나 즐거워했을까. 죽음 앞에 직면한 것도 모르고 천사 같은 얼굴로 잠든 애기들을 바라보던 어미, 애비의 심정은 또 어떠하였을까. 애기들은 남겨둘까 하고 얼마나 고민하였을까. 무능한 부모라고 또 얼마나 자책했을까. 남아서 고통받을 삶보다는 차라리 하늘나라에서 함께하자며 모진 마음을 먹었을 것이다.

이를 동정심으로 봐주면 이 같은 일이 또 일어날 수 있다며 신중하자는 얘기도 나온다. 맞기는 하다. 그러나 앞서 돌아볼 일이 있다. 나는 내 이웃과 지인들을 얼마나 알고 있을까. 하소연이라도 하고 싶어도 이야기조차 들어 줄 사람 없어 '말 못 한 사연'으로 남겨지는 냉혹한 현실이 5월을 슬프게 한다.

34

이 땅의 보배들

　지난 9일 전국 17개 광역시·도의 306개소에 치러진 2016년도 9급 국가 공무원 모집 정원 4,120명을 선발하는 공채 필기시험에 22만 1,853명이 지원서를 제출하여 지난해의 지원자 19만 987명보다 3만 2,000명 가까이 늘어난 사상 최대의 응시자가 몰렸다고 인사혁신처가 밝혔다. 웃어야 할지 울어야 할지 고민해 봐야 한다. 5만 8,062명이 결시를 했다고 하더라도 지원자 대비 합격률로 보자면 54대1이고 54명 중 53명이 낙방해야 한다. 이는 22만 1,853명을 성적 순위로 한 줄로 세워서 4,121번째부터 21만 7,733명을 잘라버리는 것이다. 22만여 명 중 4천여 명을 추려내고 21만여 명을 선발해야 순리에 맞고 이치에 부합되는 살아볼 만한 세상이지 이래서는 살아갈 가치가 있는 세상인지를 생각해 봐야 할 문제가 있는 현실이다. 그렇다면 왜 유독 국가 공무원 시험에만 목숨을 거는지를 생각해 봐야 한다.

　일터에서는 인력이 모자라고 구직자들은 일자리가 없으니 참으로 역설적이고 모순적이지만 현실은 사실이다. 어디가 잘못된 것이며 어떻게 개선해야 할 것인가를 근본적으로 해결하지 않으면 이 땅의 젊은이들은 희망이 없다. 피 끓는 젊은이들이 연애도 결혼도 출산도 포기한다는 '삼포 세대'가 이제는 인간관계도 주택도 포기하는 '오포 세대'가 되어 벼랑 끝으로 내몰리고 있는데 정치인들은 야생마가 길들어졌다며 태평이고 부모들만 애를 태우는데 바늘구멍으로 들어가기만 다그칠 것이 아니라 바늘구멍을 대문짝만하게 넓혀줘야 한다.

얼핏 봐서 지원율이 높아지면 높아질수록 유능한 인재를 뽑을 수 있어 좋아할지 모르지만, 여기에는 무서운 복병이 숨어있다. 공무원 '우월주의'이다. 공무원 헌장에는 '국가에 헌신하고 국민에 봉사한다.'라고 되어있지만, 공무원이 우월주의에 물들면 국가에는 충성하겠지만 국민에게는 군림하는 안하무인이 된다. '공익을 우선시하며 투명하고 공정하게 맡은 바 책임을 다한다.'라고 공익에는 우선하겠지만 공정성은 보장할 수 없어 국민과는 괴리가 생겨 불신과 배신의 골만 깊어진다. 따라서 '청렴을 생활화하고 규범과 건전한 상식에 따라 행동한다.'를 따를 수 있는 사람이면 충분하다. 국가와 국민 모두를 위하여 공무원 우월주의를 방지하려면 공무원 지원율을 반드시 낮춰야 한다.

향기가 좋고 꿀이 많으면 벌과 나비가 몰려든다. 같은 이치이다. 사생결단으로 몰려들지 않게 꿀단지의 개수와 양을 줄여서 근무조건이 열악한 근로자들의 생활 보장에 보태야 한다. 고용주의 빈약한 주머니를 넘겨다보지 말고 국가가 줄인 비용만큼씩이라도 주택구매비, 육아·보육비, 학자금 지원, 퇴직연금 등을 직접 지원하는 제도를 만들어서 이 땅의 젊은이들이 힘들어 기피하는 불안정한 직장이라도 근로의 가치를 존중하는 생활인으로서 희망을 품고 일하면서 건전한 가정을 꾸려갈 수 있게 해야 한다. 이 땅의 보배는 젊은이들이다.

35

코스모스 피어있는 길

    하늘이 높아져서 고추잠자리가 낮게 날면 푸르렀던 들판은 황금
물결이 일렁이고 길가에는 코스모스가 핀다. 방송국마다 앞다투어
김상희의 노래 〈코스모스 피어있는 길〉을 내보냈다. 반세기의 저편
1960년대 후반이었다. 그때의 이맘때면 어디를 가든 '코스모스 한들
한들 피어있는 길'이였다. 그래서 '향기로운 가을 길을 걸어갑니다.'
하고 가을 길을 걸었다. 그때의 이맘때인 지금은 어느 길을 가더라도
코스모스는 없다. 기다리다 길어진 목이 애처로워 오가는 사람들의
가슴을 짠하게 했던 길가의 코스모스는 어딘가로 떠났다. 산길 모퉁
이에도 없고 들길에도 없고 강둑에도 없다. 간이역의 플랫폼 저만치
에서 한사코 기다리며 섰더니만 흔적도 없이 사라졌고, 보내고 서운
해서 철길 따라 손 흔들던 코스모스는 이제는 그 어디에도 찾을 길이
없다. 서운해서 서럽게 돌아선 것일까. 누구도 찾지 않는 언덕 위의
들국화도 떠나버린 가을, 길가의 코스모스도 어딘가로 떠나갔다. 코
스모스 옆에 서서 들국화 바라보던 고개 숙인 억새가 세월을 하얗게
이고 드문드문 길섶에서 외로움을 달랠 뿐, 풀꽃 하나 볼 수 없는 삭
막한 가을 길을 기러기도 외면하고 하늘 높이 날아간다.

소득 없는 정서보다 실익 있는 영악함이 가을 들판에 코스모스를 무더기로 갔다 부어 축제를 연다. 색색 가지의 코스모스를 들판 가득히 숨이 막히게 쏟아놓고 딴 세상을 꾸몄다. 빼곡하고 촘촘하게 꽃 물결이 넘실거린다. 꽃만큼이나 사람도 북적거린다. 우쭐우쭐 껍죽대며 북새통이다. 코스모스가 사람 구경하느라 목이 길어졌을 뿐, 잃어버린 고향, 옛정도 멀어졌다. 그리움도 외로움도 품은 정도 사라졌다. 청순가련하여 사랑받던 코스모스는 가을 길에서 쫓겨나 울타리 안에 갇혔고, 외로워서 기다리는 언덕배기의 들국화는 전설이 되었다.

'옥이 흙에 묻혀 길가에 밟히리니' 오가는 사람마다 흙이라 했는데, 코스모스도 들국화도 잡초에 묻혔으니 잡초일 뿐, 거칠 것 없이 베어내는 예초기를 들쳐메었으니 코스모스도 들국화도 오로지 제거의 대상일 뿐이다. 가상의 세계로 자청하고 들어선 오늘은 어제가 옛날인데, 스마트폰을 들여다보지 차창 밖을 보는 사람도 없고 들국화를 바라볼 사람도 없다. 알 수 없는 그리움이 기다림이 되는 가을, 단풍 같은 마음으로 노래하던 '코스모스 한들한들 피어있는 길'은 전설 속으로 사라져갔다.

36

부나비가 된 소비자

이른 아침 대문 열고 골목 청소 해놓고서 들일 하랴 안일하랴 들숨 날숨 힘에 겹고, 식솔들 한 해 식량 달랑달랑 빠듯해도 때 잃은 길손 불러 밥 한술도 나눠 먹고, 해 저물면 방물장사 아랫목에 재워주며 콩 한 쪽도 나눠 먹던 그런 때도 있었는데, 못다 먹고 버린 음식 넘쳐나서 처치 곤란. 거리마다 수거함은 언제나 만삭이라 멀쩡한 옷가지도 버릴 곳이 마땅찮고, 가전제품 주방 기구 새것인지 헌것인지 분간조차 안 되는데, 멀쩡한 가구마저 돈 딱지 사다 붙여 골목 밖에 내어놓고, 먹을거리 살림살이 넘치고 넘쳐서 버릴 곳이 없건마는, 입만 열면 불경기라 못 살겠다 푸념이고, 갓난쟁이 분유조차 사대기가 힘들어서 틈틈이 밥물로 암죽 끓여 먹였는데, 출산하면 지원금에 다달이 양육비를 다소나마 보태주고, 유아원도 유치원도 차 태워서 데려가서 어르고 달래면서 간식 주고 점심 먹여 온갖 교육시켜서 집에까지 데려오고, 할아버지 할머니 국민학교 시절에는 코흘리개 도시락도 콩보리밥에 장아찌도 감지덕지했었는데, 지금은 너나없이 도시락을 싸는 것도 엄마들이 힘들다고, 책가방만 메고 가면 영양사가 식단 짜서 금쪽같은 새끼처럼 때맞추어 밥 주지만, 중학교에 보내려면 하숙비랑 책값에다 월사금이 버거워서 소 팔고 논 팔아서 살림살이 거덜날까 못 보내고 돌아서서 옷소매에 눈물 닦던 부모들이 많고 많던 그 시절이 엊그젠데, 지금에야 집 근처로 우선하여 배정하여 고등학교 졸업까지 교복비 지원에다 점심값도 무상이라 학비 한 푼 안 들이고 너 내 없이 다 보내고, 대학인들 많고 많아 제가 싫어서 안 간 거지 집집이 학사에다 한 집 건너 석사이고 두 집 건너 박사이며, 시장 보기 불편타고 전화 걸면 배달오고 재미 삼아 다니면서 사시사철 한결같이 대형매장 단골이고, 백화점은 너도나도 뻔질나게 드나들며 해외직구 즐겨 가며 온라인으로 구매하고, 방방곡곡 어딜 가도 소도시도 관계없고 외딴곳도 상관없이, 대도시 뺨칠 듯이 대형매장 단지들이 날만 새면 생기는데, 어디서 오는 건지 드넓은 주차장은 언제나 만차이고, 틈틈이 해외여행 국제공항 출국장은 철도 없는 북적대며, 세계 각국 한국인이 줄을 서서 찾아드니 거리마다 한글 간판 어리번쩍 즐비하고, 크로아티아로 여행가는 한국인이 너무 많아 우리나라 경찰들을 파견하는 지경인데, 이래도 못 살겠다고 입만 열면 푸념이니 엄살인지 투정인지 그 속을 알 수 없어 스쳐 가는 바람 소리 귀 밖으로 들리지만, 빈부격차 양극화는 갈수록 심화되어 가진 자는 더 보태고 덜 가진 자는 축만 나니, 우리 경제 어쩌자고 앞 다리는 앞을 가고 뒷다리는 뒤로 가며 설상가상 소비 풍조 매정하고 생각 없어 골목 상가 외면하고 어리번쩍 대형매장 밝은 불만 찾아가는 속절없는 부나비라 서민 경제 이러다가 거덜 날까 걱정이네.

37

대열 운행의 참사가 남긴 교훈

사막의 능선을 걷는 낙타의 행렬을 석양의 역광에서 바라보면, 풍광의 멋과 운치가 넘쳐나 경이롭기까지 하다. 어쩌면 저렇게도 자로 잰 듯이 일정 거리의 간격을 유지하며 줄지어 갈 수 있나 하고 신기하기도 하거니와 어느 누구도 하나같이 서두름이 없어 더없이 평화롭다. 그뿐만 아니라 스님들의 '안행' 또한 멋스러운 행렬이다. 기러기가 날아가는 모습에 비유하여 안행(雁行)이라 하여 굽으면 굽은 대로, 바르면 바른 대로 외길로 줄지어서 걷는 광경은 머뭇거림도 없고 빠르고 느림도 없이 그저 물이 흐르는 것과 같다. 한결같은 순리와 순리의 이음이고 연결로 이어진다.

이 모두는 사전에 약속된 것들이 아니다. 앞에 선 이의 속도에 맞춰지고 뒤에 선 이의 간격으로 유지되는 서로 간의 배려이고 이심전심에 의한 순리에 따른 흐름이다.

이와는 달리 차들의 운행에는 엄격한 규율이 있다. 반드시 지켜야 할 법규이자 조건 제시로 이루어진 약속이고 이해 균등의 사전 계약이다. 이를 어기면 쌍방이 피해를 보기 때문에 엄격하게 법률로써 제한한 제약이 주어진 것이다.

지난 16일 오전 남해고속도로 진주 방향 창원 1터널 안에서 9중 연쇄 추돌 사고로 관광버스 사이를 달리던 승용차도 연쇄 추돌을 하면서 들이받히고 들이받으면서 버스 사이에 끼어 타고 있던 4명 모두가 현장에 숨지는 참사를 빚었다. 2,670미터인 긴 터널 속의 사고. 차에 불이라도 붙었더라면 다섯 대의 관광버스에는 수학여행 길의 학생들이 타고 있어 더 큰 참사를 불러올 뻔했던 아찔한 순간이었다. 이번 추돌 사고도 앞차의 원인 제공 발단이야 어떠하든, 대열 운행까지 하면서 안전거리의 미확보가 추돌로 이어진 예견된 사고이다.

낙타들의 행렬이나 안행은 모두 속도에 걸맞은 나름대로 안전거리가 정확하게 지키고 있지만, 고속도로를 질주하는 차들은 엄격한 규제를 운전자들이 인지하고 있으면서도 이를 무시하기 때문에 사고로 이어지는 것이다. 더구나 요즘의 관광버스는 대형화돼서 길이도 10미터가 넘으며, 무게 또한 10톤을 넘는 어마어마한 덩치이다. 이러한 육중한 덩치가 시속 100킬로미터를 달리다가 앞차를 들이받는다면 그 충격은 실로 엄청날 것이다. 100킬로미터 속도의 제동 거리가 70미터라지만 운전자의 순발력에 따라 제동 거리에 포함되는 공유거리가 길어질 수도 있고, 제동 장치의 성능이나 도로 또는 타이어의 상태에 따라 제동 거리가 길어질 수 있어, 100미터의 안전거리 유지는 생명과 직결되는 절대적인 준수 사항이다. 끼어드는 차량이 얄미워서 틈새를 주지 않겠다고 더 다가서는 것은 참으로 잘못된 생각이다. 이번 사고를 계기로 단속과 처벌을 강화한다지만 이에 앞서 우리는 공유의 권리를 향유하며 서로를 배려하는 운전 습관의 절실함을 되새겨 볼 일이다.

38

오우가와 그레셤의 법칙

서넛이든 네댓이든 연배 정도면 서로가 마음 맞춰 벗을 삼아 밥도 먹고 차도 마시며 수다든 담소든 허물없이 나누는 게 우리들의 일상인데, 어쩌다 보면 대수롭지 않은 일로 옥신각신 다투다가 다시는 안 볼 듯이 등을 지고 돌아섰다가도 이내 제자리로 돌아오지만, 남남 간의 자잘한 다툼에 속앓이도 하고 부대끼기도 한다.

너 내 되어 보라며 역지사지를 들이대기도 하지만, 백인백안이고 백인백태인데, 어찌 하나 같을 수야 없다는 것인 줄은 서로가 알면서도 맞서는 경우가 허다하다. 지는 것도 아니고 이기는 것이 아닌 것을 놓고 서로가 굽히지 않을 때가 있으면 지켜보는 이로서는 부질없어 황당하다. 두루뭉술하게 넘어가면 되지, 뭘 그러냐고 중재를 서는 데도 콩과 팥은 가려야 한다며 수그러들지 않으면 답답해지는데 훗날 보면 어느새 흑과 백이 나뉘듯이 등을 돌리고 돌아서서 묵은 정은 간곳없고 냉담하기 그지없다. 그 틈에도 돌아앉아 이간하고 충동하는 꾀쟁이 모사꾼의 부채질이 작용하면 사방이 뒤틀려서 아귀를 맞춰주려고 애를 쓰지만 여간 힘들지 않을 때가 있다.

만경창파도 풍랑이 일렁이고 천년 고목도 바람에 흔들리는데 육척 단신이 어찌 흔들리지 않겠냐며 시간 가고 세월 가면 제풀에 꺾이겠지 하고 기다리는 수밖에 도리가 없다. 문제는 나가서 새로운 만남을 만들면서 돌아다보며 음해할 때에는 감당할 재간이 없다.

'그래 뭐랬어. 양은 냄비 끓듯이 할 때 알아봤지.'하고 퉁을 먹일까 하다가도 입을 다무는 게 상책이다. 세월의 더께가 웬만큼 두꺼워져서, 양은 냄비도 불을 지피기 나름이라는 것을 터득한 지도 오래일 건데 아직도 사람 볼 줄 모른다는 자책감에 자괴감마저 들 것이다. 양은 냄비가 어디를 간들 무쇠솥 되지는 않을 건데 어딘들 길게 가겠나 하고 달래보면, 내색은 안 하지만 지켜보는 눈에는 거북살스러움이 은연중에 역력하다. 상대는 그쪽에 가서 서로가 죽이 맞아 복닥복닥 잘도 끓는지 모르지만, 이쪽은 앓는 속이 보글보글 끓어서 옆에서 보아도 단내가 난다.

잘잘못이 문제가 아니라 소득 없는 다툼이 부질없는 줄 알면서도 왜 저러나 싶어서 안타까운 마음에 위안이라도 될까 하여 에둘러서 한마디를 던져준다. 고산 윤선도의 오우가다. 고산도 오죽해서 오우가를 남겼겠나. 만고상청 송죽에다 한결같은 물과 바위 작아도 높이 솟아 밤을 밝히는 달뿐이라고 했대도, 분을 못 삭이지 못하면 한마디를 더 보탠다. 예끼, 이 사람아. 오래전에 배워 뒀던 그레셤의 법칙을 다시 한번 되새겨 보라고.

39

아는 것이 병이다

흔히들 아는 것이 병이라는 말이 있다. 몰라도 될 것을 알아서 걱정거리로 만드는 경우를 두고 한 말일 게다. 특히 건강 문제에서 흔히 느끼는 일이 많은데 심하면 건강염려증까지 유발하는 위험천만한 일이다. 어디가 어떠하면 뭐가 안 좋아서 그렇다는 둥 무슨 병이라는 둥 괜한 겁을 먹게 하고 지레 짐작으로 자가 진단까지 하여 마치 죽을병이라도 얻어 걸친 듯이 병자 같은 모습으로 변하기도 하는데, 정말 금물이다. 아는 것이 병이다. 노이로제로 병을 만들지 말고 의심스러우면 병원 가면 안다. 못 고치는 병도 없다. 한 곳에 가서 못 믿겠으면 두세 곳으로 가면 된다. 그래도 모르면 병이 아니고, 건강염려증이다.

일흔이 넘은 친구에게 제발 죽상을 하고 다닐 일이 아니라고 해도 내 말이 도저히 안 믿어지고 자기 속을 몰라서 하는 소리라며 입맛만 다신다. 도저히 아닌 모양이다.

"내 보기에는 아흔아홉까지는 살겠다. 이 사람아." 그래도 시무룩하여 농을 표나게 섞어서 "지금 생병을 앓지만 않았으면 100살을 살

건데 건강염려증으로 한 살 까먹었다." 그래도 도저히 안 믿기는지 고개를 갸웃거리며 심각하게 받아 주지 않는다는 투로 "그게 아니라니까." 하며 원망의 눈빛이다.

"검사 다 해 봤다며, MRI까지." 그런데 뭐가 문제 있냐는 투로 애터지는 표정으로 빤히 쳐다보았다. "안 나타나는가 봐.", "안 나타나는 것이 아니고 없으니까 안 찍힌 거야 지금이 어느 땐데." 답답해서 한 소리 더했지만, 긴가민가 싶은 모양이다.

이쯤 되면 더는 대책이 없다. 하지만 본인이 마음을 내려놓지 못하면 달리 방법이 없다. 체중이 제법 빠진 것만은 확실한 것 같다. 어쩐지 옷이 헐렁하고 어깨가 처졌다. 나 몰라라 하기에는 좀 그렇다.

그는 재작년 여름 아내를 먼 곳으로 보내고 혼자 사는 고교 동창인데 가끔 내게 오는 친구다. 이래저래 안쓰럽기도 하다. 이제는 훨훨 털어버리고 몸도 마음도 추슬렀으면 하는데 어디까지나 당사자가 아닌 내 쪽의 생각인가 보다. 나로서는 아무 문제가 없는 것 같은데 친구는 그게 아닌 모양이다. 나는 강 건너편에서 바라다보는 정도로 여기는 모양이다.

어머님은 칠순을 넘기고부터 머리맡에 약봉지를 쌓아두고 사셨다. 신경통 약, 허리 아픈 약, 잠 못 자는 약, 하지 불안 증후군 약, 소화제까지는 기본이고 수시로 보태는 어지럼증, 두통약 등 식사 후에는 순서대로 손수 챙기셨는데 총기가 좋으셔서 순서가 엇갈리거나 빠뜨리는 경우는 거의 없었다.

간혹 약을 챙겨 드릴까 하고 물으면 "놔둬라, 내가 챙겨 먹을 거다." 하시는데 이는 너네들이 챙겨주는 것은 믿을 수가 없다는 뜻이 포함돼 있다. 당신이 챙겨야 빠뜨리지 않고 제대로 먹을 수 있다는 뜻이다.

약도 많이 먹으면 독이라는데 의사 선생님께 현재 드시는 약을 말씀드렸냐고 물으면 대답이 시원찮다. 고정적으로 출근하다시피 다니시는 의원이 두 곳이고 간간이 종합병원에도 가시는데 종합병원에 갔다 오시는 날에는 약봉지가 아주 두툼하다. 어머님은 건강 문제만은 누구의 말도 귀담아듣지 않고 하얀 가운을 입은 의사나 약사의 말만 들으신다.

때로는 아침 식전부터 심한 통증을 호소하여 부리나케 종합병원으로 모셔가면 대기실에 기다리는 동안 담당 의사 선생님이 지나가다가 단골 할머니를 알아보고, "할머니 일찍 오셨네요."하고 손이라도 잡아 주면 이상하게도 아픈 통증의 표정은 흔적도 없이 얼굴이 화색이 돌았다.

"야 이 사람아! 내일 CT 찍은 사진을 가져와 봐."

"뭐 할 건데?"

"뭐 하긴 뭐 해, 갖고 오기나 해." 용빼는 재주나 있는 것처럼 톤을 높였다.

고교 선배이시고 내가 일간지에 연재하는 기행 수필의 특급 애독자이신 문○○ 박사님 앞에 둘은 나란하게 앉았다.

어제 친구가 가고 난 다음에 문 박사님께 전화로 그간의 이야기를 미리 했더니 영상자료를 챙겨서 데리고 와보라고 해서였다.

모니터에 나타나는 수많은 영상을 이리저리 확대하며 한참을 훑어보시더니 친구를 보고 빙긋이 웃으시며,

"몇 살까지 살고 싶은데?" 하고 물으시는데 주제넘게 내가 얼른 나섰다.

"백 세 시대라는데 백 살까지는 살아야죠." 했더니, "많이도 살라 한다." 하신다.

친구는 입이 마른 듯 마른침을 삼키며 문 박사의 입만 쳐다보고 있다.

"술 안 먹고 짜고 매운 것 덜 먹으면 아흔아홉 살까지는 살겠다."

친구의 얼굴에 순식간에 화색이 돌았다.

40

문학지 창간과 등단 비사

수필 이야기가 나오면 으레 피천득 선생을 떠올린다. 서른여섯의 중년을 넘긴 이의 붓 가는 대로 쓰면 된다지만 난과 같고 학과 같은, 청초한 여인과도 같은 그러한 글을 쓰기란 쉽지 않다. 그래서 속앓이를 하는 사람이 얼마나 많은가. 그런데 그와는 어긋나게 요즘의 수필에 별난 것들이 판을 친다. 만에 하나쯤 있을까 말까 하는 절박한 사연, 처절했던 역경, 기구한 운명, 너덜거리는 신세타령, 천우신조의 재기나 위기 극복의 영웅담, 능수능란한 재주와 자랑이거나, 백절불굴의 의지력을 과시하는 글들이 푸지게도 많다. 공감할 가치도 없는 일기나 신변잡기에 넋두리 일색이다. 삭정이에 조화를 붙인 어설프기 짝이 없는 형색이다.

또 이 같은 글을 당선작으로 선정하는 나 홀로 문학지의 창간도 더러 있다. 얼마 못 가서 흔적 없이 사라지는 계간지가 주종이다. 신종책 장사들이다. 영업 수단이 팔십년대에 유행했던 명사 인명록 출간 업자를 빼다 박았다. 어중이떠중이를 막론하고 대문짝만한 인물 사진에 별별 위원회 경력과 대학원 평생 교육원 수료의 학력까지 빼곡하게 붙여 책값을 먼저 달랬다. 작가 지망생들이 알음알음으로 원고를 보내면 그와 판박이로 불이 나게 연락이 온다. 당선작 혹은 신인상으로 선정하고 싶은데 책이 몇 권이나 필요하겠냐고 에둘러 묻는다. 다들 50권 이상을 주문한다며 은근히 부추긴다. 최대 수량을 낙찰하려는 비공개 경매나 다름없다. 그뿐만도 아니다. 인터넷 검색을 해도 뜨지 않는데 아무개 선생님의 심사료가 얼마라며 규정이 그렇단다.

지면을 얻지 못하는 신인들에게까지 낚시를 던진다. 물기만 하면 된다. 여기다 입회비를 보태면 적은 금액이 아니다. 그래서 미리 입금부터 시키란다. 이 같은 경로를 거친 등단 작가라는 시인이나 수필가가 수두룩하다. 악화가 양화를 구축한다는 그레셤의 법칙이 명언이다.

특수 분야라서 거름망도 없으니, 꼴뚜기들이 어물전을 차지하고 시장을 망친다. 물론 모든 작품이 수작이어야 한다는 것도 아니고 모두가 걸작을 써야 한다는 것도 아니다. 책을 팔아주는 조건이 작품의 질을 무시해서는 안 된다. 등단의 길이 비좁으니까 잔재주 많은 사람이 지름길도 내고 개구멍도 뚫어놓고 통발을 들이댄다. 지름길을 찾아 얼쩡거리면 속절없이 걸려든다.

차라리 뜻이 맞는 사람끼리 모여 꾸준히 합평회를 하며 동인지를 내는 것이 좋지 않을까 하는 생각을 많이 해본다. 과정의 허물은 결과로 거듭나야 한다. 겉 넘지 말고 절차탁마하는 것이 후일을 위함이다. 문학인은 오로지 작품으로 말한다.

작가가 되고 싶어서 글을 쓰느냐 글이 써져서 작가가 되느냐는 다르다. 작가가 되고 싶어서 글을 쓰려는 사람은 글이 좀체 써지지 않는다. 가슴에 와닿는 주제가 있으면 어떤 장르로든 글로 옮겨야겠다는 간절함이 있어야 하고 안 쓰고는 못 배기겠다는 지경에 이르러야 붓을 들어야 한다.

한국문인협회에서 발행하는 《월간문학》에 〈목동 살롱〉이라는 코너와 〈나의 등단 이야기〉 코너가 있다. 과거 《월간문학》이 창간되고 한국문협이 만들어지던 시대의 《월간문학》의 편집실에 있던 시절의 유명 작가나 사제지 간의 신진 작가 또는 작가 지망생들이 겪은 후일담을 나누는 옛이야기를 내용으로 하는 코너인데, 지난 4월호에 한국문협 부이사장인 시인 노창수 선생의 「문학 권력을 넘어선 글쓰기의 편린들」이란 글이 실렸다. 선생의 글이 당선작으로 선정되었는데 먼저 상의할 일 있다는 편집장의 전화를 받고 모처럼 부인도 동행하겠다 하여 T시까지 가서 약속 장소에서 편집장의 하는 이야기를 듣고 부인이 옆구리를 꾹꾹 찔러 서둘러서 일어났다는 것이다.

지난 8월호에 위 내용과 유사한 사례들이 요즘은 방방곡곡에서 일어나고 있다며 불량품(작가)이 대량 생산되고 있어 한국 문단의 슬픈 면목들을 이야기하고 있다.

그래서인지 한국문인협회는 가입이 쉽지 않다. 신청 조건부터 거름망을 거쳐야 한다. 지령 3년 이상인 일간지 및 문학 전문 주간지에서 주체한 신춘문예나 현상 공모에 당선되고 1년 이상 경과 되었거나, 3년 이상 결호 없이 발간된 문학 월간지 또는 5년 이상 결호 없이 발간된 격월간지나 계간종합문예지에 신인상에 단선되었거나 추천 완료하고 1년 이상 경과 했거나, 개인 저서, 시, 소설, 수필집 등을 2

권 이상 발행했거나 1권을 발행하고 2년 이상 문학 활동을 했거나. 한국문인협회 지부 또는 지회에서 발행하는 문학지에 신인작품 공모에 당선되고 지역 회원으로 5년 이상 참여한 경우에만 입회 지원 신청 자격을 갖게 되고, 당선 작품이 실린 등단지나 개인 저서를 부쳐 보내면 심의위원회의 심의를 거쳐 심의에서 통과되어야만 입회가 결정된다. 쉽잖은 과정이다. 이유 있어 만든 이유이다.

41

개 팔자가 상팔자

반려견 천만 시대래서 깜짝 놀랐다. 반려견에 주인이 물려 죽었대서 또 놀랐다. 반려견이 죽으면 애견 동호인끼리 서로 조문을 가고 부조금도 낸대서 더 놀랐다. 그런데 아침 TV 뉴스를 보면서는 어리둥절했다.

반려견이 죽으면 묻어주는 정도로만 알았는데, 장례 화장장도 전국에 37개에다 반려견 장의업이 성업 중이라며 반려견 납골당의 화면을 보고 얼떨떨했다.

누가 봐도 사람의 장례식인 줄 알지 개들의 사체 처리 시설이라고 믿기 어려울 정도다. 우선 종사원의 복장과 태도에서 사람의 장례식 못지않게 정중해 보였다. 제복 차림에 검은색 넥타이를 매고 흰 장갑을 낀 여성인데 스튜어디스 만큼이나 머리를 단정하게 틀어 올리고 장례용품의 하나하나마다 손이 닿기 전에 정중하게 고개를 숙여 예를 갖추고 동작이 끝날 때마다 역시 고개를 숙여 예를 갖추는 것을 보고, 참 잘한다는 생각보다는 인간의 자존심이 돈 앞에서 박살 나는 것은 참담함에 지나쳐도 너무 지나치다는 생각이 든다.

크기만 작을 뿐 미국이나 유럽의 호화로운 목제 조관(弔棺)과도 흡사한 조관이 너무 호사스럽고 사치스럽지 않은가? 번쩍번쩍 윤이 나고 아기자기한 장식하며 유럽의 웅장한 성채에서나 볼 수 있는 보물 상자를 빼닮았다.

나는 아버님과 어머님께서 먼 길 가실 때에도 장례지도사가 권하는 것으로 했다. "이 정도면 되겠습니다."하는 장례지도사의 말에 고개만 끄덕끄덕했다. 물론 값을 물어보지도 않았다. 어릴 적에 간혹 보던 장의사에 층층이 쌓아져 있던 것과는 판이하게 달랐지만, 보석함 같이 호사스럽지는 않았다. 개도 저렇게 호사를 누리는데 잘못했나 싶어 더 좋은 것으로 할걸, 눈물이 핑 돈다. 안 보았으면 좋았을 것 같다. 애완견의 사체함을 보고 새삼스럽게 가슴앓이를 한다.

개 장례식장과 개 장례식. 장례라고까지 해야 하나? 뭐가 뭔지 머리가 멍하다. 세월이 가면 모든 것이 변한다지만 저렇게까지 변할 수 있나 하고 혀가 내둘린다. 내가 모르는 세상이 두렵기까지 하다.

애완견의 사체 상자도 그들은 조관이라고 부르며 호사스럽기만 한데, 그를 다루는 종사자의 몸짓도 장례식장의 장례사들과 조금도 다름없이 엄숙하고 경건하다. 사체의 상자를 화장로에 넣기 전과 넣고 나서 돌아서는 몸짓은 황제의 침소를 꾸며주고 돌아서 나오는 침전 상궁의 몸짓과도 흡사하다. 땅에 묻는 것도 환경을 생각하지 않을 수 없어서 소각하는 것이야 타당하다지만 납골당의 영상 화면을 보고는 어리둥절했다. 극락세계가 저런 건지 천당이 저런 건지 상상조차 안 되게 화려한 꽃장식이 무릉도원 같은 황홀경이었다.

상하좌우로 칸칸이 유리문까지 달아서 사람들의 납골당과 유사하기는 해도 그 치장이 더 호화찬란하다. 이쯤 되면 보지는 못했지만, 운반차가 아니라 운구차는 리무진이었을 거고 조문객(?)도 여럿이었을 것 같은데 이 모두는 또 얼마나 엄숙하고 정중했을까를 생각하지 않을 수 없다.

　세상이 변해도 너무 많이 변했다. 과연 이렇게까지 해서 개의 사체를 처리해야 하나 다시 생각해 볼일은 아닐까. 장의 시설 업주는 방송 인터뷰에서 절차를 설명 중에 조관, 수의, 염습, 입관, 운구, 제물이라는 용어를 서슴없이 사용했다. 이러다가는 발인이며 성복이며 분향이라는 소리까지 나올 것 같은데 납골당이 있으니 삼우제나 사십구재는 물론이고 기제사며 축제사도 있을 것 같다. 반려견 천만 시대라면 정도에 맞는 문화로 성숙해야 하지 않을까? 무한정 호사스럽게 늘려나가는 것이 성숙하는 문화일까?

　어쩌다 주인과의 정을 붙인 사연이야 모르지만, 사람과 개는 그 격이 다르고 개는 그 본성도 다르다. 반려견은 주인에게는 애견이고 충견이어도 타인에게는 맹견으로 '개는 개일 뿐이다.'라는 본질을 잊지 말았으면 한다. 칠월 염천 삼복에도 개 팔자가 상팔자다.

42

세상이 온통 개판이다

어떤 말의 앞에 붙어서 어조를 다듬어 보다 뜻을 더하거나 강조하기 위해 붙이는 접두사에 '개'라는 말이 있다. 하지 말라는 주의를 환기하는 것과 하나 마나 하다는 뜻으로 붙인 것도 있지만 극단적으로 좋지 않다는 것을 강조하려고 붙이기도 한다.

참꽃은 먹어도 개꽃은 못 먹는다. 개떡은 허기를 면하려고 먹지만, 맛과 질은 아니다. 인성과 품행이 못된 사람을 개망나니라고 한다. 망신도 뭣한데 그중에서도 더한 망신이 개망신이다. 사람이 드나들어서는 안 되는 곳이 개구멍이다. 빛깔은 좋아도 먹지도 못하는 것이 개살구고, 이파리가 빨갛게 예뻐도 칠도 못 내는 것이 개옻나무다. 천하에 몹쓸 사람을 개 같은 놈이라고 한다. 무질서하고 난잡한 상태를 개판이라고 한다. 아무튼. '개' 자가 붙은 것 치고 좋은 것이 없다. 어쩔 수 없는 반려견이나 상전같이 모시는 애완견이 생겨나기 오래전부터 충직한 충복이었던 토종개였어도 개의 본성을 두고 생겨난 말이다.

내가 어릴 때 우리 집에도 개를 키웠고 같이 뛰고 뒹굴면서 엄청나게 좋아했다. 그런데 도둑놈이 왔을 때도 짖고 엿장수가 와도 짖고 가정방문 오신 담임선생님이 오시는데도 죽기 살기로 짖어 댔다. 개는 한 집 개만 짖어도 동네 개가 모두 따라 짖는다. 개는 개편이라는 소속감을 인정받으려고 죽기 살기로 따라 짖는다.

얼마 전에 아침 출근길에 공단 교차로 앞에서 신호등을 받고 멈추고 있는데 오른쪽 옆 차의 운전석 유리문이 스르르 내려오길래 길을 물을 것인 줄 알고 나도 유리문을 내렸다가 깜짝 놀랐다. 사람 머리보다 더 큰 시커먼 개가 머리를 쑥 내밀었다. 개가 운전을 하나 싶어 놀란 눈으로 자세히 보니까 그 큰 개를 무릎에 앉히고 운전자는 뒤로 물러앉아 운전한 것이다. '이래도 되나? 개에게 맡겨도.' 이뿐이 아니다 매일 다니는 골목길에서 "앞을 봐! 앞을! 엄마 보지 말고 앞을 봐!" 하는 소리에 쳐다봤더니 젊은 여자가 밀고 있는 유모차에 개가 앉아 말똥말똥 그녀만 쳐다보고 있었다. '이래도 되나? 개를 앉혀도.' '개'자 붙으면 어쩌나. '개운전', '개엄마'. 거리에도 매장에도 식당에도 공원에도 엘리베이터에도 개는 있다. 세상에 개가 너무 많다. 위층과 아래층에도 아기의 울음소리는 나지 않고 개 짖는 소리만 난다. 모레가 어린이날인데 세상이 온통 개판이다.

43

천둥소리에 놀라서

빗줄기가 굵어지더니 번갯불이 번쩍하고 쾅! 하는 천둥소리가 사람들을 겁먹게 한다. 이판사판 한 판 붙어보자는 것인지 아니면 당장 요절을 내겠다는 것일까. 사람 사는 세상이 뭐 이럴 수도 있지 어찌 하늘의 법도만 따를 수가 있나. 순리대로 살고 법대로 하라지만 말같이 쉬운 것은 아니다. 사람은 감정이라는 묘한 것이 있고 기분이라는 얄궂은 것도 있다. 기분에 죽고 기분에 산다고 하지 않던가. 어디서나 뽐내고 싶어 으쓱거리고 우쭐거리고 껍죽거리며 누구든 손아귀에 넣고 쥐락펴락하며 군림하고 싶어 한다.

요즘 민원 창구의 공직자들이 목걸이를 하나씩 걸었다. 영상 녹화와 음성 녹음이 되는 희한한 목걸이다. 민원인들이 걸핏하면 폭언하고 여차하면 폭력까지 써대니까 일일이 맞대응을 하면 뒷일이 생길 것이고 그렇다고 가만히 있으면 일방적으로 당하기 일쑤여서 후일을 대비하여 입증을 위한 궁여지책이란다. 뭐 공무 집행 어쩌고저쩌고 그럴 요량인 것 같다. 고분고분 말 잘 듣고 머리 조아리고 굽신거리며 "예, 예."하던 민원인들이 요즘은 달라졌다. '이건 아니다' 싶으면

당당하게 '이거 왜 이러냐'다.

학벌이나 지식이나 그들 못지않고 자세히 모르면 온라인으로 검색해서라도 내용과 처리 과정을 익혀서 결과까지 어떻게 된다는 것을 미리 알고 신청이나 교부를 하려는데 떡하니 걸리는 것이 있다. '절차'다. 여기서 민원인의 입에서 '왜 이래?'하는 말이 나온다. 백번을 물어도 '규정상'이라는 기계음같이 반복하는 답만 듣게 된다. 이쯤에서 민원인은 태도가 달라지고 목걸이는 첨단의 기능을 발휘할 때가 온다.

법과 시행령은 내용이 엄정하여 손대지는 못하고 신청 또는 교부나 수령을 하려고 하면 이것 해오라 저것 해오라 하며 '신청은 까다롭게, 교부는 진 빠지게'라는 표어라도 걸었는지 '쉽게는 못 주지'하는 식으로 고분고분 말 잘 듣게 하는 수단으로 삼은 것 같다. '신청은 간편하게 심사는 엄격하게 교부는 신속하게'가 옳은 것 같은데 갑의 위치를 고수하며 권위를 누리고 싶어 '아! 옛날이여'가 그리워서인지 절차에다 장애물을 설치했다.

접시 휙! 던져서 접시 물어오게 하고 공 휙! 던져서 공 물어오면 먹이 하나 주는 개 조련사나, 물구나무서라 하면 물구나무서고 공중회전하라 하면 공중회전 잘했다고 정어리 한 마리 먹여주는 돌고래 조련사들의 기분을 이제야 알 것 같다.

44

나비야 청산가자

'나비야 청산 가자 범나비 너도 가자'하며 좋은 일은 함께하고 좋은 곳은 함께 가자며 친구와 친구의 친구까지 함께하자고 했다. 뭐든 독차지하지 않고 더불어 나누며 함께 살아가자는 것이다.

'꽃에서 푸대접하면 잎에서나 자고 가자'하며 고난이 있어도 함께하자고 했다. 뭐든 좋으니 고락을 함께하자고 했는데 요즘은 그와는 정 반대다.

나는야 청산 간다 범나비 몰래 간다.
가다가 좋은 꿀은 나비 올까 얼른 먹고
꽃에서 눈치를 하면 남김없이 긁어온다.
라고 해야 맞을 것 같다. 좋은 일은 그 누구에게도 알리지 않고 몰래 하여 독차지해야 한다. 남이 알까 봐 있는 꾀 없는 꾀 다 파다가 죽을 꾀까지 다 판다. 반면에 뭔가 좋은 것이 있기는 있는 것 같은데 위험 부담이 있을 것 같으면 가까운 친구부터 꼬드기고 서둘러 친구의 친구까지 부추겨서 정작 본인은 적당하게 안전거리를 두고 한발을 걸쳐둔다. 그런대로 잘되면 자기 몫을 챙기겠다는 속셈이다.

기획부동산의 투자 사기가 전국을 휩쓸던 근자에도 그들의 달변에 귀가 솔깃하여 끌리기는 하는데 돌다리도 두들겨 보고 건너라 했는데 혹여 허방이라도 있을까 하여 망설인다. 이러다 기회를 놓치면 어떡하나 하고 할까 말까 망설이다가 친구를 꼬드긴다.

주식 투자도 같이 하자 하고 가상화폐도 같이 하자 한다. 모두가 참여를 많이 할수록 가치가 오르기 때문이다. 이와는 반대로 참여자나 신청자가 많으면 경쟁률이 높이서 불리해지는 경우는 친구 몰래 한다.

이따금 오는 지인이 시를 쓰는 시인인데 그를 따라 두어 번 왔던 수필을 쓰는 작가가 모처럼 혼자 찾아왔다.

"창작 지원금이라뇨?" 이야기 끝에 눈을 동그랗게 하고 되물었다. 코로나 창궐로 인하여 창작 활동이 위축된다고 정부에서 활동 지원금을 주었는데 이를 모르고 있었던 모양이다. 순간 머릿속에 번갯불이 번쩍 튀었다. 아뿔싸, 이를 어쩌나. 시인과 그는 둘도 없는 단짝으로 날새기가 무섭게 붙어 다니면서 시인 친구가 이야기를 안 해 준 것이 분명하다. 뭐라고 답을 해야 할지 아찔한 순간이었다. 자세하게 설명하면 둘 사이에 사달이 나도 보통으로 날 것이 아니다 싶어 "코로나로 활동 못 한다고 준 건데 코로나에 걸리지는 않았죠?" 하고 애매하게 얼버무려 위기를 모면하고 서둘러 화제를 바꾸었다.

코로나19가 창궐하고부터 내리 2년을 중앙정부와 경상남도, 진주시에서 문화예술인에게도 창작 활동 지원금을 주었다. 온라인 오프라인으로 신청 공고를 했지만, 기간 만료로 신청을 못 한 사람도 많앉고 신청자 중에서 창작 활동에 따라 선정을 하여 1백만 원에서 2백만 원까지 두어 차례로 4~5백만 원의 지원금을 주었다. 선정에서 탈락한 것이면 덜 억울하겠지만, 몰라서 신청을 못 했다면 참으로 억울한 것이다.

지방 단체에 가입한 사람은 단체에서 속속들이 알려줘서 신청을 못 하는 사람은 없다. 그러니 지방 단체에 가입하지 않은 사람은 소식통에 귀가 어둡다. 찰거머리 같이 붙어 다니는 단짝인데 지방 단체에 가입한 그는 왜 친구에게 일러주지 않았을까?

몇 날 며칠을 신청 서류 작성한다고 낑낑거렸고 선정이 돼서 지원금도 수월찮게 받았는데 단체에 가입하지 않은 친구에게는 왜 입을 닫고 말하지 않았을까. 모두에게 주는 것이 아니라 작품 활동의 유무나 다소에 따라 엄선하는 일종의 경쟁이기도 하지만, '나비야 청산 가자' 했으면 얼마나 좋았을까. 갑자기 어지럼증이 난다.

45

개인 정보 보호 지나치다

　언제부터 개인 정보 보호가 이렇게 절실했나를 생각해보면 세상이
너무도 빨리 변하고 있다는 것을 실감할 수 있다. 개인 정보 보호가
단순히 사생활 침해만을 막자고 한 것은 분명히 아닌데도 사생활이
침해받을 수 있다고 하여 개인 정보 보호법을 만들어서 철통같은 방
어벽으로 세상과도 이웃과도 깜깜이로 만들었다. 이름만 대어도 114
에서 동명이인까지 찾아서 친절하게 알려주던 전화번호도 먹통이다.
믿을 수 있는 인간적인 소통까지 막아버렸다. 물론 개인 정보를 알리
고 싶지 않을 경우도 있겠고 또한 범죄에 이용되어 피해당할까 하여
법으로 보호하겠다는 취지를 모르는 바는 아니지만, 법과 규제는 잃
는 것과 얻는 것을 엄격하게 구분하여 가름을 분명하게 하였으면 좋
으련만 모든 개인 정보는 일률적으로 보호의 대상이 되어 철저하게
통제를 받고 있어 불가피하게 피해를 보는 경우가 허다하다.

　이번 창원의 부동산 중개업자의 이중계약서 사기 사건의 피해액만
70억 원에 육박하고 있다. 이 같은 사건은 처음이 아니다. 수시로 크
고 작은 사건들이 일어났고 세간에 알려지지 않은 사건도 허다할 것
으로 보고 있다. 잊을만하면 매스컴을 통하여 자주 접한 사건이며 이

를 때마다 피해를 보지 않도록 주의 사항도 수차례 들어서 익히 알고 있다. 그 주의 사항이라는 내용도 아주 상식적이다.

임차인이 부동산 중개업소에서 부동산임대차 계약을 할 때 임차 물건이 지주 또는 건물주의 소유권자이며 계약자가 본인인가를 확인한 후에 임대차계약을 체결하라는 것이 주 내용이다. 이 같은 상식적인 내용을 몰라서나 내용을 확인하지 않아서 이중계약 사기 사건이 일어나는 것이 아니다. 이번 창원 사건의 경우도 늘 일어났던 사건과 한 치의 다름이 없는 수법으로 이뤄진 사건이다.

붙잡힌 공범자가 임대인 행세를 하였기 때문에 누구나 속을 수밖에 없는 것이다. 물론 신분증을 확인하고 실물과 사진도 확실하게 대조하면 틀림이 없을 것 같기도 하지만, 신분증 제시를 임차인이 강요하기도 불편하고 신분을 확인하고 얼굴 사진을 대조해 봐도 작은 사진으로는 정확하게 확인도 어려울뿐더러 사기를 계획했다면 위조한들 밝힐 방법이 없기는 마찬가지다. 그러나 임대인의 본인 여부를 확인하기 위한 가장 싶고 좋은 방법이 해당 부동산 등기부등본상의 명의로 전화를 하여 당사가 서로 만나는 방법이다. 그러면 본인 확인 여부도 확실하게 밝혀지고 계약서 내용 이외의 사안도 속속들이 묻고 답을 들을 수 있어 최선의 방법이기는 한데 부동산등기부 등본 상의 명의자의 연락 전화번호를 알 길이 없어서 전화할 수 없다는 것이다. 부동산 등기부는 누구의 소유이든 누구나 발급받을 수 있지만, 명의자의 전화번호를 알 방법이 없기 때문이다. 개인 정보 보호법이 이를 가로막고 있어 앞으로도 이 같은 사기 사건은 얼마든지 발생할 수 있다. 개인 정보 보호법 개정이 필요하다.

46

문학 교실의 늦깎이들

지난 연말로 모 일간지에 연재하던 기행 수필을 100회로 종료를 했다. 먼저 100이라는 숫자가 어떤 의미를 갖는 것인가를 생각해봤다. 흔히들 '100번을 해 봐라 되나 봐라.' 어림도 없다는 뜻이다. '골백번을 해봐라'라도 있다. 만 번씩 100번을 하여 본들이라는 뜻으로 '100이라는 수가 엄청 크고 많다는 것이다. 결국 엄청나게 많은 수 즉 사람이 행할 수 있는 최대의 수를 의미하는 뜻이다. 100점, 100%, 등 만족의 최대치로 가득 차다는 뜻도 있다. 게다가 8년 동안을 매달 한 편씩 빠짐없이 썼으니 8년이라는 의미도 생각해 보면 인생 80으로 보면 10분의 1에 해당하는 긴 세월이어서 쓸 만큼 썼구나 싶어서 100회로 종료를 했다.

그새 문하생을 길러서 유사한 문체의 후계자를 길러 대물림을 하고 싶은 욕심에 매주 1회씩 문학 교실을 열어 시와 수필 쓰기를 함께 공부하며 마지막 주에는 현장학습 삼아서 문화 유적지를 답사하고 각자의 취미에 따라서 휴대폰으로 찍은 사진으로 사진첩을 만들거나 감흥을 담은 시를 쓰거나 아니면 기행 수필을 쓰게 했다.

예닐곱 모두가 보람과 즐거움을 느끼면서도 평일의 시간 내기가 어렵다는 게 이구동성이었다. 그러다 보니 자연스럽게 50대와 60대로 초로의 할머니들로만 구성되어 계속되는 동안 주 1회라는 여가 선용의 시간으로 즐기며 그런대로 활기가 넘쳤다.

모두가 문학은 무슨 타고난 소질이 있어야만 하는 특수 분야로 느껴져서 많이 망설였다고 하더니 시작 이후는 오히려 더 열성적이고 보면 매사에는 새로운 시작의 두려움 자체가 걸림돌이라는 것을 일깨워 줬다.

일 년 남짓한 기간에 문학 전문지에 시 부문과 수필 부문의 신인상 수상자가 둘이나 나와서 등단했으며 초회 추천도 둘이나 나왔다. 이들 모두가 예순을 넘긴 나이고 보면 흔히들 '내가 살아온 이야기를 책으로 쓰면 열 권도 넘는다.'라는 소리가 예사로운 말이 아님을 실감나게 했다. 이들은 1960~70년대의 고달픈 삶을 몸으로 살아왔기에 굽이굽이 시련이요, 마디마디 설움이라 꾸밈없는 솔직한 독백과도 같은 삶의 사연들을 이야기가 아닌 글로 옮겼을 뿐인데 공감을 얻은 모양이다.

이들의 글에서는 설익은 밥 냄새가 무쇠 솥뚜껑을 들썩거리며 뿜어져 나오는 것 같으면서도 낙엽을 태우는 내음이 나는 것 같아서 기성 작가들의 농익은 맛보다는 향긋하고 새금한 맛을 품어내고 있어 생각지도 못한 감칠맛을 느끼게 했다. 사람들의 감춰진 재능이나 세월에 묻혀버린 취미가 참으로 다양하고 무한하다는 것을 실감 나게 했다.

모두가 처음엔 재능 밖의 영역으로 취급하고 첫 자를 열지 못해서 다음 장을 넘기지 못하고 있다. 문학 교실의 늦깎이 그들은, 살아온 삶의 그림자를 더듬으며 고난과 역경을 날줄로 삼고 보람과 즐거움을 씨줄로 삼아 한글판의 피륙을 꾸밈없이 솔직하게 짠 것인데, 땀내는 향기가 되고 눈물의 얼룩이 무늬가 되어 비단이 될 줄은 나도 몰랐다. 그들은 훗날 그의 책갈피 속에서 잃어버린 자화상을 또렷하게 그려낼 것이다.

47

만추만감(晩秋萬感)

단풍이 절정이다. 앞 뒷산에 물든 단풍 울긋불긋 영롱하고 골짜기도 등성이도 불타듯이 절경이고 태산준령 비경이라 만학천봉 황홀하다. 갖가지의 가로수도 곱디곱게 물들어서 오색 단풍 물든 산야 숨막힐 듯 찬란하다. 송죽의 푸른빛에 적색이 유별나도 황색도 돋보이며 녹색도 상큼하여 조화롭게 어울려서 황홀경의 만추이다.

황이 있어 홍이 있고 녹이 있어 청이 있어 어우름의 절묘함이 곱고도 아름답다. 만산의 수목들은 얼기설기 뒤엉키고 뒤죽박죽 뒤섞여도 이토록 조화롭게 황홀경을 이르는데 세상사는 어찌하여 어울리면 좌충우돌 부닥치며 깨어지고 내 편 네 편 갈라져서 물고 뜯고 이전투구 목불인견 따로 없고 벼랑에선 등 떠밀고 엎어지면 밟고 가고 의기투합 언감생심 못 죽여서 안달하니 동병상련 옛말이고 뭉쳐 본들 풍비박산 어쩌다가 반짝하고 일순간에 부서지니 흥망성쇠 잦은 변덕 요지경이 따로 없다.

일인지하 충복인지 만인지상 지도자인지 지체 높은 고관들은 깜깜이 활동비의 용처마저 횡설수설 지옥 갈지 천당 갈지 외줄 위에 위태

롭고, 국민 기망 과거사의 갖가지 의혹들은 갈수록 첩첩산중 적막강산 따로 없어 대추나무 연실처럼 헝클어진 실타래라 적폐 청산 그 끝은 어딘가를 알 수 없어 불안한 국민은 정치보복 더는 말라 원망 소리 높아져 간다.

'이것만은 아니다.' 하고 탄핵을 결의하고 무거운 절 떠나니 가벼운 중 떠나자며 보따리 함께 싸서 의를 찾아 나와서 의기투합했었는데 이상이 현실 앞에 무릎을 꿇은 건지 정의가 실리 앞에 굴복해서인지 바른정당의 9인들은 지조는 폐기하고 절의(節義)마저 반품하고 신장개업 미진해도 보따리 다시 싸서 옛집 찾아 다시 들고 결사 의지 굳은 언약 물거품도 유분수지 자고 나면 잊어먹는 국민의 건망증을 귀신같이 꿰뚫고는 실리 찾아 떠나는데 붙잡아도 소용없어 보내고 바라볼 뿐 허탈하기 그지없고, 국정농단 불의 정국 떨치고 나설 때 박수 치며 응원했던 지각 있는 국민은 고금을 막론하고 내가 하면 대의이고 남이 하면 배신인 줄 익히도 알지만은 탄식이 절로 나고 허망하기 그지없다.

국빈을 불렀으면 환영이야 마땅하고 대소사 일정까지 정부 소관 엄연한데 '반 트럼프 집회'는 뭐고 '환영 집회'는 또 뭔가? 경각심도 불러주고 우호도 다진다면 그럴 듯도 하다만은, 도를 넘는 지나침이 해가 될까 염려되고 집회도 자유이고 결사도 자유인데 가타부타 주제넘어 더 할 말은 없다만은, 국빈 앞에 결례될까 그래도 걱정했다.

이 땅의 정치사는 돌아보면 기가 막힌다. 국민의 건망증이 차라리 보약이다. 이치는 뭐고 사리는 뭘까?

스쳐 가는 바람 소리 들은 척이나 하랴마는, 사위를 둘러보면 만물이 사람을 비웃는다. 혹한의 계절 앞에 선 마지막 채비의 단풍은 원망과 증오의 몸부림이 아니라 아름다운 작별을 위한 황홀한 배려이다.

48

/

옥천사 누룽지

1964년이라면 60년 가까운 지난 세월이다. 고3의 여름방학을 대입 준비를 한답시고 심산 절집인 고성의 옥천사에서 한 달 동안 공부를 한답시고 절밥을 먹었다. 천년고찰의 향내 배인 목조 건물이 겹겹으로 웅장하여 전깃불도 없는 때라서 밤이면 칠흑 같은 어둠이 한 치 앞을 볼 수 없었다. 깊은 산속의 어둠도 만만찮은데 시커먼 기와지붕이 하늘을 뒤덮고 있어 어둠은 짙어 암흑이었다.

모기장 속에서 촛불을 밝히면 유별나게 지독한 산속의 모기들이 그물코에 달라붙은 멸치 떼만큼이나 촘촘하게 달라붙어 책장 넘기는 소리에 군침을 삼키며 심야의 만찬을 밤새도록 기다리고, 반월의 달빛이라도 있는 밤이면 초저녁부터 소쩍새는 연화산 골짜기를 골골이 헤매면서 야심토록 울어댄다.

좁다란 마루청이 기다랗게 깔린 여덟 개의 공부방은 두루 예닐곱 자의 작은 방이지만 이부자리가 들어가는 벽장이 퇴를 물려 붙어 있어 바닥에는 책상으로 쓰는 작은 소반 말고는 아무런 가재도구가 없어서 비좁다기보다는 휑하니 넓게 보였고 또한 넓게 쓰였다. 마루청 앞의 마당도 꽤 넓어서 갑갑하지 않고 뒷문을 열고 툇마루에 서면 야트막하게 돌담이 있어도 수림과 그사이의 천공(天空)에서 불어오는 가녀린 바람결도 시원스러웠다. 돌담이 야트막하다는 것은 툇마루에 서서 본 높이지만 담장 바깥에서 보면 어른 키 두 길도 넘게 돌로만 쌓아 올린 성벽 같은 석축이다.

해방 이후에는 옥천 중학교로 쓰이기도 했고 옛이야기들이 얽힌 사대부가의 행랑채 같은 유서 깊은 건물이 지금은 해체 작업으로 헐어내고 새롭게 증축하여 지하는 공양간을 만들고 그 위에는 방을 크게 하려고 본래 여덟 칸을 다섯 칸짜리로 지었는데 지상은 목조 건물이라서 얼핏 보면 옛날 그대로 같다.

청담스님의 사리탑 옆의 은행나무 아래 나무 의자에 걸터앉으니 새삼스럽게 옛 추억이 젖어온다. 해가 긴 여름이라서 해가 중천에 있는 5시 30분에 저녁 공양을 끝내고 나면 어둠이 내리기도 전에 배가 출출해진다. 열여덟 살의 나이에 밥자리에서 돌아서면 배가 고파질 때이고 요즘처럼 간식이 있는 것도 아닐 때여서 잠들기 전에는 언제나 출출했다. 그런 사정을 알기라도 하듯이 열 살배기 어린 행자승이 어둠살이 내려앉으면 "양냥이 먹어요." 하고 동굴 넓적한 누룽지를 가져다준다. 바삭바삭한 누룽지의 맛은 참으로 고소했고 입안을 맴도는 또 다른 맛이 아직도 남아있다.

밤이 이슥해지면 어김없이 열 살배기 행자승이 "학생!"하고 부른다. 누룽지 담긴 나무 접시가 그의 손에 들려 있다. 행자승을 심부름 시킨 그는 누구였던지 아직도 모르는데 고소한 맛보다 더 진한 그의 향기가 오늘도 나를 이끌고 있다.

옥천사의 누룽지는 적묵당의 대형 온돌방의 구둘 돌을 덥히는 커다란 아궁이가 있는 널따란 부엌의 대형 무쇠솥에서 방석 때기만 한 누룽지가 끼니때마다 나왔다. 여염집과는 달리 옥천사의 공양을 짓는 무쇠솥은 물로 씻지 않고 누룽지를 주걱으로 밀어내고 참기름 행주로 가시기만 했는데 지금도 오롯이 그대로이다. 커다란 대나무 소쿠리에 공양미를 씻어서 물을 빼고 불린 쌀이 되면 무쇠솥에 안쳐서 위에다 조심스럽게 물을 붓고 아궁이에 장작불을 지펴서 밥을 지었다. 열댓 명의 고정 식구에 어김없이 찾아드는 객승들도 예닐곱은 보통이니 끼니때마다 밥의 양도 만만찮았다. 밥이 익는 냄새에 소나무 장작이 타며 내는 송진 냄새와 사방에 배어있는 향 내음이 섞이면 안 고프던 배가 갑자기 고파진다.

요즘의 쌀은 밥을 지어도 밥 냄새가 나는 둥 마는 둥 하지만 그 시절의 쌀은 화학 비료는 눈만 흘겼고 농약이라야 양념 정도여서 이웃집 밥 짓는 냄새도 담을 넘고 오던 때였는데 정갈한 공양미에 청정 옥수로 씻어 송진 냄새 향긋한 장작불로 무쇠솥에 밥을 지었으니 그 냄새와 맛이 오죽했겠나. 많은 밥을 지으면 으레 누룽지가 눌어붙기 마련이다. 밥을 퍼내고 살짝 불을 한 번 더 지피면 눌어붙은 누룽지가 고소한 맛을 내며 노릇노릇해진다. 이때다 싶어 자루가 긴 나무 주걱으로 살짝 밀치면 무쇠솥 바닥만 한 누룽지가 큼직하게 일어난다. 참기름 행주로 솥 바닥을 가시면 무쇠솥은 새까맣게 반질반질한 윤을 내며 다음 공양을 지을 때까지 묵언의 수행을 속으로 들어간다. 옥천사의 누룽지 그 고소했던 옛맛을 다시 볼 수 있을까.

49

벌초

"왜? 무슨 일이 있어?"

"아니."

가끔 내 강의실을 찾는 고교 동창인 친구의 표정이 여느 때와 완연하게 달라서 어서 오라는 인사말은 잊고 대뜸 물었더니 그답지 않은 단답형의 답만 내뱉고 소파에 털썩 주저앉는다. 기미가 이상해서 눈치채지 않게 눈치를 보기로 하고 "절기는 못 속이는 것 같다. 갑자기 시원해졌다." 일단 너스레부터 시작하여 분위기부터 바꿔보자는 속셈으로 날씨부터 접근했다.

엊그제가 처서였는데 발끝에도 걸치지 않고 잠을 잤던 홑이불이 갑자기 얇아졌다 싶을 정도로 새벽녘이면 서늘해졌다. 한낮에는 불볕으로 들볶고, 밤이면 열대야로 삶아대던 무더위가 처서 다음 날부터 기가 팍 꺾이고 풀이 죽었다. 해만 뜨면 뙤약볕을 쏟아부으며 산천초목까지 이글이글 달구어 지글지글 볶아 죽일 듯이 기세등등하더니만 처서가 오자 거짓말같이 기가 꺾이고 풀이 죽어 슬슬 긴다. 기세등등 기고만장하던 위세가 하룻밤 새 어디로 갔나. 천년만년 누릴 것 같던 권세 아니었나. 아침부터 껍죽거리고 온종일 우쭐거리며 인정사정 볼 것 없이 천방지축 날뛰더니 고작 그거였나 싶어 허무하기도 하다. 날개가 있으면 추락하고 발이 있으면 넘어진다는 것은 몰랐을까. 화무십일홍이며 인생무상이야 다 겪어보고 아는 일이지만 권력 무상은 누린 자만이 겪는 업보다.

"벌초는 했어?" 안살림은 모르지만, 남자들의 바깥일이야 거기가 거기라서 운을 떼었다. 우리는 예로부터 처서 무렵에 묘소의 벌초를 한다. 처서를 지나면 풀이 더 길어나지 않기 때문에 다 자란 풀을 시기 맞추어 베는 것이고, 처서를 지나면 곡식이든 잡초든 씨앗이 여울에 지기 때문에 다음 해에 싹을 틔우지 않게 하려고 씨앗이 여물기 전에 벌초를 해왔던 것이다.

"윗대 산소는 아직 못했어." 푸념같이 풀이 죽은 소리다. 얼핏 여기에 문제가 있구나 싶어서 "우리는 지난 일요일에 했는데 날이 갈수록 힘드네." 하고 맺힌 고를 풀어보기로 작정하고 "나는 문중회장을 맡고 있어 10대조 산소부터 세 곳을 하는데 해마다 참석 인원이 줄어 존폐 논란까지 일어난다." 아닌 게 아니라 10여 년 전만 해도 스무남은 명이 세 곳을 나누어서 하며 별 어려운 줄 모르고 벌초를 했는데 10여 년째 참석 인원이 네댓 명뿐이어서 인접한 두 곳은 그런대로 하지만 거리가 먼 10대와 9대조 다섯 기는 한자리에 있어도 묘소까지 가는 길이 아예 없어졌다.

예전처럼 땔감이나 퇴비용으로 풀을 베지도 않아 사람이 다니지 않으니까 열대 정글은 저만치 가라다. 풀숲으로 우거져 발을 붙일 곳이 없어 길을 못 찾아 몇 해 동안 애를 먹고 해 오다가 재작년부터는 잎이 지고 풀이 마른 늦가을에 어렵사리 했다. 이것도 말로는 이러지만 잎이 지고 풀이 말랐다고 해도 억새는 키를 넘고 가시덤불에 칡넝쿨이 뒤엉켜서 멧돼지가 뚫고 지나다닌 위험천만한 칡넝쿨 터널을 헤집고 기어가다시피 하여 간다.

명당자리에 묘를 쓴다고 꽤 높은 곳에 있다. 차라리 키가 큰 나무의 숲이면 나무 밑에는 잡초가 덜 자라서 좀은 수월하겠지만 옛날 밀가루를 지원받기 위해 나무를 베어내고 비탈밭으로 개간한 묵진 산비탈이라서 제멋대로 나서 자란 산딸기 넝쿨과 찔레나무 넝쿨이 우거져 발 디딜 곳이 없다. 게다가 칡넝쿨이 가시넝쿨을 뒤덮고 있어 사람이 다닌 흔적은 어디에도 없고 멧돼지가 뚫고 다닌 미로 같은 터널이 더러 있다. 늦가을이라 해도 휑하니 트인 곳이라곤 어디에도 없고 멧돼지 소굴로 제 발로 찾아가는 꼴이지만 그리라도 가야 한다.

덤불의 터널을 헤집고 기어가다시피 오르다가 수시로 목을 내밀어 방향을 익히지 않으면 헛바퀴를 돌기 십상이고 칡넝쿨에 발목이 걸려 실랑이를 하면 찔레 넝쿨 가시까지 합세하여 오지도 가지도 못하게 애를 먹인다. 그래서 "우리는 윗대 산소는 묵히자는 이야기 나온다." 했더니 친구가 갑자기 기가 살아나서 "느네도 그렇지? 우리랑 꼭 같네. 그래서 말인데." 하며 친구는 구세주라도 만난 듯이 기력을 회복하고 말에 힘이 실렸다.

친구의 선산 묘소는 경사는 완만한데 우리와 같이 박정희 정권 때 식량 증산을 위해 밀가루까지 지급하여 개간한 묵진 밭이어서 100미터 남짓한 거리를 도저히 갈 수가 없다고 했다. 그래서 삼 형제가 얼마씩 부담하여 임도를 내자고 했다가 밥상머리에서 집사람하고 한판 붙었다고 하며 다시 열기가 살아나듯 호흡이 거칠어진다. 눈치 9단이 짐작한 대로였다. 잘 못 역성들어 2차대전이라고 일으키게 되면 더한 낭패라서 듣기만 하려고 믹스 커피를 한잔 나누며 푸는 쪽으로 유도하려고 "너네만 그러는 줄 아나, 벌초 이야기만 나오면 다른 집도 다들 그런다."

예전에야 대부분 마을이 집성촌으로 어울려서 살 때는 벌초나 성묘하는 날이 집안 친족간의 잔칫날 같았다. 농사일에 눈코 뜰 새 없이 논밭을 헤집다가 일손을 놓고 모였으니, 술과 음식이야 기본이었고 풀 베기 정도는 일상적으로 하던 일이라서 식은 죽 먹기였다. 그런데 요즘은 그게 아니다. 친족이야 말할 것도 없지만 형제들도 핵가족으로 뿔뿔이 흩어져 사는 데다 예전처럼 산에서 퇴비용이나 땔감으로 풀을 베는 것도 아니어서 인력도 없는 데다 길조차 없으니 벌초시기만 다가오면 누구나 걱정이 태산이다.

"그래서 어쩌기로 했는데?" 하고 조심스럽게 물었다. "벌초 안 하면 안 되냐고 하는데 이게 말이나 돼? 어쨌거나 밀어붙여야지." 하며 다시 씩씩거릴 것같이 호흡이 빨라지기에 말을 가로막고 "여자들이야 남정네들 힘들다고 걱정돼서 그러겠지. 도와주지도 못하니까 안타까워서 그런 게지." 하며 순간 눈치를 보니까 듣는 쪽으로 가다가는 오히려 동티 내겠다 싶어서 "누구 집이나 다 그래, 풍습도 세월 따라 바꿔야지, 바꿔도 아무 일 없어, 그 봐 기제사도 합치고 흩어져 있는 산소도 한곳으로 모으고, 그래도 아무렇지도 않잖아? 옛날 같으면 천지가 개벽했을 거야. 풍습도 가례도 다 사람이 만든 것이라서 사람이 고치면 되는 거잖아?"

　"그래도 그렇지 파묘를 하고 이장을 한다면 모르지만, 아예 폐묘를 하자는 게 말이나 돼?" 주적이 바뀌어 화살이 나에게 온다 싶어서 이참이 잘됐다고 생각하고 "친구야 숨 끊어지고 나면 화장해서 강물에 띄워도 아무 탈이 없고 산속에 뿌려도 아무 일 없잖아? 흙에서 와서 흙으로 간다는데 다시 일으켜 세우는 것보다 편안하게 그대로 두는 것이 더 좋을 것 같다. 나라마다 장묘 풍습이 다 달라도 멀쩡하잖아? 세월 좀 더 지켜보자. 후세는 너나 나를 두고 대통같이 막힌 고집쟁이였다고 할 수 있다." 내까지 싸잡아서 하면 편할까 했는데 적중했다. 친구의 숨결이 평정을 찾은 듯하여 "우리 애들은 조부님 산소는 알아도 윗대 묘소는 어디에 있는 줄도 모른다. 나중에 그 애들이 어떻게 알겠어? 그걸로 묻혀버리고 말 거다. 안 그래?", "그때는 그때고.", "우리는 길을 내고 싶어도 산소 밑은 남의 산이라서 산을 사야 하는데 아무리 쓸모없어도 팔아라 하면 금값 달란다.", "우리도 그래 묵진 밭을 값은 고사하고 사들여야 돼.", "그 봐 이래저래 힘만 든다. 일은 만들면 줄줄이 일이 생긴다.", "모르겠다. 추석에 동생들 오면 의논이나 해보지 뭐.", "그래, 잘 생각했다. 손 안 대면 탈도 없다." 이 친구 성격이 젊은 날에는 불도저였는데 세월에 농익어서일까 수그러든다. 이 정도면 2차 대전은 일어나지 않을 것 같았다. 커피잔에는 아직 온기가 있다.

50

가을의 초입에서

지난여름은 유별나게 불볕더위로 들볶아대거나 아니면 예전 같지 않은 폭우를 퍼부으며 분탕질을 해댔다. 늦게까지 열대야로 삶아대더니 불시에 흔적 없이 물러갔다. 성질머리 한번 고약한 여름이었다. 저렇게 껍죽거리는 것도 한철이겠지 하고 참았던 하늘이 아니다 싶었는지 희뿌옇게 휘장을 걷어내고 뒷설거지를 말끔히 하고 마음껏 높푸르다.

짙푸르던 들녘의 빛깔이 노랗게 물이 든다. 후텁지근했던 바람도 산들거린다. 사방에서 가을 축제의 초대장이 날새기가 무섭게 날아든다. 전국이 축제로 들썩거린다. 마음이 들뜨니 엉덩이가 들썩거린다. 이때쯤이면 어딘가의 언덕배기에서 들국화도 피었겠지. 코스모스가 한들한들 오지랖을 간질인다. 은빛으로 반짝이는 억새도 길마중을 나와 서서 세월을 기다리지 말라고 넌지시 부추긴다.

만추의 들머리에서 가을이 소리 없이 깊어간다. 잊었던 옛일들이 생각나는 계절이다. 어제의 고달픔이 오늘의 안식이 되고 탈 없이 지나간 날들이 오늘의 행복인 것을 알게 한다. 잊었던 사람이 보고 싶어진다. 높아진 하늘이 산야를 오색으로 물들이며 풍요의 뜨락을 펼

쳐놓은 끝자락의 저편에는 외로움을 안고 들국화가 피어나고, 산모롱이 돌아가면 코스모스가 그리운 사람을 기다리고 섰다.

덜 가져서 홀가분 사람, 넘쳐서 버거운 사람, 고단하여 등이 휜 사람, 서러워서 오지랖이 젖은 사람, 많고 많은 사람 속에서도 더러는 매정하고 야비해도 어쩔 수 없고 암팡지고 영악해도 어쩌지도 못하는 세상을 한두 해 산 것도 아니다. 응어리 굳혀 감당 못 할 서러움을 끼고 사느니보다 맺힌 고도 풀고 생으로 앓던 속도 남김없이 비워내고 홀가분한 가슴에 가을 햇볕의 따사로움을 한가득 품어야 할 때다.

옆의 옆에도 많은 사람이 있어서 좋고, 마주 보며 함께하는 사람들이 있어 더 좋은데 더러는 고운 듯 미운 사람도 있어 그런대로 감칠맛이 나는 세상이다. 가을이 그리움으로 물 들어가고 있다. 오곡백과도 여물고 있다. 한여름의 찌든 땀내도 씻어내고 알알이 영근 새 알곡을 시린 가슴에 다시 채우며 잊었던 옛 기억도 불러와야겠다. 더 보태서 뭐 할 것인지도 모르고, 닥치는 대로 거들먹거린 지난 세월이 민망스럽다. 콩이면 어떻고, 팥이면 어떤가? 흑과 백을 꼭 그렇게 나눠야 했던 그날이 가슴을 더 무겁게 할 줄은 몰랐다. 얻으려면 버릴 줄도 알았어야 했는데 탐나는 것에만 눈길을 주고 솔깃한 소리에만 귀 기울이며 내미는 손은 외면하고 절규 앞에서 도리질한 지난날이 어쩌면 불볕으로 들볶고 하늘이 내려앉듯 쏟아붓던 물 폭탄의 지난여름과 흡사한지 모른다. 뙤약볕 마다하지 않고 폭풍우도 피하지 않았던 석류가 알알이 여물어서 등이 갈라진다. 모질게 몰아치던 비바람을 참고 견딘 해바라기가 달덩이 같은 얼굴로 환하게 웃고 있다.

노랗게 익은 벼는 농부의 뒷그림자를 보고 정중하게 고개를 숙인다.

잊었던 기억을 불러내어 보내지 말았어야 할 사람을 불러와야 한다. 단풍이 영롱할 때 고운 물감으로 다시 색칠해야 할 가을이다. 더는 서럽지 않아야 하고 더는 외롭지 않아야 한다. 그리움이 괴로움 되지 않게 서둘러야겠다.

이제는 잊어도 좋을 지난날을 뒤로하고 코스모스 하늘하늘 피어있는 길, 기다림의 들국화가 향기로운 길, 그리움이 산들산들 불어오는 길, 끝 모르는 가을 길을 나서야겠다.

51

주차하는 요령

요즘은 어디를 가나 주차난이 심각하다. 소도시가 더하다. 작은 도시일수록 공영 주차장도 귀하고 도로도 협소하여 모처럼 오는 사람은 마땅히 주차할 곳을 찾지 못해서 낯선 거리를 이리저리 헤매야 한다. 생활권 안에 있는 주민들도 마찬가지다. 어쩌다가 가는 곳이야 약속 시각에 쫓기지 않거나 소지품이 버겁지 않으면 멀찍이 대놓고 걸어도 좋은데 무거운 짐이 있거나 태워야 할 사람을 기다려야 할 때는 예삿일이 아니다. 주차선이 그어진 곳이나 아니면 차를 세워도 될 만한 장소에는 이미 줄줄이 선점하여 빈틈이 없고, 빈자리가 있는 곳이라야 가게 앞이나 대문 앞인데 들고 날 정도면 충분할 것 같으나 아예 널따랗게 터를 잡고 폐타이어가 퍼지르고 앉아 범접도 못 하게 하거나 아니면 한 말들이 물통이 물을 가득 채우고 배를 내밀고 앉았으니 그림의 떡이고 흔하게는 고깔 모양의 위험 표지 기둥이나 화분 등이 자리를 잡고 앉아서 성가시게 굴지 말고 휙! 하고 지나가란다. 성인군자가 아니면 구시렁구시렁하면서 지나가야지 별수 없다.

문제는 근무지가 있어 온종일 차를 세워둬야 하는 처지이면 아침마다 운이 따르기를 빌어야 한다. 내 같은 처지는 4층 건물에 주인집 차 한 대와 3층의 내차 한 대에 아래층은 세입자의 식당이라서 아예 차를 대지 않는데도 골목 안의 주민이나 옆 골목의 주민이 계단 현관 앞에도 붙박이처럼 차가 눌어붙어 있어 어쩌다가 빠지는 순간 포착을 놓치면 그림의 떡이다. 그래도 30년 가까이 지켜본 노하우가 있어 내 사무실 현관 앞에는 골목 안 누구네 차인데 아침 몇 시 몇 분 경이면 어김없이 빠진다는 것을 알고 있어 시간에 구애받지 않는 나로서는 용케도 그 시각을 맞추는데 통달했다.

문제는 몇 초 차이로 다른 차에게 자리를 빼앗기거나 아예 고정 시각을 놓쳐버린 때이면 속절없이 방랑자 신세가 되어 한 블럭을 돌면서 주차할 곳을 찾아야 한다. 걸어가 약간 먼 골목이라도 주차선이 그어진 곳은 삼대 적선을 해도 만날까 말까고 하고 주차 위반 딱지만 떼지 않는 곳이면 운수 대통한 날이다.

그날도 불과 1분 남짓한 간발의 차이로 내 현관 앞자리를 놓쳤다. 큰길에서 골목으로 꺾어 드는 차를 뒤따랐는데 내 현관 앞이 비었는데 앞차가 갑자기 멈추더니 후진으로 잽싸게 주차를 시도한다. 별수 없이 기다렸다가 다른 장소를 찾아야 한다. 아침부터 기분을 상하고 싶지 않아서다. 30년 가까운 세월이라서 이골이 났다. 그러다 보니 매일 같이 주차하는 사람이 눈에 익어서 수인사 정도는 하는 사이도 더러 있다. 차에서 내려 머쓱한 표정으로 비켜주겠다는 사람도 있다. 고마워서 내가 다른 장소를 찾는다.

비 오는 날에는 기분이 달라진다. 우산 없이도 타고 내릴 수 있는데 거리가 멀고 바람까지 부는 날에는 그러지 말아야지 하면서도 부아가 난다. 아침에 차를 세우는 사람들은 퇴근할 때라야 차를 뺀다. 나도 다른 집의 담벼락 밑에 종일 대놓고 있어 그러려니 한다.

살다 보면 어찌 문제가 없겠나. 냉장고가 다시 들어올 때도 그랬고 낡은 소파를 폐기물 차에 실을 때도 그랬다. 차주의 연락처가 없어서였다. 다들 운전석 앞 유리에 연락 전화번호를 붙이고 다니는데 그게 아닌 차가 간혹 있다. 수필 강의를 들으러 오는 수강생 중에도 그런 사람이 있었다. 왜 그러냐고 물었다간 속내는커녕 거짓말을 들을 것이 뻔하여 어느 때에 어떻게 물어볼까 하고 나름대로 궁리했다. 자연스럽게 이야기가 나올 기회를 느긋하게 기다리고 했다.

기적과 요행은 노력과도 무관하지만, 욕심과 무관한 것은 기다리면 때가 온다.

휴대전화의 진동이 뒤집힌 풍뎅이 소리를 내자 수강생 한 명이 얼른 전화를 받는다. "네, 네. 지금 갈게요. 네, 알겠습니다." 내 차 바로 앞자리인 식당 앞에 차를 세웠는데 부식차가 들어 온다고 잠시만 차를 빼 달란다며 부리나케 내려간다.

"저런다니까. 그래서 연락처를 붙이면 안 된다니까. 밥 먹다가도 불려 가고 물건 고르다가도 불려 가고, 커피도 한 잔 편하게 못 마셔." 짐작했던 속내를 솔직하게 들었다. 입맛이 씁쓸한데 다른 수강이 나를 대신한다. "입장이 서로 바뀌었으면 어쩌고?" 말 떨어지기가 무섭게 "그때는 그때고, 도로가 다 제 땅인 줄로 알아." 걱정이다. 저런데 수필 비슷한 글이라도 나올까가 걱정스럽다.

이처럼 막무가내가 있는가 하면 이보다 더한 한 수 위가 있다. 연락처 전화번호가 반쯤 가려지게 깊이 꽂아서 해독을 불가능하게 한 것이다. 원성은 들을망정 욕은 얻어먹지 않겠다는 잔꾀를 부린 것이다. "전화번호를 알아볼 수 있게 해야지 읽을 수가 없잖아요?" 그동안 차주에게 연락할 수 없어 동동거리며 속을 있는 대로 끓이고 제풀에 지쳐서 화를 낼 기력도 없다. 그런데 느긋하게 나타난 차주는 다년간의 경험으로 익히 분위기를 파악하고 "미안합니다. 명함을 제대로 꽂았는데 덜컹거려서…." 얼른 차에 오르면서 속으로 쾌재를 부른다. 제 볼일 다 보고 왔으니 말이다. 그러면서 속으로 스스로는 고단수라고 으쓱해진다. 다음 줄은 독자들이 이어서 썼으면 하고 떠가는 구름을 하염없이 쳐다본다.

52

추석을 앞두고

여름 내내 거추장스럽던 홑이불이 간밤에는 얇아진 듯 서늘하여
선잠을 깼더니 창문 너머의 앞 베란다에서 귀뚜라미가 달빛을 붙잡
고 울어댄다. 며칠 전부터 밤이 이슥해지면 울다가 쉬다가를 반복하
며 한밤의 잠을 깨웠다. 화분 틈새에 자리를 잡았는지 쫓아내려고 두
어 번을 시도했으나 허탕만 쳤다. 어렵사리 든 잠이 밤중에 깨이면
다시 잠드느라 애를 먹는다. 날만 새면 어떻게든 찾아내서 날려 보내
야지 하며 미리부터 벼르다가 새벽잠이 깊었던지 아침은 가뿐하다.

밥상머리에서 집사람이 "어젯밤에는 영 잠을 설쳐서…."하며 눈언
저리를 손바닥으로 비빈다. 언뜻 안방 쪽에도 귀뚜라미가 울었나 하
고 "귀뚜라미 때문에?" 하고 입이 떨어지려는 순간 "별것도 안 할 거
면서 신경이 쓰이네. 내일 아침에 시장에 갔다 옵시다." 영점 1초 사
이로 자폭 위기의 순간을 모면했다. 귀뚜라미라는 말이 나왔더라면
어쩔뻔했나. 추석 장을 볼 것이 걱정되어서 설친 잠을 뭐 귀뚜라미
가 어쩌고저쩌고했더라면 댓바람에 "남자들은 저렇다니까."하고 퉁
을 맞았을 것이다. 매일 같이 끼니때만 되면 '반찬 뭐로 하지' 하고 혼
잣말하는데도 나는 주제넘게 "되는 대로 먹자." 했다가 "되기는 뭐가

돼요? 내 손 안 가고 절로 되는 게 뭐가 있어요? 말은 쉽지." 매번 들으면서 불쑥 나서다가 퉁을 맞는다. 아닌 게 아니라 끼니때만 되면 여자들을 걱정시키는 것이 맞는 것 같다.

추석이 낼 모래로 코앞에 다가왔다. "식구들이 좋아하는 것 몇 가지만 살 거요. 차례상이 썰렁해도 아무 말 말기요. 알았죠?" 설 추석만 다가오면 하던 소리를 또 한다. 그도 그럴 것이 두 손 재배하고 눈으로만 보는 남정네들은 걱정거리로 생각하지 않는다. '뭐, 알아서 하겠지.'하고 까마귀 활 보듯 하거나 언제나 여자들이 알아서 하는 일로 여긴다. 뭘 도와줘야 할지도 모른다. 일이 눈에 안 보이니까 할 일이 없다. 일머리도 모르니까 여기 쭈뼛 저기 쭈뼛하다가 멋쩍어서 텔레비전 채널을 점검하듯 리모컨만 만지작거린다. 하다못해 채소라도 다듬어 주면 좀 좋으련만, 송아지 둠벙 들여다보듯 물끄러미 보기만 한다. 내가 내 모습을 지켜봐도 한심하기 짝이 없이 걸리적거리는 존재다. 제물 장만은 갖출 것이 많아서 일손이 잡힌다.

몇 해 전부터 나도 팔을 걷어붙였다. 늘그막에 철이 든다더니 이제야 뭔가가 보이는 것 같다. 어깨너머로 본 것은 있어서 연속되는 일감을 눈치껏 짐작하고 이것저것 챙겨도 주고 날라도 주고 치워주고 한다. 예사로 번잡한 일이 아니다. 진땀 나게 무겁고 버거운 것은 아니면서 꼼지락꼼지락 온종일 쉴 틈 없이 움직여야 하는 여자들의 고단함이 예사롭지 않다. 명절증후군이라는 말을 알고도 남을 것 같다.

아직도 예법을 지킨답시고 먹지도 않는 제물을 준비하여 차례상을 짜는 경우도 많다. 옳고 그름을 따질 것이 아니라 꼭 그래야 하는 가는 생각해 볼 일이다. 예법은 당시의 생활 기준에 맞추어서 사람이 만든 것이다. 사람이 만든 것이라서 사람이 고치면 된다. 현재의 생활 기준에 맞게 고치는 것이 이치에 맞을 것이다. 조상님은 후손들을 힘들어하는 것을 바라지 않고 행복하기만을 바랄 것이다. 즐거워야 할 명절이 고역스럽기만 하다면 없는 것만 못하다. 허례허식은 아닌지 짚어보고 즐거운 명절로 가꾸어야 한다.

요즘은 주문하면 시간 맞춰 배달해주는 차례상 전문 업체가 날로 성업 중이라니 이해가 되고 남는다. 물가도 물가지만 하나하나가 제다 손 잡히는 일이다. 지지고 부치고 삶고 데치고 버무린 그릇 설거지만도 만만치 않다. 그렇게 예법 맞춰 힘들게 만든 것도 사나흘 지나면 더러는 버린다. 먹을 만큼만 하다면서도 늘 말뿐이었다. 그럴듯하게 보이기 위한 지금까지의 차례상, 이번 추석에는 과·채·탕·포모두 식구들이 좋아하는 것만 차리기로 했다. 집사람의 체력도 예전같지 않다. 식구도 단출하다. 차례상 앞에 가족이 한자리에 모이는 것만으로도 행복하다. 귀뚜라미도 내쫓을 생각이 없다.

53

한가위만 같아라

잊어버린 옛 세월의 고달팠던 잔상들을 이모저모 돌아다보면 그래도 즐거웠고 행복했던 기억들이 어제같이 또렷하다.

수양버들 늘어져서 꾀꼬리가 울어주면 쑥버무리 버무리며 보릿고개를 넘었다. 산나물 데쳐 내기를 몇 번이고 했어도 허기진 하루해는 유난히도 길기만 했다.

보리타작 뒤끝의 걷겨 타는 냄새가 마을 가득하게 뒤덮은 뒤에야 허리춤을 가까스로 늦추고 무 논갈이에 누렁이를 앞세웠다. 이 모두가 이제는 기억의 저편이 되어 단편 소설의 책갈피 속으로 몸을 숨겼지만 그렇게 멀지도 않은 세월인데도 가만히 턱 고이고 듣던 할머니의 옛이야기처럼 멀어져 갔다. 이제는 추억의 강에서 멱을 감고 돌아와 거울 앞에서 오늘을 바라본다.

하늘이 파랗게 높아지려고 햇살은 봄부터 꽃을 피우고 긴 한낮을 뜨겁게 달구었나 보다.

목이 쉬도록 뻐꾸기는 여름 내내 울어서 풋감을 익히고, 발갛게 고추를 물들이려고 매미는 나뭇가지를 붙들고 목청껏 울었다.

송골송골 땀방울이 맺혀서 머루포도는 까맣게 영글었고 밤이슬에 젖으며 만월의 밤을 뜬눈으로 지새우며 배꽃을 지킨 보람으로 배나무 가지에는 주렁주렁 황금배가 단내를 풍긴다. 뙤약볕 아래서 알몸으로 내맡긴 까닭을 지금껏 암 말 않더니 풀벌레 우는 소리에 함박웃음을 웃는다.

천둥이 울어도 꿈쩍하지 않던 들녘이 황금빛으로 일렁이고 부끄러워야 할 이유도 없는 키가 큰 수수는 콩밭 속에서 띄엄띄엄 고개를 숙였다. 석류가 벌어지는 소리에 놀란 참깨 깍지는 등이 터지고 고구마 넝쿨 밑에서는 이랑이 갈라진다. 입이 찢어져라 온종일 웃어 재끼던 해바라기도 철이 들었다. 멋모르고 제 좋아서 우쭐거리는 허수아비를 보고 민망해서 고개를 못 들고 어쩔 줄을 모른다.

알밤 떨어지는 소리에 콩깍지가 벌어지고 누런 호박의 펑퍼짐한 엉덩이가 아름차게 커졌다고 대추는 수줍어서 볼을 붉히는데 송편 찌는 김 내음이 좋아서 코스모스는 귀성객이 오나 하고 가는 목을 늘이고 일찌감치 길마중에 나섰다.

얼음골 사과가 영글었다는 소문이 뜬소문이 아니라고 일러주는 고추잠자리 날개깃 소리에 거창 사과도 함양 사과도 서둘러서 볼을 붉히며 꽃단장을 했다.

실낱같은 초승달은 밤마다 손 모아 소원을 빌더니만 휘영청 둥근 달로 중천에 높이 떴다.

더도 말고 덜도 말고 오늘 같은 한가위가 세세만년 이어져라.

54

아침나절의 창가에서

눈이 부시던 아침 햇살이 거실 바닥에서 살짝 돌아앉기에 아까까지는 밥상이었던 동그랗고 나지막한 작은 밥상을 찻상으로 바꾸었다. 꽃샘추위가 물러갔는지 간간이 돌게 했던 난방 보일러도 껐는데 아침 일찍부터 찾아드는 햇볕으로 거실이 따뜻하고 포근하여 차를 한잔 마셔 볼까 하고 차를 끓였다. 귀한 차라면서 받은 선물인데 즐겨 마시는 녹차보다는 입맛에 안 맞는다고 심산 절집의 주지 스님이 주신 보이차를 찻잔에 따라놓고 바깥 풍경과 마주했다. 건너다보이는 산이 햇볕과는 역광으로 바라보여 거무스름하고 희뿌옇다.

맑은 날에도 아침나절에는 거무스름하게 보이다가 햇볕을 받으면 고산 주봉은 아니라도 풍경화의 배경 정도는 충분한 산이다. 앞으로는 묵은 논과 밭인데 예닐곱 동의 아파트가 밉살스럽게 끼어들기는 했어도 산봉우리의 스카이라인도 살아있고 양쪽으로는 겹겹의 산봉우리들이 올망졸망하여 창가에 앉으면 아늑함이 세상사에 언짢아진 마음을 달래주곤 한다. 그래서 준비랄 것도 없이 간편한 믹스 커피를 종종 마시며 찻잔의 온기를 나름대로 즐기기도 하는 창가이다.

녹차든 보이차든 언제나 따라주던 차를 얻어 마시기만 하였지 직접 끓이기는 번거롭고 귀찮아서 커피만 마셨는데, 모처럼 어설프게나마 봤던 대로 흉내를 냈더니 느리게만 움직여야 하는 동작에서 어느새 서두름을 잊게 하고 느긋함의 여유를 느끼게 한다. 녹차를 따라주는 모습을 볼 때마다 바쁜 세상에 느긋하게 저러고 있을 시간을 갖는다는 것이 얄밉기도 하고 게을러터지게 꾸물대는 것 같아 차 대접을 받으면서도 인내심이 필요했었다.

콸콸 흐르는 싱크대의 물에 뽀독뽀독 소리가 나게 씻으면 될 일을 소꿉장난하듯이 이리 붓고 저리 붓고 하면서 씻는 건지 헹구는 건지 조몰락거리는 것을 눈여겨보는 것도 힘들었는데 내 손으로 해보니까 느긋함의 여유가 절로 생겨나며 차향의 은근함이 마음까지 다독인다. 서두름을 잊고 되찾은 여유로움이다.

창밖으로 내려다보이는 조각조각 나눠진 손바닥만 한 텃밭에는 도사리 배추인지 겨울을 난 푸성귀들이 진초록으로 띄엄띄엄 물들었고 먼 산기슭의 매화도 활짝 피었는지 어렴풋이 흰빛이다. 봄이 온 것이 창밖으로 보인다. 새봄이 온 것이다. 바람의 냄새가 향긋하다. 겨우내 입었던 외투도 벗어야겠다. 이래저래 부대끼며 끓인 속을 비워내고 화사한 봄꽃의 향기로 마음을 헹구고 새봄의 햇살을 한가득 품어본다.

55

새로운 시작이다

벚꽃이 활짝 피어 방방곡곡이 황홀경이다. 꽃구경을 나선 나들이 차들이 대하를 이루고 벚꽃 축제장마다 인산인해로 북새통이며 이름 깨나 알려진 곳이면 상춘객이 넘쳐난다. 군이 축제장이 아니라도 곳 곳마다 가로수들이 벚나무라서 어디를 가나 지방 도로의 찻길에는 벚꽃이 만개하여 숨 막히게 하는 절정이다.

화무십일홍이라지만 가지가지 봄꽃들은 줄을 이어 피고 지며 매 화 지면 벚꽃 피고, 벚꽃 지면 이화 피어 도리행화 만발하면 연이어 서 철쭉 피어 봄꽃들이 줄을 잇고 화려하게 피고 지며 인간사를 희롱 한다. 잎도 피기 전에 꽃부터 만개하여 화사하게 요염하고 눈부시게 황홀하여 일순간에 넋을 빼어 무아지경 휘몰아서 춘삼월의 일장춘몽 한세월을 농락한다. 겨우내 움츠렸던 심신이 기를 펴면서 화향(花香) 에 취하고 운치에 매료되어 관조의 여유를 앗기고 마음마저 들뜨면 눈 깜짝할 새 나뭇잎이 움트고 연두색의 어린잎은 어느새 푸르러서 봄 가는 줄 모르게 춘삼월이 훌쩍 간다.

봄은 새로운 시작이다. 봄은 누구에게나 새로운 시작을 마련해 준다. 노년의 봄은 단출한 정돈을 요구하고 청춘의 봄은 겁 없는 도전을 찬양한다. 봄은 모두에게 용기 있는 시작을 준비하라고 마련한 호시절이다. 때맞추어 우리에게는 대선이라는 새로운 준비의 시작이 마련돼 있다. 시간이 짧다 보니 대선 열기가 갈수록 들끓는다. 봄꽃들의 향연과 겹쳐서 사뭇 들뜨지나 않을까 염려도 된다.

엊그제만 돌아보아도 역사에 참담한 얼룩을 지웠다. 대통령은 심지를 잃었고 비서진은 분수를 잃었고 정치인은 초심을 잃었고 정치는 믿음을 잃었고 정당은 정책을 잃었고 국민은 희망을 잃었다. 이 얼마나 참담한 일인가. 대통령이 탄핵당하고 구속까지 되었다. 비운의 역사이다. 그러나 뼈를 깎는 아픔을 감내하며 국민의 단호한 결단이 있었기에 다시 일어섰다. 국민의 결집된 용기가 새로운 시작을 불러온 것이다.

봄꽃들이 화사하게 만개했다. 벌과 나비를 유혹하는 화려한 꽃만 볼 것이 아니다. 훗날 어떤 과실들이 열린 것인가도 생각해야 한다. 북한의 핵무기가 우리를 겨냥하고 있다. 강대국들의 보호 무역 주의도 되살아나고 있다. 우리의 안보는 갈수록 불안하고 경제도 불안하다. 내치 외치의 유능한 지도력이 절실하다. 새로운 시작에 국운의 성쇠가 걸려있다. 인기몰이에 들뜨지 않았으면 한다. 새로운 시작이다.

56

낙동강은 알고 있다

낙동강 창녕함안보에 녹조로 인한 조류 경계경보가 발령됐다. 낙동강은 1,300만 주민들의 식수원이고 농·공업용수이자 생활용수로서 삶의 젖줄이다. TV 방송 화면으로 보면 진녹색으로 뒤덮인 낙동강의 물빛이 염료를 풀어 놓은 염색공장의 염료 수조를 연상하게 한다. 가장자리의 흙이나 자갈이며 수초까지도 파랗게 물이 들었다. 민족의 젖줄인 낙동강이 어쩌다 이 지경이 되었나 하고 탄식이 절로 난다. 환경부는 30일 '녹조 발생 현황 및 대책' 브리핑을 통해 녹조 현상이 계속되어도 조류독소는 검출되지 않았다고 했다. 과연 믿어도 되는 것일까.

올해는 지난해보다도 녹조의 빛깔이 더 짙은데도 환경부나 수자원공사의 발표는 언제나 환경 기준치 이하라며 식수로서의 음용에는 별 지장이 없다고 한다. 하지만 일본의 대표적인 조류(藻類)학자 다카하시 교수는 낙동강의 조류는 이미 맹독성 남조류인 '마이크로시스티스 이르기노사'가 발생하고 있어 '마이크로시스틴'이라는 맹독성 물질을 내뿜고 있다고 했고 남조류로 오염된 강물로 키운 벼에서도 '마이크로시스틴'이라는 맹독성이 검출된다고 했다. 누구 말을 믿어야 하나. 철저하게 정수 처리하여 내보내는 수돗물이니까 식수로 아무 문제가 없다는 우리 정부의 발표가 옳은 것일까. 아니면 조류학자의 말이 맞는 것일까.

　낙동강 취수장마다 이중 펜스를 치고 녹조를 막느라고 안간힘을 쓰지만, 취수구로 빨려 들어가는 녹조를 소독하기 위해 염소의 투입량만 늘리고 있어 염소와 녹조의 반응으로 발암 물질인 '트리할로메탄'이 생긴다는데 이대로 먹어도 되는 것일까. 일반 식자재이면 미심쩍다며 안 먹으면 되는데 식수는 안 먹을 수 없는 노릇이니 대책이 시급하다.
　'안심하고 먹어도 된다.', '먹어서는 안 된다.' 어느 쪽인가. 답답하다. 그리고 절박하다. 절실하다. 하루 이틀이면 참겠으나 언제까지 논란과 시시비비를 다투기만 할 것이 불을 보듯 빤 한데 우리는 어떻게 하나? '먹으면 안 된다.' 요즘의 유행어인 가짜 뉴스이면 좋겠다. 아니고 사실이라면, 가정용 정수기를 거친 물이면 안전할까. 안전하다 해도 정수기를 못 사는 집이 있다. 바로 먹어도 아무런 문제가 없다는 정부에 정수기를 들이댄다고 대답이나 하겠나.

　얼마 전 부산시 상수도사업본부는 수돗물의 음용률 향상을 위하여 '수돗물 시민 평가단'을 모집한다고 밝히고 수돗물 바로 마시기 홍보에 나서면서 소독제인 염소 냄새는 수돗물이 미생물학적으로 안정함을 간접적으로 증명하는 것이기 때문에 안심하고 드셔도 되며, 더 맛있게 드시기 위해서는 보리, 옥수수, 둥굴레, 녹차 등을 넣어 끓여 드시거나 냉장고에 보관했다가 차게 드시면 더 맛있는 수돗물을 마실 수 있다고 먹는 방법까지 알려주고 있어 참으로 눈물겹게 고맙다. 그들의 주방에는 틀림없이 정수기도 없고 생수병도 없을 것이 뻔하지만, 그래도 한 번만 보여달라고 하면 어림도 없을 거다.

아무리 봐도 댐 같은 규모인데 벼 논으로 물을 대는 물막이 시설인 보라고 하니 그런가 하더라도, 4대강의 보를 막으면서 자연환경 및 생태학적으로는 아무런 문제가 없다고 방송마다 나와서 힘주어 말하던 교수들은 낙동강 녹조에 대해 한 말씀씩 하시는 것이 학자다운 자세인가 싶은데 강바닥에 엎쳐서 머리를 감춘 자리를 닮았는지 어디로 가셨는지 흔적조차 없으니 기가 찰 노릇이다.

4대강 16개 보의 수질 이대로는 안 된다. 썩어가고 죽어가는 낙동강은 알고 있다.

57

오만 원권은 어디로 가나?

한국은행은 얼마 전 올 상반기의 지폐 회수율이 오만 원권이 50.7%이고 만 원권은 111.2%, 오천 원권은 93.5%, 천 원권은 94.7%라고 밝혔다. 지폐의 회수율은 신권이 발행되면 경제 시장에서 활용되다가 다시 은행으로 되돌아오는 것을 의미하는데, 천 원권이나 오천 원권은 거의 발행된 것만큼 되돌아오므로 잠자는 액수가 거의 없다. 하지만 만 원권은 발행된 액수보다 11% 넘게 되돌아오는 것은 잠자던 만 원권이 오만 원권으로 바꾸어져서 돌아오기 때문이라고 보면 무방할 것이다. 따라서 우리나라의 최고 고액권인 오만 원권의 절반 정도가 개인 금고 속으로 들어가서 나오지를 않는다.

저축 금리가 바닥을 치는데 굳이 은행에 맡겨서 자금 노출만 시킬 것이 아니라 차라리 현금으로 보관하여 자금 노출도 은폐하고 각종 세제로부터 자유롭고 국가의 간섭에서 벗어나겠다는 의도이며 게다가 현금거래를 하면 매출액을 감출 수 있어 할인 혜택까지 받는다. 특히 병의원에서는 특별 우대까지 받고 있는 실정으로 강남의 모 성형외과에서는 오만 원 뭉치가 무려 80억이나 발각된 사례를 보면 빙산의 일각이라는 짐작이 되지만 이에 따른 탈세액의 규모도 짐작이 된다.

얼마 전 유럽의 중앙은행은 500유로의 지폐 발행을 중단하기로 했다. 테러단체의 자금조달이나 마약 거래 및 돈세탁 등 온갖 부정하고 부당한 거래에 쓰이고 있어 고액권 지폐를 제한하자는 세계적 흐름에 따른 결정이라고 발행 중단 사유를 밝혔다.

그렇다면 우리나라의 실정도 되짚어봐야 할 일이다. 얼마 전의 모 그룹의 총괄회장의 개인 금고에서도 5만 원권이 30억 원이나 들어있는 것이 발견되었다. 현금 보관이 불법이야 아니지만, 회수율이 50%라면 부정한 자금의 보관 수단으로 활용되고 있다는 것은 분명한 사실이고 유통이 안 되는 화폐는 시장 경제의 화폐로서의 가치를 위장한 은닉의 수단일 뿐이다.

2009년 오만 원권이 발행되고부터 지난 상반기까지 발행 잔액이 70조 원이 넘어섰다. 그렇다면 대략적인 셈으로도 5천만 인구가 한 사람당 27장을 가져야 하고, 4인 가구면 100장을 넘게 가져야 하는 셈이다. 그렇지 않은 것으로 보면 특정인들이 대량 보유하고 있거나 아니면 비자금 등 부정하고 부당한 거래로 인하여 은닉되었거나 지하 시장에서 유통되고 있다고 봐야 한다.

이유야 어떻든 오만 원권의 절반이 잠자고 있다면 시장 경제의 활성화에도 적잖은 문제이고 특히 재투자가 이루어지지 않아서 산업 발전과 일자리의 창출은 요원해지고 구조 조정만 불가피해진다. 따라서 탈세와 부정의 고리를 끊고 시장 경제의 활성화를 위해서는 대책 마련을 고려해야 한다.

58

김치 국밥

아침 밥숟가락을 놓기가 무섭게 집을 나온다. 젊은 날에는 있으라 해도 내빼듯이 나왔으나 할 일 없는 육십 대에도 그랬고 볼일 없는 칠십 대인 요새도 그렇게 집을 나온다.

어쩌다 집에 있는 날이면 상당히 걸리적거리는 존재가 된 것 같아 서다. 눈 깜작할새 아침밥을 먹은 설거지를 마치고 소파에 앉은 내게 도 커피를 한잔 건너 주는 것까지는 부담 없이 무난한데 이 방 저 방 에서 빨랫감 안고 나와 수두룩하게 거실 바닥에 모으기 시작하면 마 음이 불편해지고 청소기를 끌고 다니다 소파 밑으로 밀었다 당기기 를 거듭하면 무릎을 모아서 다리를 쳐들고 있으려니 몸도 마음도 불 편하다. 그래도 그러든 말든 하고 뭉개고 있을 요량으로 텔레비전을 켜면 때맞추어 걸려 오는 휴대전화를 들고 텔레비전과 거리를 멀리 하려고 돌아서는 것을 보면, 눈치가 보여 심기가 불편해져서 주섬주 섬 옷을 챙겨입고 집을 나와버린다.

"날씨도 찬데 집에 쉬시지 나가시려오?" 하는 일이 없어서 쉴 일도 없는데 날씨 춥다고 집에 쉬라는 것을 보면 구박까지는 아직은 아닌 것 같지만 마주 보고 저녁밥을 마음 편하게 먹으려면 시간과 공간 모두를 내주고 나오는 것이 상책일 것 같아서 서둘러 집을 나선다.

  현관문을 닫고부터는 마음이 편해진다. 차 시동을 걸고부터는 내 세상이다. 동서남북 사방팔방을 가도 누가 뭐랄 사람이 없으니 사주 치고는 지랄 같아도 팔자치고는 상팔자다.

  '저놈이 역마살이 끼어서 나가야 편할 놈이다.' 주역으로 소문난 한 학자이시던 할아버지께서 장손이 안주하지 못할까 봐 늘 염려하셨 다. 아니나 다를까 꾸던 꿈도 접고 하던 일손도 놓고부터는 본성을 드러내며 최치원 선생을 찾아 해인사로 쌍계사로 헤집고 다니며 청 학동을 들락거리고 매천 선생을 찾아 구례 화엄사 들머리의 매천사 도 들리고 김동리 선생의 소설 역마의 주인공 성기를 만나 옥화주막 에서 막걸리라도 나눌 생각으로 화개장터를 들쑤시고 다니며 곳곳마 다 명산대찰을 돌며 찻잔 마주하고 스님들 부아깨나 채우며 다녔다.

  딴에는 김삿갓의 발꿈치를 따라 풍류객 흉내를 낸답시고 8년간을 모 일간지에 기행 수필 100편을 연재했고 수필집도 서너 권 냈으니 역마살 값은 그럭저럭한 것 같은데 어디까지나 내 생각일 뿐이고 벌 어 준 돈이 없으니 눈칫밥 먹기에 딱 좋은 백수 9단이다.

  앉을 자리 보고 다리를 뻗으라 했는데 밥 나온 것도 아니고 떡 나오 는 것도 아닌데 글이나 쓴다고 컴퓨터 붙들고 집에 있으면 안 쫓겨나 면 다행이지, 아침밥 얻어먹는 것만으로도 감지덕지고 호강하는 것이 맞다. '맞다'하고 인정하지 않으면 내 심기가 불편해져서 스트레스를 끼고 살아야 할 판인데 '맞다' 하고 인정해버리니까 마음이 가볍다.

젊어서나 늙어서나 무위도식하고 집에만 처박혀서 이래저래 간섭이나 하면 어느 누가 좋아하겠나. 입을 다물고 있다고 해서 예뻐할 것도 아닌 것이 맞다. 여자들이야 제 앞가림이라도 하지만 남정네는 빨랫거리나 보태고 밥때마다 신경 쓰이게 하며 일을 거드는 게 아니라 일을 보태기나 하는데 집에 있으면 천덕꾸러기 신세가 된다.

집사람도 같이 늙으며 제 몸 가누기도 버거워져서 되는 것보다 안 되는 것이 하나둘씩 늘어나는데 얼굴 맞대고 있어봤자 예쁜 구석이라고는 하나도 없는데 미움만 사는 것이 빤하다. 그런데 정작 여자들은 만남과 모임을 만들어서 밖으로 잘도 나가는데 남정네들은 이걸 못하고 이게 안 된다.

술자리 만들어 호탕하게 웃어 보려 해도 주량도 체력인데 힘이 달리니까 돈만 아깝고 산으로 들로 쏘다니는 것도 젊은 날 같지 않아 오가는 사람들 비켜주느라 뒷전으로 밀리니까 하루 이틀 해보다 그마저 시큰둥해지고 맛집 찾아서 이곳저곳 다녀봐도 먹는 양도 줄고 입맛도 예전 같지 않아서 그게 그것 같아 돈만 아깝고 제아무리 멋을 부려봐도 젊은 날의 모양새는 간 곳이 없고 노인 티만 나니까 자존심만 상하여 스트레스만 불러온다.

문제는 소일거리라도 만들어야 하는데 눈을 비비고 찾아봐도 찾기지 않는다. 한다는 짓이라야 꼭 돈 드려서 시간 보내기 뿐이다. 여자들은 수다 떠는 재주라도 있어 어디를 가도 삼삼오오 모여서 잘도 노는데 남정네들은 쥐뿔도 노는 재주는 가진 것이 없다. 큰마음 먹고 이 친구 저 친구 불러내서 식당에 모여 이런저런 이야기를 나누며 다시 만날 약속을 해둬도 이 핑계 저 핑계 들이대며 속절없이 무산이다. 그도 그럴 것이 서로의 근황을 묻고 답하고 나면 더는 할 이야기가 없다. 그새 아무것도 한 일이 없으니까 전할 말이 없는 것이다. 이쯤 되면 유효기간이 아니라 유통기간이 다 지났다. 폐기 처분 대상이다.

나름대로 바동대 봤자 별 볼이 없다. 이런 날이 올 줄은 몰랐다는 친구들이 대부분이다. 그중에 주택을 가진 친구는 그런대로 용하게 버틴다. 이곳저곳 손을 보기도 하고 화단이라도 손질하며 시간을 메꾸는데, 아파트에 사는 친구는 베란다 바깥만 바라보고 해가 지기를 기다린다.

안 보고도 어쩌고 있는지 뻔히 아는 친구를 불러냈다. "뭔 일인데?", "뭔 일은 뭔 일? 아무 일 없으니까 그냥 오기나 해." 그 친구가 도착할 시각을 짐작하고 냄비에 맹물을 붓고 마른 멸치 여남은 마리를 퍽 집어넣고 가스 불을 켰다. 냄비뚜껑이 들썩거리는데 때맞추어 친구가 왔다.

"뭐 하나?"

"점심 때잖아?"

냉장고에서 배추김치를 꺼내서 듬성듬성 썰어서 냄비에 넣고 끓이다가 얼려둔 밥을 한 덩어리를 넣고 한참을 끓였다. 새우젓으로 간을 맞췄더니 그런대로 간이 맞다.

가난을 끼고 살던 어린 시절, 한학자이신 할아버지를 뵈러 오는 사랑방에 손님 떨어질 날이 없었다. 할아버지의 점심 진지를 때맞추어 짓지 못하고 언제나 할아버지의 놋그릇에 밥을 담아 솥에 넣어두었는데 손님이 오시면 밥 한 그릇으로 김치 국밥 두 그릇을 만들어서 올리셨다. 혹시라도 남는 것이 있을까 눈여겨보았던 기억을 더듬었다.

두 그릇에 나눠 담고 원탁 테이블이 마주 앉았다.

"야-아! 이런 것도 할 줄 알아?"

"그나저나 그 친구 어쩌다 갔대?" 부음조차 받지 못한 친구의 사인을 물었다.

"집에서 전기톱으로 뭘 만들다가 발목을 다쳐 출혈이 심했대."

"집사람은 어디 가고?"

답을 기다려도 친구는 말이 없다. 사연이야 어떻든 젊은 노인들이 걱정된다. 나이 들면 입은 닫고 지갑을 열라고 했는데 덜 가진 자들은 말처럼 쉬운 일이 아니다.

"목요일은 문학 교실로 쓰니까 다른 날은 무시로 와."

싱긋이 웃는 친구의 얼굴엔 잔주름의 골이 깊이 패였다. 김치 국밥이 따끈하고 얼큰하다.

59

선택과 사양의 시대

날만 새면 문명의 기기들이 눈앞에서 줄을 선다. 온갖 생활용품이 쏟아져 나오고 통신기기가 그렇고 영상기기가 그런가 하면 도대체 용처도 알 수 없는 문명의 산물들이 TV 화면이나 신문의 밑자락에 그려져 나온다. 생활용품이야 짐작이라도 되지만 IT나 미디어 용품은 어림도 짐작도 안 되는 것들도 있어 까마귀 활 본 듯도 하다가도 이래서는 시대의 뒤떨어지는 게 아닌가 싶어서 눈을 크게 뜨고 귀를 쫑긋 세워도 보지만 온갖 기능들이 무슨 용도로 쓰는 것인지 이해가 되질 않아 이내 포기를 해버린다.

날이 갈수록 문명의 기기들이 우리들의 생활을 더 복잡하게 만들어 삶의 무게를 오히려 더 버겁게 하는 것은 아닌지 의심스러울 때가 많다.

"빌어먹을 것들이 내 같은 늙은이는 밥도 못 해 먹겠다." 혼잣소리지만 불만이 연방이라도 터질 것 같아 "왜 그러시는데요?" 묻자 "스위치만 찰칵! 하고 누르면 되던 건데…." 어머니는 내 말과는 상관없이 밥솥 뚜껑을 열었다 다시 닫으며 뭐가 잘못되었나 하고 이리저리 살피는데 카랑카랑한 여자 목소리의 안내 멘트가 반복된다. "이 무슨 소리고? 뭐라꼬 씨부렁거리노?" 나는 안중에도 없고 밥솥에 대놓고 따지신다.

이는 꼭 15년 전 팔순 어머니와의 대화이다. 꼬부장한 허리로 주방을 왔다 갔다 하시며 며느리가 새로 사다 놓은 압력밥솥에 쌀을 씻어 잘 안치기까지는 하셨는데 "빌어먹을 것들이…"를 몇 번이 되뇌고는 그래도 화가 안 풀리셨는지 한참을 구시렁거리더니 "내사 모르겠다. 에미 오면 밥해라!" 하시며 꽝! 하고 방문을 닫고 들어가셨다. 그도 그럴 것이 집사람이 전기압력밥솥을 사 와서는 여닫는 방법을 일러 주고 밥을 할 때는 여기를 살짝 누르기만 하면 된다면서 터치 스위치를 설명할 때는 그러마 하셨던 어머니께서 퇴근이 늦은 며느리를 위해 밥이라도 먼저 지어 놓으려다 낭패를 보신 게다.

살짝 누르기만 하면 된다고 해서 일러 준대로 했는데 느닷없이 웬 아가씨가 "메뉴 선택을 하시고…"하는 소리에 깜짝 놀라 다시 또 누르니까 "현재 시간을…"하며 도대체 알 수 없는 소리만 좋알댔으니 그럴 법도 하다.

얼마 전, 인도 통신기기업체 링잉벨에서 신형 스마트폰 '프리덤 251'을 500루피 한화 약 9,000원 이하로 출시하겠다는 뉴스를 보고 생각났던 옛이야기다. 하지만 여기에는 우리들의 미래가 걸린 생활의 기기들의 앞으로 나아갈 길을 제시하고 있다. 온갖 가전제품이나 컴퓨터와 통신기기들의 성능과 기능이 소비자인 사용자의 활용수준을 너무나 앞선 제품들만 쏟아져 나오고 있다. 여기에는 앞서가려는 업체 간의 기술력 경쟁이 사용자와는 무관하게 온갖 기능경쟁으로 치닫고 있기 때문이다. 따라서 전혀 쓸 일도 없는 기능이 내장된 제품들을 소비자들은 울며 겨자 먹기로 고가로 사야 하는 가격부담만 안게 된다.

간편하고 저렴한 가격으로 선택과 사양의 시대가 왔으면 하는데 그럴리는 없을 것 같다. 생산업체가 기능과 성능의 경쟁에서 뒤떨어지면 볼 것도 없이 생산을 접어야 하는데 그러지는 않을 것이다. 소비자인 사용자도 재능에 따라 더 첨단의 기능을 요구하며 앞서가는 시대이다. 하지만 스마트폰은 전 인류가 가지는 필수품으로 남녀노소는 불문이고 지식이나 재능의 정도 차는 깡그리 무시되는 것이 문제다.

온갖 기능들이 내재 되어있지만 쓸 일도 없으니 무용지물이다. 안 쓰면 되지 않느냐고 흔히들 이야기하지만, 화면에 깔려 있는 온갖 앱들이 무섭기만 하다. 이것들이 다 무엇이며 뭘 하는 것인지 몰라서 혹시나 잘못 눌러서 예기치 않은 일을 만들어 사용을 못 하게 하지는 않는지 아니면 사용료가 부과되어 절 모르는 시주를 하는 것은 아닌지 하고 겁부터 먼저 나서 힘부로 만지기조차 무서운 기기가 되었다. 시도 때도 없이 '띠릭!' 아니면 '카톡!'하고 날아오는 알림 소리에 노인들은 손자 손녀의 반가운 소식인가 하고 얼른 열어 보면 별 이상한 문자와 부호가 뜨는가 하면 알 수 없는 번호가 찍혀서 열어야하나 말아야 하니 망설이게 되고 생각 없이 덜컹 열어놓고 아차! 이 무슨 보이스 피싱이라도 당한 것은 아닌지 가슴이 철렁 내려앉기도 한다. 문명의 기기는 이기라 하여 사용이 간편하고 편리해야 한다. 젊은 세대들이야 기능만 다양하면 까다롭든 복잡하든 아무 상관 없이 성능만 좋으면 좋아할 수밖에 없다.

통신은 기본이고 모르는 것은 검색하면 다 나오고 방문하지 않고 신청하고 접수하고 수령까지 다 하며 온갖 취미 활동이나 즐길 거리도 수없이 들어앉아 있어 온갖 것을 즐길 수 있을뿐더러 신분증이 없어도 폰 안에 다 들었고 은행 가지 않아도 금융 거래 다 하고 현금이나 카드 없이도 온갖 물건을 구매할 수 있고 예약도 취소도 콕콕! 뭔가를 누르기만 하면 된다. 한마디로 '세상의 온갖 것이 내 손 안에 있소이다'이다. 그런데 영상 통화나 사진 정도나 주고받는 것밖에 할 수 없는 할머니 할아버지는 어쩔 건데? 겁나서 못하고 무서워서 안 하고 몰라서 안 쓰는 기능의 그 값까지 다물고 시도 때도 없이 스트레스까지 받고 있는데 말이다.

60

문화 유적 탐방 소고

올해같이 단풍이 좋은 해가 별로 없는 데다 매월 한 번씩 유적지를
탐방하고 기행 수필이나 시를 쓰는 수강생과 함께 단풍 구경을 겸하
여 피아골의 연곡사를 찾아 유적탐방을 나섰다. 요즘이야 어디를 가
나 사방천지가 단풍으로 물들어서 찬란하고 영롱하여 황홀경을 이루
지만 마을 인근 야산들이 땔감으로 황폐했던 지난날에는 피아골 단
풍이라면 유명세를 떨치기도 했던 관광지답게 첩첩산중 태산 준봉이
오색으로 물들어서 숨이 갑실 것 같은 절경이다.

진주에서 연곡사까지는 만만찮은 거리다. 남해고속도로 하동 나들
목을 내려서서 섬진강을 한참이나 거슬러 올라야 한다. 지나는 길마
다 볼거리가 넘쳐서 발목 잡히면 오도 가도 못하고 해를 잡는다. 하
동포구 아가씨의 옛노래가 구성지고 백사청송(白沙靑松) 하동 숲의 솔
내음이 그윽하며 강섶마다 재첩국에 참게탕이 유혹하고 악양동천(岳
陽洞天)의 최참판댁이 옷소매를 붙잡으며 화개장터의 온갖 먹거리들
이 길손들의 배를 허기지게 하며 쌍계사 계곡물은 그냥 가지 말라고
녹차 향을 뿜어댄다. 풍광이 절경이라 시인 묵객 들고남이 그칠 줄을
몰라도 섬진강의 깊은 속이 어찌 이뿐이겠나.

역사의 굽이마다 피로 얼룩진 가슴 미어지는 숨은 사연을 어쩔 건가. 섬진강은 말없이 속내를 감추어도 임진왜란 정유재란 흘린 피가 얼마이며, 6·25의 3년이 지리산을 껴안고 10년을 몸서리친 섬진강은 아직도 맺힌 원한 못다 풀어 칠흑 같은 밤이면 통곡하고 만월의 밤이면 탄식한다.

비경 많고 사연 많은 섬진강을 거슬러 오르면 지루한 줄 모른다.

어느새 피아골로 접어들었다.

관광객들의 차량이 줄을 잇고 있어 제법 너른 주차장도 가득 차서, 차를 세울 곳을 찾느라고 절 입구를 한참이나 지났다. 계곡을 끼고 오르는 길은 단풍이 길섶까지 나와 길손을 영접하고 있어, 지나는 사람마다 개선장군이라도 된 듯이 흐뭇한 표정이다.

연곡사에는 국보 두 점의 승탑과 보물 네 점의 승탑비와 3층 석탑이 옛 세월을 지키는데 국보인 승탑 두 기는 훼손된 곳 없이 어쩌면 그렇게도 온전한데 보물인 탑비는 둘 다 몸체인 빗돌은 흔적조차 없고 빗돌을 짊어졌던 귀부의 등에는 빗돌의 지붕만 올려졌다.

국보인 동승탑은 도선국사의 승탑으로 전해지고 있을 뿐 빗돌의 파편조차 찾을 길이 없었다니 탐방객 모두는 못내 안타까움을 떨쳐내지 못했다. 어쩌다 석편(石片) 한 조각도 찾지 못하고 돌거북만 남았을까.

국보 제47호로 고운 최치원 선생이 짓고 쓴 쌍계사의 진감국사공탑비는 여러 조각으로 깨어져도 빠진 데 없이 모든 조각을 꿰맞추어 테두리를 보철로 고정하여 그런대로 제 모습을 갖추었으니 얼마나 다행인가. 또한, 보물 제446호인 양양 선림원지의 홍각선사 탑비도 산산조각으로 깨어져 흩어졌으나 파편 조각을 예사롭게 보지 않은 인근 주민들의 관심으로 왕희지의 글씨로 집자한 비문 150여 자를 수습하여 복원도 가능하게 된 사실만으로 기와 조각 하나에도 관심을 가져야 할 문화재에 대한 우리들의 사명을 일깨워주고 있다.

요즘은 자고 일어나면 지도가 바뀔 정도로 온갖 개발 사업이 강산을 허물고 뜯어고친다. 산이고 강이고 들이고를 막론하고, 도로 개설과 선형 변경 및 확포장 공사, 소하천 정비, 각종 부지 조성 등 온갖 사업을 한답시고 굴착기들이 황새목을 하고 길게 늘어뜨려 파고 쌓고 헤집고 무너뜨리며 야단들이다. 이에 질세라 심산 고찰들도 고래 등 같은 건물 짓고 조경하고 도로 내며 온갖 불사 한답시고 산도 파고 바위도 깨고 계곡도 헤집어 축대도 쌓고 길도 넓히며 야단들이다.

참선 수도에 얼마나 절실하고 중생제도가 얼마나 절박하여 다들 그러는지 모르겠으나 문화유산은 본래의 것을 지켜야 하며 매장 문화재의 작은 흔적들이라도 가벼이 하여서는 안 될 일이다. 수백 년 전의 옛 것은 선조들이 남긴 소중하고 귀중한 문화재이고 보물이지만 지금 새로이 만들고 짓는 것은 그 규모가 제아무리 웅장해도 천년 아니라 만년이 가도 현존하는 문화재를 따를 수가 없을뿐더러 문화재가 될 수 없으며 십 년도 못 가서 유지관리가 버거워서 애물이 될 수도 있다.

과하면 모자람만 못하다고 했다.

필요로 하는 것은 얼마든지 이루더라도 돌조각 와편(瓦片) 하나라도 함부로 취급할 일은 아니다. 선조들의 애환이 담긴 메모리칩일 수도 있고 우리가 가야 할 길의 이정표일 수도 있다.

61

산청 삼매

눈 속에 피어난 복수초의 노란 꽃이 앙증맞게 피어난 지리산 어느 골짜기에서 개구리가 벌써 나와 쌍쌍이 산란을 한 영상이 TV 뉴스에서 봄소식을 전해왔다. 며칠 전의 모 신문에는 하동의 매화가 핀 사진이 실려서 신춘매화를 찾아 어디로 갈까 하고 벼르던 참에 뒤 베란다에서 멀리 바라보이는 지리산 천왕봉에는 아직도 골짜기를 따라 하얗게 잔설이 남아있어 지리산 아래로 가면 어쩌면 설중매라도 볼 수 있을까 하고 산청 삼매를 찾아 나설 요량으로 마음이 바빠졌다.

매화의 멋은 세월에 곰삭아서 밑동은 삭아있고 세상사의 만고풍상을 끈질기게 견뎌오며 고난에 뒤틀리고 역경에 앵돌아져 용틀임한 자태로 엉성한 가지 끝에 듬성듬성 피어난 백옥 같은 백매화의 고매(高邁)가 일품인데 주변과도 어울리게 고택의 뜨락에 홀로 서야 제격이다.

문화 유적이나 명승지를 탐방하며 기행 수필을 이달로 90회째를 쓰고 있는 모 일간지에 6년 전 2회째의 「산청 삼매」를 쓰고부터 매화에 심취되어 이맘때가 되면 해마다 신춘매화와 재회를 해왔다. 제일 먼저 피는 고성군 대가면 방아골의 한씨댁 매화는 삭풍에도 청초하고, 마암면 장산마을 허 씨 고택의 용틀임 한 고매는 병풍 속의 그림 같이 기품이 넘쳐나고, 원동 순매원의 매화는 낙동강 강변을 따라 기찻길과 어우러져 풍광이 그림 같고, 백사 청송 섬진강의 하동의 매화는 광양의 매화와 지천이라 황홀하고, 화엄사 각황전 옆에 홀로 선 고매는 붉다 못해 검어 버린 흑매화로 빼어나고, 매천야록 황현 선생 매천사의 백매화는 설한풍에 고고한데, 남사마을 예담촌의 원정구려 원정매와 단속사지 통정공 강회백 선생의 정당매와 산천재의 안마당에 조식 선생의 남명매가 옛 세월을 지켜온 품격 높은 고매라서 산청 삼매를 찾아서 서둘러 나섰건만 대동강도 풀린다는 우수가 낼모렌데 삼매는 하나같이 올통볼통한 꽃망울만 듬성듬성 맺고 있다. 아직은 철이 일러서일까, 아니면 오늘의 정치사가 너무도 암담하여 필까 말까 하는 걸까. 우리의 봄은 어디쯤 오고 있는지 고시조 한편이 불현듯이 생각난다.

매화 옛 등걸에 봄철이 돌아오니
옛 피던 가지에 피엄직도 하다마는
춘설이 난분분하니 필동말동 하여라.

62

심산 절집 이대로 좋은가?

2010년부터 8년간을 모 일간지에 〈윤위식의 발길 닿는 대로〉라는 제하의 기행 수필을 매달 한 편씩 연재하느라 다달이 두어 차례씩 경남 일대의 산자수명한 심산계곡을 찾아다녔다. 2017년 12월 말에 100편의 글로 마무리했다. 굳이 경남 일대만 찾는 것도 지자체의 관광객 유치 홍보에 적은 보탬이라도 될까 하여 널리 알려진 유명 관광지보다는 조금 덜 알려진 곳을 지금까지 200여 곳을 찾아 100편을 써 왔으니 웬만한 곳은 발길이 닿았다.

선현들의 발자취를 더듬으며 유훈도 되새기고 길을 묻고자 길을 나서면 산자락 드리워진 아늑한 곳이면 서원이 있고 기암괴석 어우러져 반석이 좋으면 정자가 있고 명경지수 거슬러서 깊은 골로 들어서면 골짜기마다 어김없이 화려하고 웅장한 절집들이 터를 잡았다.

불과 몇 년 사이에 천년 고찰이 있는 공원 구역을 제외하고는 골짜기마다 크고 작은 절집들이 들어섰다. 우람한 바윗돌로 축대 쌓아 전각 짓고 바위나 암벽 깎아 불보살을 조각하고 누운 돌은 일으켜서 불경 구절 새겨놓고 넓적하면 포개서 높고 낮은 탑을 쌓아 절집들의 둘레에는 벼랑도 바윗돌도 자연 그대로 남아나지를 않는다. 게다가 스님들의 부도탑도 아닌 일반인들의 납골 부도도 만만치를 않으니 이 대로 십 년 후면 산간 계곡은 불교 조형물로 가득하여 자연경관은 흔 적도 없이 살아지지 않을까가 걱정스럽고, 백 년 후이든 천년 후이든 유물이 아닌 애물이 되지 않을까 염려스럽다.

어쩌다가 수행과 수도의 청정한 도량이 몸집 크기로 앞을 다투는 것일까. 절집은 모두 웅장해야 하고 석불은 모두 장엄해야 하고 범종 은 모두 거대해야 하는지 아니면 부처님이 돌아앉으실까! 부처는 언 제나 물욕의 저편에 있고 석가는 등극의 영화도 버리지 않았던가! 비 가림의 절집에 돌부처 하나이면 영험이 없는 게고 천년고찰은 효험 이 끝난 걸까.

부모 형제 이별하고 천륜 끊고 인륜 끊어 불제자로 작심하고 출가 하여 입산하면 삭발하고 장삼 입고 염불하며 목탁치고 불철주야 참 선 수행 불문 귀의 용맹정진 불법대로 행할 게지 자연경관 훼손하여 대궐 같은 절집 짓고 요새처럼 별실 지어 들고남을 선별하고 화려하 고 웅장해야 불법 수행 이뤄지나. 유서 깊은 천년고찰 대덕 고승 유 지 따라 큰스님께 계율 받고 노스님들 시봉하며 심오한 지혜 얻고 가 르침에 따를 것이 수도승의 길이 아닌가. 반면에 사바의 중생들은 웅 장함도 화려함도 안락함도 원치 않고 오로지 발복 발원 지극정성 기 도처로 옛 모습 옛 내음의 고찰 그대로에 믿음 가고 경건함이 우러난 다. 재가불자의 작은 깨달음이 웅장한 절집과 차츰차츰 멀어질 날이 머지않을 수도 있다.

63

테마공원 이대로 좋은가?

지자체마다 관광객 유치를 위해 온갖 아이디어를 짜내서 열성을 다하고 있다. 관광산업은 굴뚝 없는 산업이라며 오래전부터 산업화의 최고 반열에 올려 그 발전에 심혈을 기울여 왔었는데 지방자치제가 부활하고부터 재정확보를 위한 수입 증대를 위해 관광객을 유치하려고 서로가 원조이니 발생지니 하며 논쟁까지 일으키며 지자체끼리의 경쟁도 치열해졌다.

그래서 자연 발생유원지나 유적과 고적지를 연계하여 크고 작은 테마공원들을 만들어서 조형물이나 주제를 형상화한 구조물을 설치하여 구경거리를 만들어 내고 있다. 현대인들의 팍팍한 일상에 지극히 필요한 휴식 공간이 되기도 하고 문화와 예술의 공간이 되기도 하여 참으로 바람직하고 고맙기도 하다. 그러나 그 꾸밈이 혼란스러운 곳이 더러 있다.

근거도 불분명한 구전이나 전설 말고도 추정도 고증도 안 된 허무맹랑한 이야깃거리도 만들어서 해프닝을 유발한 사례도 있었거니와 심하게는 구전이나 전설이 현지인들이 알고 있는 내용과는 전혀 다르게 꾸며져서 옛사람들이 교훈이나 교육의 자료로도 삼았던 의도마저 무색하게 하기도 한다. 물론 고문헌이나 기록이 없는 것들이 대부분이라서 고증이나 입증이 어려운 것은 사실이나 현지인들의 구전이 무시되어서는 안 될 일이다. 옛사람들이 남긴 구전이나 전설은 언제나 선과 악의 뒤끝이나 보은과 배은(背恩)의 종말이나 옳고 그름의 구분이나 효와 불효의 결과와 같이 도덕과 예를 숭상하며 권선징악의 교훈과 교육적인 사실이 우리들의 유교적인 가르침으로 이어져 오고 있다. 따라서 픽션이냐, 논픽션이냐의 문제가 아니라 스토리의 구성은 보다 객관성의 유지에 힘을 써야 할 것이다.

덧붙여서 조형물의 설치에도 문제가 많다. 예를 들면 튤립의 축제장에 풍차의 조형물은 네덜란드를 연상하게 하여 충분하게 그럴 듯도 한데 기암괴석이 어우러진 심산계곡에 느닷없는 풍차가 우뚝하게 서서 의아하게 한다. 철모르는 어린이들이 보고 훗날의 기억을 어떻게 정리할 것이며 외국인의 탐방객은 한국의 이해를 어떻게 할 것인가가 염려스럽다.

그뿐만 아니라 조형물 또한 조잡하고 어설프다. 유명음식점이 아니라도 진열장에 전시된 음식물들을 자세히 들여다보아도 모형이라고는 생각도 못 할 만큼 갓 만든 음식처럼 입맛을 돋게 하는 기막힌 세상인데 물레방아 공원에 가면 모형으로라도 물레방아 하나 제대로 만든 것을 볼 수가 없다. 물레의 생김새가 어설프고 조잡한 데다 물레가 돌면 어떤 원리로 돌확과 연결이 되어 곡식이 빻아지는지 알 수 없게 만들어져 있다. '괜한 트집 잡지 말고 대충 보고 가기나 하시오' 하는 식인데 세금이 아까워서가 아니라 실물을 보지 못한 신세대들이 보고 뭐라고 할까가 걱정스러워서 하는 소리다. '제게 어떻게 곡식을 빻았지? 옛날에도 저리 좋은 쇠 파이프가 있었나? 하고 의아해 할 것이며 전혀 믿기지 않는다고 할 것이다. 한마디로 제 저고리가 아니다.

돈 있어 자재 있고 기술 있고 땅 있는데 뭐가 문제라서 이럴까. '고향의 물레방아 오~늘도 돌아가는데~' 하는 유행가는 국민가요가 되어 지금도 불리는데 테마공원의 물레방아는 오늘도 그들의 입맛에 맞게 돌아가고 있다.

64

용추계곡 심원정

　장마가 소강상태인지 끝이 난 것인지 도무지 하루 날씨도 종잡을
수가 없다. 불볕이 내리쏘다가 언제 그랬냐는 듯이 먹장구름이 밀
려와서는 자잘한 빗방울을 떨어뜨리며 변덕을 꽤 부려댄다. 차라리
쏴—아 하고 소나기라도 한줄기 퍼부어 주면 시원스럽겠건만 그도 저
도 아니고 후텁지근하여 계곡의 물소리라도 듣고 송진 내음이라도
실컷 맡아볼 요량으로 함양의 안의 용추계곡의 '심원정'을 찾았다.

　기백산 군립공원이라는 편액을 길게 달고 관광안내소를 겸한 2차
선 도로의 출입문을 들어서서 널따란 주차장에 차를 세웠더니 '심원
정'의 안내판이 다소곳이 나와 섰다. 우거진 솔숲 사이로 난 길을 따
라 계곡으로 들어서는데 미끄러지지 말라며 바윗돌과 소나무 뿌리가
맨살을 내놓고 조심조심 밟으란다. 제 살 아픈 줄도 모르고 한량없이
베풀기만 하는 배려에 발끝이 짜릿하다. 달리 보답의 길이 없어 고
마워서 치어다보니 등도 굽고 허리가 휘었어도 아름드리 낙락장송이
하늘을 빼곡하게 뒤덮고 해가림을 해주며 시원한 그늘까지 빈틈없이
깔았다. 물소리가 요란스럽게 들리는 계곡의 언저리에 꽤 커다란 중
층 누각이 널따란 반석을 깔고 고색창연한 옛 내음을 풍기며 그림같

이 앉았다.

거북바위라고 안내판이 일러주는데 반석이 넓어서 어디가 머리고 어디가 꼬리인지 분간이 안 가고, 깊은 소에 몸을 담갔는데 앉은키가 높아서 아찔한 절벽이다.

팔작지붕의 추녀는 날아갈 듯 날렵하고 정면 3칸 측면 2칸으로 열두 개의 나무 기둥은 아름차게 튼실한데 주춧돌이 있는 것과 없는 것은 그 까닭은 알 수가 없다. 누마루에 앉아 천장을 쳐다보면 들보를 걸터타고 청룡은 물고기를 물었고 마주한 황룡은 여의주를 물었는데 그 사연도 알 수 없다.

야트막한 '재궁폭포'는 깊은 소를 이르고 농짝을 쌓은 듯한 건너편의 벼랑과 거북바위 사이로 깊이를 알 수 없는 명경지수 '청심담'이 짙푸르다.

거제 부사 돈암 정지영 선생의 유덕을 기리며 선생을 찬양하고자 선조 7년에 제자들이 건립한 심원정에 앉았으니 화림동의 농월정과 원학동의 수승대와 이곳 심진동의 심원정을 안의 삼동의 삼가 승경이라 하였으니 신선이 따로 없고 시인 묵객이 따로 없다.

물소리 청아하여 가야금도 할 일 없고, 바람 소리 소소하여 거문고도 소용없고, 벽공에 시를 쓰니 지필묵도 소용없네. 기암괴석 벼랑 끝에 난 한 포기 그려놓고, 명경지수 청심담에 근심 걱정 띄웠더니, 시름도 가노라 하고 하직하고 떠나네.

물 좋고 반석 좋아 정자 좋은 비경이다.

65

수필 쓰기의 들머리에서

말과 글은 의사 전달의 수단이다. 문학 작품은 감정까지 전달되어야 한다. 넘쳐도 안 되고 모자라도 안 된다고 했는데 틀리면 어떻게 될까. 크든 작든 사단이 일어날 것이다. 몰라서 틀리는 경우와 잘못 알고 있어 틀리는 경우가 있다. 몰라서 틀리는 경우는 하지 않아야 할 것을 한 것이 잘못이고, 잘못 알고 있어 틀린 경우는 본인으로서는 어쩔 수 없는 경우다. 몰라서 틀리는 것과 잘못 알고 있어 틀리는 것은 그래서 다르다. 전자는 경솔함이고 후자는 어리석음이다. 전자는 대책이 없고 후자는 대안이 있다.

모른다는 것을 본인이 먼저 알고 있으면서 알고 있는 것처럼 말이나 글에 사용했다면 가르침이나 일깨움을 받아들이지 않을 사람이고, 잘못인 줄 모르고 사용한 사람은 인지 즉시 고칠 사람이기 때문이다.

화가이자 가수로서도 유명하거니와 방송 진행자로도 이름을 날리던 모 씨가 몇 해 전 어떤 방송을 진행하면서 강에 나면 갈대이고 산에 나면 억새라고 했다. 억새와 갈대를 구분할 줄 모르면서 잘 알고 있는 것 같이 힘주어 말했다. 이는 잘못인 줄을 모르고 한 잘못이다. 모 전문 문학지의 수필에 어떤 이는 "아 으악새 슬피 우니 하는 노래에서 으악새는 새(鳥)가 아니라 이 억새를 두고 한 말"이라는 내용의 글은 박영호 작사, 고복수의 히트곡 〈짝사랑〉의 가사 내용을 제대로 알지 못하고 글로 썼다. 말과 글은 대중가요의 노랫말과는 의미와 영향도 다르다. 말과 글은, 틀리면 혼돈을 주어 혼란까지 유발할 수 있지만, 대중가요의 가사는 가사 내용과 곡의 흐름에 따르는 감정의 분위기에 묻혀버리는 경우가 많다. 아직도 허다하게 불리고 있는 소양강 처녀의 '외로운 갈대밭에 슬피 우는 두견새야' 하는 것도 두견새가 언제 어디서 우는 새인가를 생각하면 기가 막히지만 우리들의 심금을 울린 국민가요가 아닌가.

그 말고도 백영호 작곡, 이미자의 히트곡 〈저 강은 알고 있다〉에는 '비 오는 낙동강에 저녁노을 짙어지면' 하는데 비 오는 날에 저녁노을이라니 기막힌 내용이지만 영화까지 만들어져서 크게 성행을 했다. 윤일로의 〈월남의 달밤〉도 유행 당시에는 '먼 남쪽 섬의 나라 월남의 달밤' 하며 지금의 베트남인 월남이 섬나라라고 불리었다. 파월 장병들이 부산항에서 배를 타고 가며 태극기를 흔들던 모습이 각인되어 배를 타고 가면 으레 어디 먼 섬나라로 가는 것으로 인식되었기 때문이다. 대중가요라는 감성의 분위기에 묻혀 흘러가 버리면 묻혀버리지만, 글에는 의미와 영향이 따르므로 신중함을 요한다.

시(詩)나 수필에서도 마찬가지다. '소쩍새가 울어서 한낮의 고요를 더욱 짙게 했다.' 소쩍새가 언제 우는가? 작가는 소쩍새라는 외로움의 상징성을 고요함에 진하게 부각하려는 의도인지는 알 수 없으나 차라리 뻐꾹새라고 했으면 얼마나 좋았을까. '간밤에 무서리가 하얗게 내려고'에서도, 무서리는 색깔이 없고 된서리가 하얗다. 그냥 '서리'라고 했으면 무난했을 것이다. 이는 표현의 멋을 부리려고 한 경솔함이다. '동쪽 하늘에 실낱같은 초승달이 뜨면'도 마찬가지로 초승달은 서쪽 하늘에 잠시 나타나는 달이고 동쪽 하늘에는 그믐달이 새벽에 뜬다. 그냥 '밤하늘에'라고 했으면 좋았을 것이다. 이 모두가 멋과 맛을 내려다가 비지떡이 되었다. 지식과 학식이 못 미쳐서 다르게 혹은 틀리게 쓴다면 어쩔 수 없지만, 멋과 맛을 내려고 사실과 다른 혹은 사실적이지 않은 잔재주를 부리면 대책이 없다.

다음으로 수필은 간결하고 명료해야 한다. 하지만 간결하게 쓰려다가 이해하기 어렵게 되어도 안 되고 이해를 돕겠다고 풀이를 하듯이 너저분하게 넘쳐나도 안된다. 이를 『삼국유사』의 「위령공」편에 나오는 글을 교과서처럼 말한 정민 교수가 쓴 칼럼에 이른 글이 있다.

사복(蛇福)은 삼국유사'에 나오는 고승이다. 어머니가 돌아가시자 그는 원효를 찾아가 포살계(布薩戒)를 지으라고 요구한다. 원효가 시신 앞에 서서 빌었다. "태어나지 말지니, 죽는 것이 괴롭나니. 죽지 말 것을, 태어남이 괴롭거늘(莫生兮 其死也苦 莫死兮 其生也苦)." 사복이 일갈했다. "말이 너무 많다." 원효가 다시 짧게 고쳤다. "죽고 남이 괴롭구나(死生苦兮)." 처음엔 14자였는데, 4자만 남겨 할 말을 다 했다.

원효를 찾아가서가 아니라 원효를 불러서 포살계를 지으라고 한 것이 맞을 것 같다. 일갈하는 위치에 있는 사람이 찾아갈 것은 아니라 오라고 했을 것이고, 왔기 때문에 원효가 시신 앞에 선 것이다. 어떻든 야단을 맞은 원효의 글이 얼마나 간결하고 멋진가? 단 네 글자 안에 필요한 내용이 모자라지도 않고 넘치지도 않게 다 들었다.

예를 하나 더 들면, 이 역시 『논어』의 「위령공(衛靈公)」 한 구절이다.

악사 사면(師冕)이 공자를 뵈러 왔다. 계단에 이르자 공자께서 '계단입니다' 하시고, 자리에 이르자 공자께서 '자리입니다' 하셨다. 모두 앉자 공자께서 '아무개는 여기 있고, 아무개는 여기 있습니다'라고 하셨다.

옛날 궁정의 악사는 장님이었다. 앞이 안 보이는 그가 찾아오자 공자께서 친히 나가 맞이하는 장면이다. 원문으로 27자밖에 안 되는 짧은 글인데, 시각 장애인을 배려하는 공자의 자상함과 그 자리의 광경이 눈에 선하다.

이 글을 두고 홍석주(洪奭周 · 1774~1842)는 『학강산필(鶴岡散筆)』에서 "그 문장의 간결하고 근엄함에 감탄했다. 그는 '모두 앉았다'고 한 표현에 주목했다. 공자와 다른 사람들이 앉아 얘기하는 중에 사면이 왔다. 그런데도 앉아 있던 사람들이 '모두 앉았다'고 한 것에서 다들 일어선 것을 알 수 있다."라고 글의 간결함에 극찬을 했다. 이 장면을 우리더러 쓰라고 했다면 서사가 몇 배는 길어졌을 것이다.

당나라의 문장가 한유(韓愈)가 말한 글쓰기의 비법은 이러하다. 풍부하나 한 마디도 남기지 않고, 간략하지만 한 글자도 빠뜨리지 않는다(豊而不餘一言, 約而不失一辭). 한 글자만 보태거나 빼도 와르르 무너지는 그런 맵짠 글을 쓰라는 말씀이다. 사간의심(辭簡意深), 말은 간결해도 담긴 뜻이 깊어야 좋은 글이다. 말의 값어치가 땅에 떨어진 세상이다. 다변(多辯)과 밀어(蜜語)가 난무해도 믿을 말이 없다. 사복이 원효에게 던진 '말이 많다'는 일갈이 자주 떠오른다. 글꾼들이라면 새겨들어야 할 말이다.

줄임을 극치로 한 예로 백지 연애편지가 있다. 백지 연애편지를 받고 감동했단다. 무한한 뜻을 다 담아 주어서란다. 이는 모자라는 것이 아니라 아예 없는 것이다. 해설은 그저 말장난이다. 제일 간략한 서간문이라는 '내 잘 있다. 말(馬) 잘 먹여라.'가 있다. 이를 두고 해설이 대단하다. '나는 잘 있다고 하여, 보내는 이의 근황을 설명했고, 말(馬)에게까지 잘 먹이라고 했으니 식솔들의 염려가 크고 깊게 함축되었다.'라고 한다. 과연 그럴까.

우선 바꿔보자. '내 잘 있다. 말도 잘 먹여라.'라고, '도'라는 토씨를 붙인 것과 붙지 않는 것은 뜻이 다르다. '도'를 붙이면 말 아닌 그 무엇이 말(馬) 앞에서 생략되었다고 볼 수 있고, 그 생략된 것이 식솔이라는 것은 짐작할 수 있다. 그런데 간결하지만 모자란다. 또 '내 잘 있다. 끼니 거르지 말고 말 잘 먹여라.' 했더라면 말의 끼니를 걱정한 꼴이 되 이 또한 모자라고, '내 잘 있다. 끼니 거르지 말고 말도 잘 먹여라.' 했더라면 넘치지도 않고 모자라지도 않다고 볼 것이다.

이처럼 문장은 간결하되 이해를 어렵게 해서도 안 되지만 충분히 짐작할 수 있는 대목은 숨기는 것이 글의 맛을 낸다. '밤에 비가 왔다.'와 '밤에도 비가 왔다.'에서 '밤에 비가 왔다.'는 낮에도 비가 왔는지 안 왔는지 이해가 어렵지만, '밤에도 비가 왔다.'는 낮에도 비가 왔다는 것이 충분하게 설명되고, '밤에는 비가 왔다.'에서는 낮에는 비가 오지 않았다는 것을 알 수 있다. 토씨 '에도'와 '에는' 토씨의 적절한 사용으로 문장을 간결하게 줄일 수 있다. 하잖은 것 같지만 주의할 점이다.

글을 처음부터 잘 쓸려고 하면 시작도 못 한다. 수필은 더 그렇다. 일상에서의 체험과 느낌을 여러 사람이 공감할 수 있게 표현하여 여운을 남겨야 하는 글이기 때문이다. 공감은 하되 여운이 없으면 내용은 인정이 하지만 글의 의미가 없어 넋두리가 된다. 기성 문호들이 입에 달고 있는 말이 있다. '제발 푸념도 넋두리도 하소연도 하지 말라'는 것이다. 언 듯 오해의 소지가 있으나 여기에는 푸념이나 넋두리 혹은 하소연으로 끝내지 말라는 뜻이다. 작가의 의도가 생생하게 살아있어야 한다는 뜻이다. 작가의 의도는 물론이고 공감할 수 있어야 한다. 흘러가는 이야기로 끝나서는 안 된다. 밋밋하게 흐르는 강물보다 굽이굽이 휘어진 강물이어야 하고 고요하게 흐르는 냇물보다 여울물의 소리를 내면서 흐르면 더 정겨운 것과 마찬가지다.

수필은 개울물에 떠가는 한 장의 낙엽이면 충분하다. 소용돌이에서 요동칠 필요도 없고 급류를 탈 필요도 없다. 그저 한가롭게 떠 가

되 한참을 들여다보고도 지루하지 않고 심심하지 않아야 한다. 그러려면 어떻게 하나.

수필은 붓 가는 대로 쓰면 된다는데 출발도 못 하는 붓이 가기는 어디로 가나. 시작부터 해야 어디로든 가기는 가겠는데 시작을 못 하여 못 쓴다는 말을 허다하게 한다. 사람마다 전공을 찾아 정규 교육과정을 마친 지가 언제인데 지금에 와서 수필개론이나 총론을 붙들고 씨름을 해 봐야 백날 배우면 백 년 후에도 수필이 써질까 말까. 보는 눈은 높아지고 붓을 잡을 손은 오그라진다. 수작들만 눈에 들어오니 한 줄도 못 쓴다.

글의 시작점은 글쓰기에서 가장 중요하고 글의 성패까지 좌우한다. 어디서부터 시작해야 할지 갈피를 못 잡아서 글 편지 한 장도 못 쓰는데 수필이 써질 까닭이 없다. 말로는 하라고 하면 하겠는데 글로 쓰라면 못 쓴다는 것이다. 말을 문자로 표기한 것이 글이고 문장이다. 좋은 글을 쓰려니까 못 쓰고 그래서 안 쓴다. 흔히 "내가 살아온 것을 글로 쓰면 책 열 권도 넘을 것이다." 하는데 무슨? 손 편지 한 장, 아니 한 줄도 못 쓰면서 무슨 글을 쓰긴 써.

왜일까? 시작을 못 해서다. 좋은 글이 되든 잡글이 되든 쓰고 보아야 판단이 설 것이니까 시작을 어떻게 하면 될까를 생각해 보자.

글을 시작하려면 중신아비인 매파를 불러라. 삼라만상이 모두 마담 뚜다. 바람이, 구름이, 하늘이, 천둥이, 하는 자연이든 날씨든 상관이 없고, 잔소리꾼 마누라든 돌부처 같은 남편이든 심지어 개 밥그릇도 좋으니까 시작점에만 잠시 빌려서 쓰고 제자리에 도로 두면 된다. '바람이 오늘따라 세차게 분다.' '구름이 온갖 모양새로 변덕을 지으며 정신을 어지럽게 하는 한낮이다.', '내 그럴 줄 알았지만, 잔소리꾼이 아침 인사를 빠뜨릴 수 있나.', '머리를 자르고 와도 모르는 양반이 새 옷 입었다고 알기나 하겠나.' 등 글의 주제에 따라 글머리의 시작점을 가까운 곳에서 끌어다 대면 일단 시작할 수 있다. 주의할 점은 글의 주제나 내용과 어긋나서는 곤란하다. 결혼식장에 가는 것이 주제인데 시작을 멋지게 한답시고 '찬 바람이 쌀쌀맞게 부는데 감나무 가지에 오늘따라 까마귀가 울어댄다.' 아서라, 사실이 그렇더라도 이건 아니다. 다음 말도 엇박자를 낼 것이다. 앞날을 예시라도 하듯이 걸맞게 끌어다 붙여야 한다. "외투를 입어야 하나 말아야 하나 때 아닌 봄날 같다."로 시작했으면 가는 길이 보이고 만날 것 같은 사람들의 얼굴도 보이며 지난날의 기억도 떠오를 것이다. 내용이나 주제에 걸맞은 시작은 중요하면서도 어렵지는 않다.

다음으로 주제에 접근하는 방식이다. 수필이 일상에서 건져 올린 마음의 거울이므로 포장지를 뜯고 먼지를 닦아내고 차근차근 거울 속으로 다가가야 한다. 알맹이부터 까발려버리면 더는 쓸 내용이 없어진다. 모든 일에는 동기 부여와 원인이 있고 과정이 있어 결과로 이어진다. 동기 부여는 작가가 어떤 주제에 대해 글을 써야겠다는 마음을 일깨운 것이고 나머지는 모두 내용이다. 따라서 관심을 시작으로 집중하고 집중에서 몰입으로 들어가야 한다. 대상과의 교감이 원활하게 소통되어야 글을 쓸 수 있다. 수필은 결과를 구하는 논문이 아니므로 내용에서 몰입 속의 감정을 정말 붓 가는 대로 풀어쓰면 된다. 눈에 보이는 것은 명사(名詞)인데 집중하고 몰입하면 머릿속에는 형용사가 뜬다. 단어 앞에 형용사가 끼어들면서 글의 멋과 맛이 우러나게 된다.

요즘 수필을 보면 일상에서 일어날까 말까 한 천우신조의 기적 같은 내용이거나 백척간두의 절박함과 구사일생의 영웅담 일색이다. 그뿐만 아니라 은근히 경력을 늘어놓고 자기 자랑을 하거나 그도 아니면 신세타령이고 푸념이고 넋두리들이다. 일반 독자들은 겪어보지도 못한 먼 나라 이야기로 듣기 십상이다. 또한, 자화자찬은 거부감만 불러온다. 그래서 이것저것 주워 붙이면 비단결같이 매끄러워야 할 이음새가 대마디같이 굵어진다.

문단의 이음새도 자연스럽지 못하면 마치 어디로 튈지 모르는 럭비공처럼 부담까지 준다. 수필의 내용은 필연적이어야 함에도 언제나 우연을 끌어다 붙여 독자들로부터 '설마'하는 소리가 나게 한다. '그래, 맞아. 우리 다 그렇게 살았었지.' 아니면 '글쎄 말이다. 그걸 모르고 살았으니.' 등 모두가 공감하며 '맞네' 아니면 자기를 되돌아보며 씁쓸한 입맛을 다시게 하거나 긴 한숨이라도 쉬게 해야 한다.

다음으로 언어 구사, 즉 단어와 단어의 연결이다.

계간 문학에 붙이는 글이고 굳이 실명을 밝혀도 흠이 되지 않을 것 같아서 신인상 작품을 되짚어 보며 글 뜻과 글맛을 제대로 갖춘 단어의 연결이 독자에게 어떤 울림을 불러오나를 들여다보자.

먼저 수필 부문의 당선작 손회옥의 「친정 까꼬실 가는 날」은 전체적인 흐름에 매듭이 없다. 명주 필을 풀 듯이 매끄럽고, 이음에서 우연이라고는 찾을 수 없이 필연적인 사실만으로 마디가 없이 간결하며 명료하다. 기법 또한 독특하여 작가의 특성을 한껏 발휘했다. 독자들은 실컷 울려놓고 작가는 신바람이 나서 친정으로 차를 몬다. '남은 울려놓고 자기는 신난다.' 세상에 이런 경우가 어디 있나? 하지만, 이런 경우라야 어디에 내놓아도 빼어난 작품으로 인정을 받는다. 읽으면서 공감하고 공감하며 눈물짓고 읽고 나서 가슴 짠한 수작이다. 시조 부문에서도 극찬을 뺄 수 없는 이들이 있다. 먼저 김대식 작가의 「어버이날」에서 '하루에 피고 지니 그 향기 어디 둘까' 했다. 독자들을 어머니의 냄새까지 가슴에 담게 하여 두고두고 그립게 만들었다. 산문으로 표현해서는 끌어낼 수 없는 감성을 5월의 카네이션보다 더 활짝 피워냈다.

남기철 작가는 「석양」에서 '해 질 녘 강물이 마음에 너울을 일게 하는데 강 건너 집집마다 물 위에 불을 켰다'고 했다. 해 질 녘의 강변을 그림 한 폭에 오롯이 담아냈다. 독자는 그 그림을 보고 고향을 생각나게 했고 특히 하동을 고향에 둔 사람의 눈시울을 젖게 했다. 배원식 작가는 「입춘」에서 봄이 오는 기척을 '고드름 현을 걸고 거문고 켜는 소리'라고 하여 봄바람을 바람꽃으로 피운다고 했다. 현악기 중 마음의 여유로움을 담아낼 수 있는 것은 거문고를 능가할 다른 악기는 없다. 작가는 이미 가슴에 안족(雁足)을 세우고 6현을 걸었다. 안효만 작가의 「성찰」에서 허세가 들통이 나서 웃자라버린 허영이라며 철학을 심성에 담아 인성이 곁 넘지 못하게 성찰의 기회로 삼으라고 표현의 격을 높여 현대인들의 가슴에 대못을 쾅! 하고 박은 농축

된 문장이다. 필자는 이 글에서 작가를 말하려는 것이 아니고 항아리에 담긴 뜻을 오롯이 보시기에 담아낸 작품을 말한 것이니까 오해 없기를 바라며 이처럼 문학 작품은 움츠려버린 인간 본성의 공감을 일으켜서 식어버린 현대인들의 가슴을 데워내는 것이 목적이고 작가의 의무다.

위 작품들을 소개한 이유는 누구나 할 수 있는 말은 작품이 되지 않는다는 것을 일깨우기 위해서다.

창가에 달빛이 고와서 잠 못 들게 한다. 누구나 할 수 있는 말이다. 싱겁다. 창가에 부서진 달빛을 줍느라 잠을 못 잤다. 약간의 양념으로 감칠맛을 내는 시적이다. 이태백의 친구가 밤늦게 찾아와 잠못 들게 한다. 격이 없이 해학적으로 넘길 수 있다. 수필은 기록문서가 아니고 학술 논문도 아니므로 특정인이 아닌 '누구나'인 일반 독자를 생각하지 않을 수 없다. 그래서 누구니 쉽게 다가갈 수 있는 쉼터 옆에 있는 옹달샘이다. 어떤 이는 갈증을 해소할 수 있고 또 어떤 이는 더위를 식힐 수 있는 부담 없는 글이라야 한다. 읽으면 내용이 그림으로 머릿속에 그려져야 하고 읽고 나면 여운이 남아야 한다. 하지만, 이를 너무 의식하면 붓이 나가지 않는다.

『논어』의 「학이」편에 남이 자기를 알아주지 않아도 개의치 않는다는 뜻으로 人不知而不慍(인부지이불온)이라는 말이 나온다. 모름지기 작가는 본인과의 화합이 우선된다. 양심 앞에 떳떳하고 정의 앞에 당당하며 상식 앞에 겸손하면 세상과의 소통도 무난하고 삼라만상과의 교감도 어렵지 않다. 남이 알아주는 글을 쓰려고 욕심내지 말고 남이 알아줄 때가 오리라는 믿음으로 글을 쓰면 된다.

피카소는 삼각형을 그려 놓고 가운데 커다랗게 구멍을 내어 삼각 자를 그렸는데 유명한 〈소(牛)〉 그림이 되었으나 우리는 제법 네 다리도 그리고 두 개의 뿔도 붙였는데 종이 아깝게 항칠(경상도 사투리, 표준어로는 낙서 또는 환칠)을 했다고 타박만 받게 된다. 유명인은 유명 작품을 남기고 무명인은 휴지쪽을 남긴다. 이런 세태를 대변이라도 하듯, 유명 시인의 작품이 있다. 한국문인협회에서 발행하는 《월간문학》 638호의 「파리똥」이라는 원로 시인 임 보 선생의 대표작이 실렸다. 그대로 옮겨 보겠다.

파리똥

세상을 이미 떠난
어느 대가의 시 한 편을 놓고
기라성 같은 비평가들이
화려한 논란을 쏟아냈다

문제가 된 것은
시행의 중간에 찍힌
하나의 피어리어더(종지부) 였다

수식어와 피수식어로 갈라놓음으로
시정의 미적 확대를 의도적으로 꾀했다 (비평가 A)

의미의 연결에 포즈를 줌으로
이미지의 자동화를 방지한 낯선 장치다 (비평가 B)

복잡 다단한 현대 도시 소시민의 순간적인
의식의 단절을 시각화한 것이다 (비평가 C)

일상적 구문의 해체로 심리적 갈등 곧
정서의 와해를 표출하려 했다 (비평가 D)

알다가도 모를 현학적인 해설들이
작품보다 더 어렵게 지상을 수 놓았다

거기에 왜 마침표가 들어가야 하나?
아무리 해도 이해를 못한 한 숙맥 시인이
출판사에 찾아가 대가의 친필 원고를
가까스로 찾아보았다

원고에 분명 마침표가 찍혀 있었다

(그러나
그 마침표의 생산자는 대가 아니라
한 마리의 불손한 파리였던 것을
세상은 아무도 몰랐다)

'알다가도 모를 현학적인 해설들이 작품보다 더 어렵게 지상을 수놓았다.'라고 하였다.

대가의 버금가는 대가들이 작품보다 더 어렵게 해설을 붙였는데 왜 그랬을까? 왜? 대가의 작품이니까 더불어 얻어보려다가 허방에 빠진 것이다. 이 무슨 망신인가.

이쯤 되면 문단의 시류와 돌아가는 이치 정도는 짐작이 되리라 생각된다.

수작을 내려고 욕심부리지 말고 그저 '가슴에 묻어둔 사연', '이제는 말하고 싶어서', '말하지 않으면 병이 될 것 같아서'라면 솔직한 고백처럼 쓰고 또 쓰면 작가도 모르게 인정받는 수작이 되어있을 것이다. 자고 나니까 유명 인사가 되어있더라는 말은 한 번쯤 깊이 새겨둘 말이다.

66

어느 할머니의 텃밭

저녁 무렵이면 경전선 철길을 걷어내고 새로 만든 자전거 도로가 아파트 뒤에 있어 영천강 옥산교까지 걷기를 한다.

까맣게 아스팔트로 포장하고 남은 자투리에 어느 할머니가 일군 작은 텃밭의 어설픈 울타리에 피어난 박꽃이 초저녁 달빛을 머금고 더없이 청순하다. 가지 모종 서너 포기랑 고추 모종 여남은 포기가 초여름 햇살에 시들시들 그렇게 초라하더니만 저녁 무렵이면 허리 굽은 할머니가 헌 유모차를 밀고와 페트병에 담아온 물을 포기마다 찔끔찔끔 붓더니만 하루가 다르게 생기를 챙기며 무성하게 자랐다. 올망졸망한 가지가 진보라 빛으로 길쭉한데 동고동락하는 할머니 등을 닮아 등이 고부장하게 키를 늘리고, 크고 작은 풋고추가 조랑조랑 매달려서 앙증맞게도 초여름의 풋 내음을 풋풋하게 풍긴다.

저녁 해가 뉘엿뉘엿 저물 무렵이면 할머니는 어김없이 헌 유모차를 밀고 텃밭으로 오신다. 유모차에 매달린 검정 비닐봉지에는 호밋자루 끝이 뱅긋이 머리를 내밀며 대롱대롱 흔들린다. 아파트의 13층에서 뒤 베란다 창문을 열면 할머니의 텃밭이 24시 마트의 삼각김밥만 하게 내려다보인다.

철길을 걷어내고 자전거 도로를 만들면서 가장자리에 남은 좁고 기다란 자투리땅을 인근 마을 사람들이 텃밭으로 일구어서 부추랑 상추를 심기도 하고 그늘진 곳에는 토란을 심기도 했는데 폭이 좁아서 딱 네댓 이랑이다. 그중에서도 할머니의 텃밭이 끄트머리의 구석 자리여서 제일 작으면서 꼬리 끝이 길쭉하게 뾰족한 삼각지다. 하지만 할머니의 텃밭은 잡초 한 포기 없이 깔끔하고 고랑의 흙을 북돋아서 이랑이 오똑하다. 가지 포기도 고추나무도 싱싱하게 자라며 열매도 튼실한데 비하면, 할머니보다 훨씬 젊은 사람들이 가꾸는 텃밭은 상추밭인지 풀밭인지 분간이 안 될 정도로 잡초가 무성하다.

할머니는 여름 내내 하루도 거르지 않고 물을 주고 김을 맨 흔적이고 정성의 결과물이다. 돌아서면 풀이 자라서 여름이면, 밭농사는 풀과의 전쟁이라 하는데 할머니도 매일 같이 풀을 뜯어내느라 풀과의 전쟁을 한다고, 유모차에 매달린 비닐봉지 속의 호밋자루가 목을 빼고 일러준다.

할머니의 유모차가 떠나고 날 때쯤이면 나는 저녁밥을 먹은 직후여서 저녁 산책 삼아 아파트를 나서서 자전거 도로를 걷는다. 매일같이 지나면서 할머니의 텃밭을 눈여겨서 지켜본다. 오늘은 무엇이 어떻게 달라졌을까가 궁금해서다. 어쩌면 매일같이 할머니만큼이나 신경을 쓰는지도 모른다. 가지는 얼마나 커졌고 어제는 몇 개였는데 오늘은 몇 개인가도 헤아려 보고 고추는 얼마나 굵어졌고 빨간 고추는 몇 개나 되는지도 헤아려 보기도 한다. 하지만 내가 더 관심을 깊게 눈여겨보는 까닭은 오늘은 할머니가 무슨 일을 하고 가셨는지가 궁금해서다. 혹시 기력이라도 떨어져서 못 나오신 것은 아닌지 아니면 오셨다가 힘에 부쳐서 그냥 가신 것은 아닌지 세심하게 살펴보며 할머니의 흔적을 훑어보는 것이 걷기운동 중의 중요한 일과가 되었다.

밭고랑을 호미로 긁어서 흙을 이랑 높이 끌어올려 북을 돋운 흔적만으로도 할머니의 체력 체크까지 할 정도로 익숙해졌다. 고추나무가 점점 자라서 지주대를 세워야 할 시기가 되었다. 날이 갈수록 고추나무가 키가 웃자라서 바람에 넘어질 수도 있는데 할머니는 지주대를 세우지 않았다.

지주대를 구하지 못해서일까. 아니면 길이가 짧은 것이 1미터인데 유모차로는 가지고 올 수가 없어서일까. 까닭을 알 수 없어서 며칠을 더 지켜보기로 했다. 이삼일 지나도 지주대가 서지 않아서 내가 초조해진다. 몸통이 굵은 가지 나무는 지주대가 없어도 되지만 고추나무는 바람이 조그만 불어도 넘어지기 때문에 지주대를 세우지 않으면 어느 순간에 쓰러지고 만다. 한 번 쓰러진 고추나무는 일으켜 세워도 꺾인 자리가 부러지기 십상이어서 고추나무에는 반드시 지주대를 세워야 한다. 하루 이틀이 지날수록 애가 탄다.

지난해의 현충일이 목요일이라서 중학교 1학년인 외손녀와 초등학교 3학년인 외손주가 학교에서 금요일을 쉬기로 했다면서 울산에 왔을 때다. 아파트 담장과 맞닿은 논에 모내기가 끝나고 어린 모가 막 생기를 찾을 무렵이었다. 이양기로 심다 보면 논둑의 가장자리 줄에는 모가 심기지 않는다. 일손이 바쁘면 그냥 둬버리기도 하지만 틈이 나는 대로 가장자리 한 줄을 손으로 심는다. 그러려고 무논의 모서리인 구석에 예비로 모를 한두 무더기씩 놓아둔다.

살고 있는 아파트에 이십여 년을 살았어도 옆에 붙은 논의 주인은 누구인지도 모른다. 그도 그럴 것이 예전처럼 손으로 벼농사를 짓는 것이 아니고 하나에서 열까지 기계로 눈 깜짝할 새 후다닥 해버리니까 언제 모를 심었고 언제 벼를 베었는지 모르니까 주인 얼굴도 못 본다. 누구네 논인지 모르면서 모심기를 어깨너머로 본 기억은 있어 손녀 손자를 데리고 논으로 가서 구석에 남겨둔 예비 모를 가지고 모를 심는 방법을 일러주며 실낱은 모를 네 개씩 하여 논둑 바짝 붙여서 빠진 한 줄에 모를 심었다.

어떻게 자라서 어떻게 벼 이삭이 패고 여무는지 지켜보자면서 논둑을 따라 무논에 들어가지 않고 심었는데 무척이나 재미있어했다. 이렇게 가늘고 연약한 모종이 어떻게 자라서 황금 들녘이 되냐며 의아해했던 아이들이 휴일에 올 적마다 성큼 커버린 벼를 보며 신기해하더니 가을이 되자 메뚜기도 잡아보며 노랗게 익은 벼 이삭을 보고 어떻게 이렇게 빨리 자라서 열매를 익히는지 참으로 신기해했다.

올해도 여름 방학을 맞아 손녀 손자가 왔기에 저녁 밥상 앞에서 할머니의 텃밭 이야기를 하고 고추나무에 지주대를 세우지 않고 있다며 이야기를 꺼냈다. 고추나무는 두 이랑이고 모두 열여섯 나무였다. 하나하나 세우지 않고 듬성듬성 세워서 줄을 치면 여덟 개면 충분할 것 같다.

코앞에 동생네 텃밭이 있어서 집사람이 동서와 같이 가지랑 고추와 옥수수도 심고 토마토도 몇 포기 심기 때문에 고추 지주대가 쓰다

남은 것이 더러 있다. 게다가 동생이 창호 공장을 아파트 옆에서 하고 있어서 알루미늄의 막대기들이 얼마든지 있다.

손녀 손자를 데리고 동생의 밭에서 헌 지주대를 창호 공장으로 가져와서 무뎌진 끄트머리를 뾰족하게 망치로 두들겨서 다듬었다. 애들은 할아버지와 같이하면 뭐든지 재미있어한다. 보통 사람들이야 끝이 무뎌도 쉽게 땅에 꽂을 수가 있지만, 할머니의 힘으로는 버거울 것 같아서 끝을 뾰족하게 두들겨서 다듬었다.

할머니가 밭일을 마치고 가신 뒤에 지주대를 텃밭 가에 가지런하게 놓아두고 노끈도 공처럼 동그랗게 말아서 나란하게 두고 왔다. 손자가 우리가 지주대를 세우면 안 되냐고 해서 할머니가 재미로 하시는 텃밭 농사니까 할머니가 하시게 내버려 두자고 했더니 수긍이 가는지 고개를 끄덕였다.

다음날이 궁금했다. 그러나 서두를 수도 없는 일이다. 외손주들이 안달하지만, 할머니가 집으로 가신 후에라야 가볼 수 있는 것이다. 안달하는 손주들의 등쌀에 못 이겨서 이 핑계 저 핑계를 대면서 꾸물거리다가 할머니가 유모차를 밀고 떠나기가 바쁘게 서둘러서 내려갔다. 이를 어쩌나. 지주대 여섯 개가 노끈으로 잘 묶어져서 길에 올려져 있다. 한동안 아이들도 말이 없다. 속으로 왜 이랬을까를 몇 번이고 되뇌는 모양이다. 나도 일러주고 싶은 말을 꾹 참았다. 다시 묶음을 풀어서 노끈은 공처럼 말고 지주대를 밭고랑에 아무렇게나 늘어놓고 여느 날처럼 옥산교까지 걸었다.

애들을 따라오지 못하게 강둑에 세워놓고 다리 아래로 내려갔다.

할머니의 손에 버겁지 않을 만한 크기의 돌멩이 하나를 주워서 올라왔다. 애들이 어디 쓸 거냐며 질문 공세다. 보면 안다고 하고 돌아는 길에 할머니의 텃밭에 놓아둔 지주대 옆에 놓아두었다. 애들이 눈치를 채고 함박웃음을 웃는다. 다음날이 기다려진다. 궁금증을 못 참아 안달하는 애들만큼이나 나도 기다려졌다.

할머니의 유모차가 저만큼 멀어지고 나서야 텃밭으로 내려갔다. 지주대가 잘 꽂혀있고 노끈으로 고추나무 하나하나를 감아서 지주와 잘 엮어져 있다. 순간 아이들은 우리의 생각이 적중했다는 뜻으로 손뼉을 쳤으나 나는 눈물이 핑 돌았다.

저녁해가 뉘엿뉘엿 질 무렵이면 어머니도 지팡이를 짚고 동네 한 바퀴를 돌고 오셨는데 유모차를 밀고 가시는 할머니의 뒷모습이 고부랑고부랑 아버님 곁으로 가신 어머님의 뒷모습과 너무도 닮아있었다.

67

기도하는 여인

절집마다 관음전이 다 있는 것은 아니다. 관음보살을 주불로 모신 전각으로 대부분 대웅전 보다 그 크기가 작고 바닥면적도 신도들이 횡으로 서면 작게는 서너 명 크다 해봐야 칠팔 명 정도가 절을 할 수 있는 너비이다. 기행 수필을 많이 쓰는 편이라서 심심찮게 심산 고찰을 찾아들다 보면 전각마다 들어가서 예를 다 갖추지는 못하지만 나름대로 눈여겨볼 곳은 빠트리지 않는다. 건축의 특징이나 불상의 역사적 가치와 미술적 가치는 문외한이라서 논할 엄두도 안 내지만 숨은 뜻은 뭘까 하고 내 나름의 잣대로 들이대면서 불심과 신심을 되새기며 대웅전 다음으로 관음전을 찾는다. 그러다 보면 먼저 자리를 잡은 여신도를 보게 된다.

승복과도 같은데 차림을 한 그들은 법복이라고 하는 회색 바지저고리를 입고 있으면 절집 식구인가 하고 보살이라고 하지만 평상복을 입고 있으면 보살이라는 지칭보다는 여신도라 하는 것이 옳을 것 같아서 조심스럽게 쓰는데 물론 재가불자니까 '청신녀'도 있고 '우바니'가 있긴 해도 낯선 지칭이라 여신도라 하며, 어쩌다 불러야 할 경우가 닿으면 보살님이라고 한다.

관음전에 들면 너무도 정갈해서 바닥을 디딘 발가락이 꼼짝거리며 위압감이 전신을 타고 오르는데 엄숙하고 정숙한 분위기에 눌려 주눅까지 든다. 불단의 향불은 실낱같이 가늘게 피어도 그윽한 향기는 전신을 휘감는데 선점자의 기도에 방해가 될까 봐 한껏 조심스러워서 곁눈으로 보다 보면 열심히 절을 하는 여신도를 보게 된다. 숨소리도 안 나게 언제 끝이 날지 짐작도 할 수 없이 간절하게 절을 하는 것을 보면 괜스레 내가 더 경건해지고 엄숙해진다. 그러다가 주제넘은 관심이 분위기에 몰입되어 무슨 사연이 있기에 저리도 간절하고 뭐가 애가 타서 저리도 애절할까. 손주를 달라는 것일까, 자식의 혼처나 직장을 달라는 것일까 아니면 바깥양반의 쾌유라도 빌고 비는 것일까 온갖 생각에 홀려서 나도 모르게 내 소원은 잊어버리고 저 사람의 소원을 들어 달라고 내가 빈다.

그런가 하면 절에는 절하러 가는 곳이라더니 절만 열심히 하는 여신도도 심심찮게 보게 된다. 절을 열심히 하는 것이 아니라 열렬히 한다고 해야 맞을 것 같다. 내가 세 번 절하는 동안에 아마도 열 번을 더했을 것 같은 속도로 엄청 빠르게 한다. 손수건을 이마가 닿는 정확한 위치의 방석 위에 깔아놓고 이마에 맺힌 땀방울은 절을 하면 오토매틱으로 처리된다. 무례하게 말하자면 절을 하는 데는 '꾼'이다. 부정 타게 할까 봐 얼른 나오긴 해도 이상한 것을 여러 번 본적도 있다.

향을 피우는 성냥개비를 한 움큼 머리맡에 두고 하나씩 옮기는 것을 보았다. 오래지 않아 알게 되었지만 백팔 배는 108번 염주를 굴리며 셈을 하지만 삼천 배는 절을 하다 보면 셈이 헷갈린다며 성냥개비가 필수 준비물이란다. 서른 개를 미리 모아 놓고 백배가 끝날 때마다 하나씩 덜어낸단다.

"하―! 이 무슨 해괴한 셈 놀이인가. 더도 덜도 해서는 안 된다는 걸까. 그럴 리야 있겠냐만 기록이 목적이 아닐진대 무상무념을 갖고자 함일까. 몰입의 경지에 빠지려 함일까. 무아의 경지에서 참 나를 찾으려 함일까. 그래도 그건 아닌 것 같다. 더하면 어떻고 덜하면 어떠할까. 믿음이 그렇다면 믿는 것이 옳은 것인데 아뿔싸! 내 주제도 모르면서 구업을 짓는구나. '입차문래막존지해'라 했는데 그새 잊어먹고 나불거렸으니 이 구업을 어쩌랴. 적게 보고 많은 것을 들으시려고 부처님은 눈은 작고 귀가 큰데 군말이라도 다 들으셨을 텐데 이를 어쩌나. 정치판에 발목 잡힌 그 세월이 얼마인데 아직도 시빗거리나 캐고 파며, 막말 근성을 못 버리고 있다는 것을 내가 나를 모르니 중생들인들 나를 어떻게 보겠나. 오나가나 입이 문제다. 그럴 리야 없겠지만 세인들이 나의 흉상이라서 세운다면 입만 크게 만들 게다. 살아 망신 죽어 망신 개망신이다. 부디 무지한 탓이오니 무례를 용서하옵소서 나무아미타불 관세음보살!"

68

문암산과 문암

유명인도 아닌데 굳이 호가 필요하지도 않았는데 출판사에서 원고 청탁하면서 필명을 꼭 적어달래서 고민 끝에 문암(門巖)이라고 썼다. 옛날부터 호는 이름이나 자와는 달리 누구든 존칭 아니라도 부르기 쉽고 듣는 사람도 부담 없게 하려고 호를 하나 지어보라기도 하고 더러는 지어서 주기도 했다. 임금님이 생전에 지어주면 붕호이고 사후에 내려주면 시호인데 그렇게 거창하게 갈 것 없고, 조계종에서 수계를 내리면서 '조현'이라는 법명도 주었지만 사용한 적은 기억에 없는데 '문암'은 어쩌다가 한 번씩 쓰게 되었다. 말로서 문암이라고 하면 듣는 사람들은 글을 쓰는 사람이라서 응당 글월 문자(文)라고 짐작하겠지만 문(門) 자를 쓰는 이유가 따로 있어서다.

내가 태어난 고성 영오면 옥동마을을 정식으로 떠나온 것은 열세 살 들면서 중학교에 입학을 인근 진주에서 하고부터인데 그 이전에는 줄곧 향리에 살면서 자고 나면 마주 보는 주산의 이름이 문암산(門巖山)이었다. 마을을 이루는 골짜기의 산이야 야트막할뿐더러 앞산은 산의 이름이 아니라 골짜기의 이름으로 두정골이고 할아버님의 부고에는 장지가 '두정산' 실로곡(實露谷)이라 쓰인 것으로 보면 '두정산'이 맞기는 하는데 보통 말로 지칭을 할 때는 '풋밭골'이라고 했다. 지금도 콩 두(豆)인 것은 아는데, 정은 무슨 자를 썼는지 기억하지 못하지만 '풋'이라는 발음은 팥의 경상도 사투리 발음이다. 호는 주로 향리의 지명을 따서 더러 쓰기에 태어나서 눈만 뜨면 맨 먼저 바라보는 산이 문암산이었고 높이는 400여 미터지만 마을을 감싸고 있는 앞뒤 산의 주산이어서 문암으로 쓰기로 했다.

문암이라는 산의 이름은 지도상의 명기는 연화산인데 주민들은 너나 할 것 없이 선대부터 불리어 왔던 이유가 작은 분화구와 석성이 있는 정상의 조금 아래쪽인 8부 능선에 산을 오르내리는 길 양쪽으로 마치 지리산 쌍계사의 초입에 있는 쌍계 석문같이 나란히 마주 보고 선 바위가 있어 예전에는 나무꾼들이 줄지어서 오르내리는 길이기도 하지만 고성읍의 오일장과 천년 고찰 연화산 옥천사로 이어지는 지름길로 왕래했던 산길의 산문이다.

문암산의 또 다른 이름이 '버꿈'산인데 '버꿈'은 공기 방울, 혹은 물 위에 둥둥 떠다니는 거품의 경상도 사투리인데 화산의 용암이 부글부글 끓어서 바닷속에서 융기된 산이어서 문암산 아니면 '버꿈산'으로 두 개의 이름만을 부르고 살았다. 이를 입증이라도 하듯이 어린 시절에 소를 먹이러 마을 꼬마들이 떼를 지어 소를 몰고 이 골짝 저 골짝 차례를 정해서 돌아가며 풀을 먹일 때에는 고삐가 거추장스럽지 않게 소 목에다 돌려서 묶어놓고 산딸기도 따고 도라지도 캐며 높고 낮은 등성이를 가리지 않고 운동장처럼 뛰어다니다 보면 바위 절벽에 붙은 조개껍질을 심심찮게 보았던 기억으로 바닷속에서 융기된

화산산임은 누구나 쉽게 짐작할 수 있었다.

골짜기 폭이 넓지는 않아도 골짜기가 깊어서 논과 밭이 꽤 많은데 오르내리는 유일한 길은 여느 마을과 다름없이 앞산 밑으로 좁다랗게 반들거리는데 세월 따라 길을 조금씩 넓히면서 절개한 경사면을 보면 황토가 층층이 굳어서인지 아주 얇은 층으로 푸석거리는 '썩돌'이라고 했고 어떤 곳은 푸른색을 띠기도 했는데 새마을 사업이 한창이던 1960년대 초반에 리어커가 다닐 수 있게 길을 넓히면서 비탈을 절개하는데 그 '썩돌' 속에서 검은 토기들이 제법 많이 나와서 마을 청년들이 두어 점씩 나누어 갖고 갔다는데 나는 진주에서 고등학교에 다닐 때라 직접 보지는 못했으나 설명으로는 양동이 높이만 것도 있고 제기 같은 잔대 받침과 술잔도 있었고 주병 같은 것도 있었으며 앉은키가 높은 것은 여러 가지 모양의 구멍들이 몸통에 뚫려 있었다고 했는데 우리가 흔히 박물관에서 보던 검정 빛깔의 토기가 아닌가 짐작된다.

기계화 영농을 위한 볏논을 일정한 면적으로 네모나고 반듯반듯하게 농지 정리가 한창일 때는 불도저와 굴착기로 높낮이가 없게 하려고 합배미 작업을 하며 파내고 밀어붙이고 하는데 질서 정연하게 장롱 짝 크기의 네모가 반듯한 돌이 길게 줄을 선 석축이 있었다는데 작업하는 중장비 기사들이 문화재가 나오면 공사를 중단해야 한다며 못 본 척 입을 다물고 있으라며 파묻어 버렸다는데 석축의 맨 위의 돌이 농짝만 하면 예사로운 높이도 아닐 것 같다. 어쩌면 약간의 허풍이 가미된 것인지는 모르지만 그들의 눈에도 문화유산 감인 줄은 짐작한 것 같다.

이 같은 사실로 미루어 보면 앞 뒷산의 사이가 그리 넓은 편도 아닌데 그 커다란 석축이 왜 있었으며 퇴적층 속에서 토기가 나온 것으로 보면 문암산에서 구불구불하게 등을 지우며 벋어서 내려온 앞산은 문암산이 융기되면서 쏟아진 토사가 어떤 마을을 덮친 것이 분명하다. 그 속에서 토기가 출토되고 커다란 석축이 나왔다는 것이 궁금해서가 아니고 그들과 함께 묻혀버린 옛 지명 때문이다.

마을 세대수가 내가 어릴 적에는 서른세 가구였는데 지금은 절반 가까이가 축이 났고 젊은이들은 불과 세넷 가구이고 나머지는 고령에다가 독거노인들이라서 머잖아서 휑뎅그렁한 모습으로 변할 것 같아서다.

윗마을과 아랫마을이 500여 미터를 사이를 두고 떨어져 있어도 윗마을로 가는 길이 아랫마을의 골목길 입구로 이어져 있어 일상의 거리도 마음의 거리도 떨어지지 않은 이웃이었다. 윗마을은 지금 다섯 집이지만 전에도 일곱 집이 전성기였고 모두가 파평윤씨 대언공파의 삼종안으로 당숙이거나 재종이었으며 아랫마을은 전주최씨와 밀양박씨 그리고 두세 집이 김해김씨 또는 그 외손들이어서 씨족개념 없이 말 그대로 이웃사촌들이었다. 그 외 성씨 한 집이 있고 반공포로 한 분이 살았는데 무슨 성인지는 기억나지 않는다.

옛적의 시골 아이들이야 겨울 빼고는 매일 같이 소를 먹이러 이 골 저 골 번갈아 가며 다녔고 산 타기를 날아다녔다. 어제 갔던 다음 골짜기가 오늘 차례다. "오늘은 부채담부리로 간다." 줄지어 가는 선두가 이끈다. '부채 담불이' 조부님이 어릴 적에 작은 돌부처를 가지고 놀다가 부모님이 일을 마치고 집으로 올 때는 돌담장 사이에 올려놓고 왔다는 이야기를 직접 들었기에 그 어원을 찾을 수 있었다. 부채, 부처의 경상도 사투리다. 담장을 사투리 '담부랑'으로 쓰면서 '이'는 곳을 의미한다. 함양 마천의 고정마을 옛 이름이 '높은징이', '고정이'라 했고 또는 침수가 잘 되는 논의 '무덤이'와 같은 의미다. '부채담불이'에는 지금도 국화무늬 같은 이끼가 빼곡하게 낀 돌담의 축대가 가지런하고 재래종 대추나무가 들담 틈새에서 옛 폐사지의 흔적을 어렴풋이 전하고 있다.

시골에는 어느 곳 할 것 없이 작은 골짜기라도 그 이름이 있다. 옛 지명을 알아서 무슨 소용이 있냐냐만, 오늘이 훗날의 역사가 되고 옛 것을 더듬어 보면 다가오는 미래가 어렴풋이 짐작된다.

문암산을 언제든 잊지 못할 것인데 호가 뭐냐고 누가 굳이 물으면 '문암(門巖)이라고 해야겠다.

69

물레방아는 돌고 싶다

　화강암 비석의 비문 말미에 불기 2948년 신유 10월 15일 영구산인 영호 한영 기, 사인 이맹연 서, 라고 되어있는 '홍예교송공비'에는 물이 불면 건너기가 힘들어서 어려움이 많았다며 길이 5척의 다리를 놓았다고 새긴 돌 비석이 옥천사 아랫마을 첫 동네 들머리에 풍상에 빛이 바래 하얗게 퇴색된 채 없는 듯이 홀로 서서 세월을 지키느라 처량히도 외롭다.

　당시 개울의 폭이 5척 즉 1.5미터인 것은 아닌 것 같고, 약 1야드의 옷감을 재는 자의 길이로 짐작한 5미터 됨직한 너비의 개울인 듯하다. 개울물이 흐르는 폭이 5미터라면 수량이 많으면 얼마나 많겠나. 물론 물의 깊이에 따라 수량의 차이는 있겠지만 '물이 불면'이라 하였기 때문에 외나무다리나 섶다리는 아닌 것이 분명하고 징검다리였던 것은 틀림없다. 그렇다면 물의 양이 그렇게 많지 않은 것도 분명하다. 그런데 열두 개의 물레방아가 돌았다는 것은 얼핏 보면 참으로 신기하고 아니면 과장된 거짓이라고 할 것이다. 하지만 물레방아가 있었던 것은 '홍예교송공비(虹蜺橋頌功碑)' 한참 위에서부터 계곡 아래 절 입구까지 계곡 가장자리에 방앗간의 터에 돌담과 돌확이 열두 곳으로 연이어져 남아있으니 거짓도 아니고 과장도 아니다.

절답에서 거둬들인 수곡이 300여 명 승려들의 식량으로 물레방아가 찧어내었고 무엇보다도 궁에서 쓰는 어람지(御覽紙)를 여름 내내 만들어 한양으로 올려보내야 했고. 세도가의 족보용 한지까지 만들어 내느라 닥나무껍질을 찧고 찧던 물레방아가 12개였다.

물레방아가 12개였다는 것은 기록으로나 흔적으로 오롯이 남아있다. 그렇다면 과연 12개의 물레방아가 돌아갈 수 있는 물의 양이다. 게다가 돌확을 보면 안지름이 60센티 되는 대형 돌확이다. 일반가정에서 설치된 디딜방아의 돌확과 비교하면 네댓 배 크기로 용량으로 치면 열 배는 될 것이다.

물레방아는 물의 낙차를 이용한 것으로 위에 있는 물레방아를 돌린 물을 그대로 아래로 이용하면 아래쪽의 물레방아를 돌릴 수 있을 것이며 다만 허비되는 물을 줄일 수 있게 수로만 완벽하다면 수십 개로도 가능할 것이다. 문제는 물의 양이 최소한 얼마나 되어야 물레방아를 돌릴 수 있을까 하는 의문이다. 하지만 이러려면 낙차가 만만찮게 경사도가 가팔라야 하는데 옥천사의 계곡은 그렇지는 않아도 꾸준한 비탈이다. 그래서 중간중간 물을 가두어서 사용한 집수지의 흔적은 없다. 여기에 선조들의 지혜를 엿볼 수 있다. 우리나라에 물레방아를 처음으로 갖고 들어온 연암 박지원 선생의 지론이다. 회전력의 크기였다.

물레가 크면 클수록 적은 양의 물로도 물레가 돌아간다는 사실이다. 360도의 중심으로부터 무게심의 균형이 일치하면 같은 위치에 적은 힘을 계속하여 가하면 연속하여 돌게 된다는 회전력이다.

물레방아의 문제는 스타터다. 그런데 우리의 선조는 이 문제도 지혜롭게 해결했다. 물이 물레에까지 들어오는 물꼬의 물도랑에 올챙이 배처럼 볼록하게 넓혀서 물을 가두는 물 가두리를 만들었다. 판자나 납작한 돌로 물막이를 설치하여 잠시 물을 가두었다가 물막이를 열면 물이 일시에 홈통을 통하여 쏟아지게 하여 물레의 회전 스타터를 어렵지 않게 하였다.

옥천사 계곡의 물레방앗간 터의 위치를 보면 위와 아래의 고도차가 낮아 낙차가 작고 거리상으로도 짧아서 위 물레를 돌린 물을 아래의 물레에 받아 썼다기보다는 하나의 수로를 상당히 높게 길옆으로 내어서 물레마다 물막이를 이용하여 물의 양에 따라서 물레방아의 수를 조정하며 가동하였을 것이다. 최대 12개를 가동할 수 있었기 때문에 12개의 물레방아를 설치했을 것이다. 그러면서도 효율성을 높이기 위하여 물레방아를 돌리고 흘러간 물도 아래의 물레방아를 돌리게 하려고 사이사이에 끼어들기식으로 물을 수로로 들어가게 만들었을 수도 있을 것이다.

방아를 찧기 위해서는 물레가 도는 힘의 세기가 커야 하므로 물의 양이 적으면 낭패인 듯해도 그런 것만은 아니다. 물의 양이 적으면 적을수록 물레의 바퀴가 커야 하고 무게도 무거워야 한다. 물레방아는 돌확에 넣은 곡식 등을 방앗공이가 올라갔다가 내려꽂히는 힘으로 빻아지는 것이므로 공이의 무게도 만만치 않다. 방앗공이를 들어 올리는 힘의 작용이 물레의 회전력보다 크면 물레는 멈춰버린다. 물레의 회전력은 방앗공이를 들어 올릴 때만 작용하지 내려칠 때는 물레의 작용 없이 방앗공이의 무게로 떨어진다. 그래서 공이의 무게를 무겁게 하여야 하는데 공이가 무거울수록 물레의 회전력이 그만큼 커야 하므로 물레의 크기와 무게를 크게 하는 것이다. 그런데 물레의 지름이 크면 클수록 회전하는 속도가 느려진다. 그래서 물레가 한 바퀴 돌 때 방앗공이가 여러 번 내려칠 수 있도록 방앗공이를 들어 올리는 옹이를 여러 개로 만든 선조들은 지혜가 보인다.

방앗공이의 개수가 상하 운동의 횟수가 되게 만들었다. 물레방아의 공이가 하나인 것도 있고 둘 혹은 네 개인 것도 있다. 방앗공이의 상하 작용은 올라갈 때는 물레의 힘에 의하고 내려올 때 즉 내려칠 때는 공이의 무게 힘이다. 공이를 들어 올리는 작용은 방앗간 안으로 길게 들어온 물레의 중심축에 옹이를 박아서 옹이가 방앗공이를 들어 올리는 원리를 이용했다고 보면 돌확이 하나인 것으로 보아 옹이가 두 개나 네 개일 수도 있다. 물레가 육중하게 크다고 보면 한 바퀴를 도는 회전 시간이 느리므로 옹이는 두 개 이상이고 옹이의 개수가 방앗공이가 내려찍는 횟수이기 때문이다.

방앗공이 옆구리에 패인 홈에 공이가 걸려서 방앗공이를 들어 올리고 축이 회전하면서 방앗공이와 떨어지면 방앗공이가 추락하면서 돌확으로 내려꽂히는데 물레의 회전축에 옹이를 하나에서 네 개까지 꽂으면 물레가 한 바퀴 돌 때 옹이의 개수만큼 방앗공이가 상하 운동을 한다. 그리고 돌확이 두 개일 때는 회전축의 옹이를 돌확과 돌확의 거리만큼 띄어서 회전축에 박힌 공이의 상하 운동은 같은 원리이다. 따라서 물의 양은 적어도 물레를 돌릴 수 있고 스타터를 하는데도 물 가두리를 이용하여 문제가 없고 물레의 크기와 무게에 조정하여 힘의 세기와 속도를 맞춘 것이다. 그 때문에 보 쌓기를 하여 위쪽에 물을 가두지 않고 계곡 가장자리인 길섶으로 주 수로만 만들어 물레방아마다 물막이하여 물의 양에 따라, 아니면 작업의 양에 따라 하나 또는 여러 개의 방아를 동시에 가동하였을 것이다.

따라서 역사의 현장을 발굴하여 복원하고 재현하여 옛사람들의 지혜를 되짚으며 자연과 함께한 생활상에서 오늘의 삶에 대한 또 다른 정서의 여유와 지혜를 얻었으면 한다.

오늘도 애환의 역사를 말하고 싶어서 세월의 무게를 감내하며 옥천사 계곡의 이끼 낀 돌확은 물레방아가 또다시 돌아갈 날을 학수고대하며 웅크리고 있다.

70

경남의 폐사지

(1) 용암사지

진주시 이반성면 용암리에 가면 영봉산 야트막한 중턱에 보물 제 372호인 승탑과 경남도유형문화재 제4호인 좌불석상이 있는 용암사 지가 작은 골짜기 끄트머리에서 세속을 멀리하고 없는 듯이 돌아앉 은 비경이 있다.

비연문이라는 현판이 붙은 솟을대문을 들어서면 태고의 신비가 옛 세월에 멈춰버린 과거 속에서 찾는 이를 반긴다. 적적한 산 기운이 전신을 휘감으며 쩍! 하고 산이 갈라지며 흙 한 줌 없는 반석을 바닥 에 드러내며 양쪽으로 석벽이 틈새를 내주며 별천지가 열린다. 석벽 의 높이도 만만찮다. 마주 본 석벽의 높이도 족히 20미터는 됨직하고 바닥을 내어준 좌우의 틈새의 너비는 30미터는 됨직한데 전후의 길 이 50미터는 됨직하다. 수직의 절벽인 벽면은 시루떡을 켜켜이 쌓은 듯이 검은색의 퇴적암이 이끼와 담쟁이덩굴로 급한 곳을 가리고 억 겁의 세월을 달래며 시간이 멈춰버린 정적 속에서 옛 내음을 풍긴다. 얼핏 보아도 천하의 명당이다.

속세와 절연하고 인적 없이 외진 골은 괴괴하고 적적하여 도승에게 홀렸는지 용암사의 대웅전이 옛 그림이 되어서 어른어른 막아선다. 떨어져나온 오른쪽 석벽 정수리에는 예닐곱 그루의 아름드리 낙락장송이 하늘 높이 푸르렀고 신선인 듯 노승인 듯 회백색 빛깔 망배탑이 의연하게 우뚝 섰다. 노송(老松)의 가지 끝에 노닐던 바람결이 청아한 소리로 풍경을 쓰다듬고, 향 내음 그윽하게 염불 소리의 결을 따라 목탁 소리 은은하다.

비경 같은 선경이라 숙연함에 매료되어 얼떨결에 두 손 모아 합장하고 '나무 관세음보살'하고 어물거리며 고개를 들었다. 그래도 발은 공중에 뜬 것 같고 울창한 고목이 푸른 날개를 펼치고 하늘을 가렸는데 돈짝만 하게 열린 하늘에서 천공의 빛이 쏟아져 내린다.

마당 끄트머리에 키 높이 석축에 좁다랗게 쌓은 자연석의 돌계단을 오르면 고색창연한 목조기와 건물이 정면을 길게 가로막고 섰는데 세월에 빛이 바랜 기와는 희끗희끗하고 용마루는 허리가 길게 늘어졌다. 널따란 대청마루와 주련으로 오지랖을 가린 나무 기둥은 만고풍상의 세월에 기름기가 진액으로 빠져 윤기라고는 없이 결결이 골이 파여 거칠고 까칠하다.

방풍방우(防風防雨)를 위해 근래에 와서 유리문으로 앞가림을 하였건만 속세와 절연하고 인적 없이 외진 골은 괴괴하고 적적하여 도승에게 홀렸는지 용암사의 대웅전이 옛 그림이 되어서 어른어른 막아선다. 탁한 듯 청아한 목탁 소리는 골짜기를 흘러내리고 애끓는 염불 소리는 가슴을 울리는데 어깨를 내려치는 죽비 소리에 깜짝 놀라 자세를 고치니까 대웅전은 간곳없고 '장덕재'라는 편액이 붙은 해주

정씨의 재실이 마주 선다. 용암사는 간 곳 없고 해주정씨 재실이라 니….

범종이 울어서 새벽을 열고 법고가 울어서 축생을 깨우던 종각이 있을 법한 절벽 아래엔 '농포집장판각'이라는 현판을 달고 맞배지붕의 작은 전각이 앉았는데 충의공 정문부 선생의 문집 목판은 아랫마을 '충의사'로 옮겨지고 안은 비어있다.

'장덕재' 처마 밑의 오른쪽으로 돌아가면 평평한 바닥에 거무스름한 돌거북이 비석의 몸체는 간 곳 없고 둥글넓적한 돌비석의 머릿돌을 등에 업고 납작 엎드렸다. 두 마리의 용이 서로의 발톱을 움켜쥐고 뒤엉켜서 용틀임하였는데 앞면에는 '대천태종홍자국통비'라 쓰였고 뒷면은 '용암'이라고 쓰였는데 음각의 전서체가 세월에 마모되어 판독조차 어렵다. 두께는 약 20센티 정도이나 좌우 사방이 1미터 정도인데 얼핏 보기엔 자체가 빗돌의 전부 같이 보이나 비명이 새겨진 비석의 머릿돌임이 틀림없다.

무슨 업보가 그리도 많아서일까. 천년 세월도 마다하지 않고 주야장천 빗돌을 등에 진 돌거북은 세월의 무게가 정작으로 버거워서 길게 늘인 목이 부러진 채 엎쳤는데 돌멩이로 턱을 고여 어설프게 붙였건만 측은하고 애처롭다.

머릿돌에 음각된 '홍자'가 뉘신지 알 수가 없으니 사학자의 몫으로 돌리지만, 거북이 깔고 앉은 기단석도 본래의 것이 아닌 듯하다. 폭 1미터의 너비에 길이 2미터이고 두께는 20센티 정도인데 네 귀를 정사각형으로 반듯하게 오려내어 양 끝이 凸자 모양인 것으로 보아 아래는 받침돌에 꽂히고 위로는 머릿돌에 꽂힌 비석의 몸통임이 분명한데 언제 누가 돌거북의 기단석으로 땅바닥에 엎어버렸으니 비문한 자 볼 수 없어 무슨 비석인지조차 알 길이 없다.

어디를 가든 우리의 돌거북의 비석은 맨 아래로 거북이 깔고 앉은 기단석이 있고 그 위로 거북을 앉히고 거북의 등에 비석의 몸체를 꽂고, 비석의 몸체 위에 머릿돌을 올린 구조인데 사연이야 어떻든 산산이 흩어져 널브러진 것을 기단석을 찾지 못하여 반반한 비석의 몸통을 거북의 기단석으로 삼았는지 알 수는 없다. 아니면 비석의 비문을 읽지 못하게 하려고 땅바닥에 엎어버렸는지도 모른다. 뭐 억하심정으로 그리기야 했냐고 반문할 사람도 있겠지만 장덕재의 주춧돌을 보면 수긍이 가고도 남는다. 우주가 선명한 탑신이며 석탑의 지붕돌인 옥개석이 장덕재의 기둥을 받힌 주춧돌이고 보면 무지한 탓이었을까 아니면 불교가 탄압받고 천대받던 시절의 세도 가문의 무례함이었을까. 역사의 저편에서 무슨 일이 있었는지 모르지만, 석재에 대한 문외한이라도 돌거북과 돌거북이 짊어진 비석의 머릿돌을 보면 재질이 비슷한 것은 알아볼 수 있다.

돌거북 옆으로는 꽤 널따란 빈터가 남아 있고 뒤쪽으로는 나직한 석축으로 높이가 다른 평지가 약간의 경사면을 이루는데 대한민국 보물 제372호라고 새긴 작은 표지석은 두 동강이 난 채 잔디밭에 뒹굴고 보물 제372호인 승탑과 석등이 노거수인 은행나무 밑에 나란하게 섰다.

키 높이보다 훨씬 높은 승탑은 하대석의 팔면에는 안상 무늬를 깊게 파고 그 안으로 연화좌대를 깔고 결가부좌로 앉은 작은 천부상을 도드라지게 새겼는데 법의의 주름과 표정까지도 선명하여 구름을 타고 두둥실 떠 있는 것만 같다. 받침이 두툼한 옥개석은 구름무늬의 귀꽃을 조각하여 하늘을 향하여 치솟았는데 줄기를 팔면으로 연결하여 화려하게 다듬었다. 옆에 있는 석등은 기단석에 무늬를 새겨 특이하고 크기가 엇비슷한 연화좌대 두 개를 포개어 간주석도 없이 화사석을 얹고 옥개석을 덮었는데 상륜부의 보주도 제 것이 아닌 것만 같이 어색하지만, 조각품 자체의 아름다움이 참으로 멋스럽다.

비탈의 상단에는 맞배지붕의 한 칸짜리 작은 전각이 자리를 잡았는데 전각 뒤의 벼랑 끝에서부터 맞은편 절벽의 동산까지 이어진 돌담은 속세와의 연을 끊어볼까 말아 볼까, 무릎 높이로 나직하게 둘러쳤다.

비탈을 이룬 반석의 윗머리에 초라한 듯 단아하게 자리 잡은 작은 전각의 문을 열면 큼지막한 화강암의 석불좌상이 가슴높이에 엄지손가락을 감싸 쥐고 머리에는 두건을 쓰셨는데 좌대도 없이 시멘트 바닥에 돌판을 깔고 앉았다. 천년의 살림살이는 촛대 한 쌍과 다기와 향로가 전부인데 널빤지로 바람 막고 기와 얹어 비가리니, 이만하면 족하시다며 사바세계를 향해 자비의 미소를 짓고 계신다. 전각이 좁아서 안으로는 들지 못하고 문밖에서 예를 가름하고 발길을 돌려 떨어져 나온 절벽 위의 동산을 오르기로 했다.

절벽 위의 동산을 오르려고 높이가 낮은 돌거북 앞쪽을 아무리 살펴봐도 사람이 오르내린 흔적은 어디에도 없고 키를 넘는 설대 숲이 무성히도 우거졌다. 길이 없으면 가는 곳이 길이라고 막무가내로 제일 야트막한 수직의 언덕을 설대를 헤집고 올랐더니 다시 꼭대기로 오르는 계단이 흔적으로 남아 있다. 돌계단을 오르자 제법 평평한 정수리에는 설대가 더욱 무성하고 예닐곱 그루의 낙락장송이 하늘을 덮었는데 발부리에 닿는 촉감이 이상하여 발끝으로 낙엽이 쌓인 바닥을 헤집어 보았더니 석탑의 부재가 바닥에 널렸다.

설대 뿌리와 부식된 낙엽에 묻혀있는 네모난 석재는 가로세로가 약 1.2미터의 정사각형인데 받힘을 삼단으로 조각한 것으로 보아 석탑의 상대 갑석으로 짐작된다. 이와 엇비슷한 석재가 두 개가 더 있고 또 다른 석재는 양 모서리에 15센티 정도의 우주가 조각되어 있어 탑신이 분명한데 높이 51센티에 폭이 95센티로 꽤 큼직한 석탑으로 짐작된다. 선과 면의 다듬질이 과연 정으로 쪼아서 다듬었는지가 의심스러울 정도로 빗은 듯이 결이 곱다.

보물로 지정된 승탑이야 말할 것도 없지만 돌거북의 석비와 석등 그리고 석불좌상에 대한 자료들은 있어도 정작 석탑에 대한 자료는 아직은 본 적이 없으니 더욱 답답하다. 절벽 아래 마당의 한 귀퉁이에 있는 화강암 부재는 91센티의 정사각형에 중앙에 지름 45센티인 원형의 홈이 파여 있어 내용물을 넣고 상판을 얹으면 물이 들어가지 않게 지름 61센티의 가장자리를 도드라지게 하였는데 여기서 굴러떨어진 부재인듯하다. 돌절구 대용으로 요긴하게 쓰시던 할머니는 바깥양반이 돌아가시자 마을로 내려가고 장덕재 앞에 요사채 같이 앉았던 살림집도 헐리고 정비가 되었다.

솟을대문인 비연문 앞으로는 텃밭이었고 비연문 담장에 붙여 지은 축사에는 예닐곱 마리의 소들은 한가하게 되새김질할 때, 방풍의 비

닐은 바람에 펄럭이고 쇠똥 냄새가 코를 찔렀는데 이를 헐어내고 해
마다 조금씩 정비를 하여 지금은 말끔하게 다듬어졌다. 하지만, 언
제쯤이면 장덕재도 옮겨가고 범 소리, 예불 소리 세속으로 울려 퍼질
그날은 언제쯤일까. 나무 관세음보살!

71

경남의 폐사지

(2) 단속사지

광제문 앞에다 미투리를 걸어두고 단속사를 한 바퀴 둘러보고 나오면 미투리가 썩어있더라는 대가람 단속사.

동짓날 팥죽을 쑤느라 팥죽 솥에 쪽배를 타고 죽을 저었다니까 대웅전 문을 한번 열면 돌쩌귀에서 깎여 나오는 쇳가루가 세 말(斗)이나 된다며 서로의 절집 크기를 자랑했던 행자승들의 허풍도 가당찮지만, 절간 한 바퀴 돌아보고 나오는데 걸어둔 미투리가 썩을 정도의 세월이 가더라는 허풍도 만만찮다.

단속사지로 가는 입구에 거만스럽게 버티고 선 석벽에다 고운 최치원 선생은 광제암문(廣齊嵒門)이라는 네 글자를 새겨두었다. 쌍바라지 판잣대문을 연상시켜 위에는 사각형을 그리고 아래로 큰 사가형을 네 개로 갈라서 한 자씩 음각으로 새겼는데 하천을 따라 단속사로 가던 옛길의 석문(石門)이다. 지금은 큰 길이 새로 나면서 흔히들 모르고 지나다닌다. 더구나 단속사지와 3킬로미터가량 떨어져 있어 듣지 않으면 있는 줄도 모르고 찾지 않으면 볼 수도 없는 곳에 있다.

최치원 선생은 부처님의 세계로 들어간다는 뜻으로 많은 사람이

도와서 넓게 깨우친다라고 쓰신 것 같다.

　병목처럼 잘록한 곳으로 안으로 들어가면 널따란 들판이 운리마을
사람들의 삶의 터전인 문전옥답이 펼쳐져 있다. 얼핏 지나면 절이 있
을 것 같지 않은 시골 마을이 뒷산을 걸머지고 양옆으로 길게 뻗은
청룡 백호의 산줄기를 둘러치고 있어 별천지같이 아늑한 지형이다.
글자 그대로 단속(斷俗)이라는 속세와 단절된 곳이다.

　운리마을 끄트머리의 둔덕에 낙락장송이 우거져 만고상청 푸르름
으로 커다란 당간지주를 감싸고 있다. 먼 산 푸고 가기만 하면 꼬불
거리는 산길을 따라 어천계곡으로 넘어가고 만다.

　당간지주를 빗겨 세운 비스듬한 언덕길에 단속사지라는 표지판이
나오고, 길 왼편 바로 옆의 언덕배기에 웅장한 석탑이 보인다.

　기단이 육중한 3층 석탑이 동서 쌍탑으로 우뚝 섰다. 보물 제72호
와 73호다. 석탑 뒤로는 작은 마을이 옹기종기 자리 잡고 있어 대찰
의 흔적은 찾아볼 수 없고, 동서 쌍탑만이 나란하게 마주 보며 옛 세
월을 지키며 천년 묵언으로 말없이 섰다.

　사방을 둘러봐도 그저 조용한 작은 마을이 고즈넉할 뿐 절이 있었
을 것 같지 않다. 광제암 문에서부터 복주머니같이 볼록하고 널따란
들판이 호암마을과 꼬리를 이은 운리마을을 감싸고 있어 아늑한 시
골의 분위기만 한가롭다.

　석탑 뒤로의 민가 옆으로 매화나무 한 그루가 고즈넉하게 서 있다.
630여 년 전 통정공 강회백 선생이 유년 시절 단속사에서 수학하면
서 심은 것인데, 후일 선생의 벼슬이 정당문학 겸 대사헌에 올라서

정당매로 불리어지고 있다. 만고풍상에 몸통은 삭을 대로 삭아서 숯 검뎅이 같지만 몇 해 전만 해도 온전하고 건재하여 설중매를 피워왔 다. 630여 년의 세월을 어찌 인간 세수로 가늠할 수 있겠냐만, 임진 왜란 동학란 온갖 전란 갖은 사화, 못 볼 것 안 볼 것 죄다 보면서, 안 타깝고 애탄 심정 오죽인들 하겠냐만, 그래도 길이 후손을 지켜보며 오늘에 이른 것이 정겹고도 감사하다. 사지 입구의 작은 빗돌에 남명 조식 선생께서 정당매 아래서 "유정 산인에게 준다."라는 시가 쓰여 있다.

贈山人惟政

南冥

花落槽淵石
春深古寺臺
別時勤記取
靑子政堂梅

꽃은 조연의 돌에 떨어지고
옛 단속사 축대엔 봄이 깊었구나
이별하던 때를 기억해 두게나
정당매 푸른 열매 맺을 때

일찍이 탁영 김일손 선생의 『두류기행록』에는 웅대한 누각과 거처하지 않는 건물이 수백 간이고 500기의 석불이 있다고 했으니 단속사의 크기는 짐작이 된다. 더구나 정당매를 지나서 작은 마을 안길 끄트머리에 있는 개울 건너편에는 여러 논배미들이 널따란 들판을 이루고 있다. 논두렁 높은 곳에 고매 한 그루가 홀로 섰다. 운리 야매(野梅)다. 야매가 내려다보며 지키고 있는 들녘을 마을 사람들은 '나한터'라고 불러오고 있다. 그 옛날 나한전이 섯 던 자리임을 알 수 있다.

동서 쌍탑은 대웅전 앞마당이 본래의 자라이고 보면 나한전과의 거리는 한참 멀다. 석탑에는 광제 암문이 까마득히 멀어서 보이지 않는다. 광제암문에 벗어둔 미투리가 썩어있을 만도 하다. 언제쯤이면 범종 소리를 다시 들을 수 있을까. 흰 구름만 무심하게 하늘 높이 떠 있다.

72

경남의 폐사지

(3) 월광사지

고속도로 해인사 나들목을 빠져나오자 왕복 4차로의 해인사 길이 시원스럽게 뻗어있고, 멀리 오른쪽에는 가야산이 그리고 왼쪽으로는 매화산이 희끗희끗한 바위들로 뾰족뾰족하게 날을 세우고 마주 서서, 사이사이로 단풍의 빛깔이 아직도 영롱한 작은 봉우리들을 거느리고 있어, 마치 천군만마를 거느린 쌍방의 장수가 일촉즉발의 일전을 앞두고 숨을 고르는 것인지 아니면 청홍의 군기를 빼곡하게 든 군졸을 이끌고 의기양양하게 개선하는 두 장수의 위용인지 장엄한 광경이 발길을 멈추게 한다.

풍광의 운치를 즐기면서 쉬엄쉬엄 차를 몰아 2킬로미터 남짓 갔을까 하는데 빤히 건너다보이는 왼편 산기슭 모퉁이의 끄트머리에, 도랑을 끼고 선 예닐곱 그루의 낙락장송이 병풍 속의 그림 같이 예사롭지 않은 풍경이어서 차를 세웠더니, 월광사지라는 표지판이 진작부터 나와서 기다리고 있었다.

좌회전하여 월광교 앞의 널따란 주차장에 차를 세웠다. 동서로 마주한 희끄무레한 두 기의 석탑이 아름드리 노송 아래서 삿갓을 쓰고 바랑을 멘 노승 같은 모습으로, 가야산과 매화산을 끼고 흘러오는 홍류동 계곡물인 가야천 건너에서 수심에 잠긴 듯이 홀로 찾은 탐방객을 하염없이 지켜보며 미동도 하지 않고 마주 섰다.

버린 듯이 외진 곳에 감춘 듯이 숨어있는 월광사지의 삼 층 석탑은 세월의 풍상이 버거워선지, 찾는 이가 없어서의 외로움인지, 얼핏 보아도 적적함이 배어난다. 왠지 연방이라도 "휘−후" 하고 긴 한숨이라도 내쉴 것 같은 석탑이다.

두 탑의 풍채는 수려하고 준수하며, 날렵한 옥개석은 굽과 선이 정교하여 빚은 듯이 간결하고, 층층으로 이어지는 균형의 조화는 눈 가는 곳 없이 섬세하여 아름답고 훤칠하여 웅장하고 장엄하다. 동탑과 서탑이 마주한 거리를 보아 천년 고찰의 대가람이 있을 법하나 그 옛날의 월광사는 흔적조차 없어지고 근작의 아담한 절집이 옛이야기를 간신이 이어오고 있는데 안내문 몇 줄에는 대가야의 마지막 왕인 도설지왕인 월광 태자가 사직이 패망하자 이곳에다 절을 지어 월광사라 했다는 전설이 전해온다며 높이 5.5미터의 전형적인 신라 탑의 모습으로 보물 제129호라고만 달랑 적혀있다.

"그렇구나." 하고 지나치기엔 가슴 아픈 사연이 천오백 년을 말없이 이어오고 있다. 대가야의 찬란했던 철기 문화와 동서 교역으로 일구었던 부귀와 영화 속의 500여 년 종묘사직을 신라에 빼앗기고 등극하실 귀한 몸에 먹장삼을 걸치고 물을 적셔 삭발하던 가락국의 마지막 왕자 월광 태자의 눈물이 젖은 월광사의 옛터다.

한이 맺혀 돌이 됐나 원이 맺혀 탑이 됐나
등극하실 귀한 몸에 먹장삼이 웬 말이며
500여 년 종묘사직이 일장춘몽 꿈이던가

만조백관 어진 백성 철기문화 어디 두고
가야산 깊은 골에 삭발이 웬 말이요
천오백 년 못다 푼 원한 석탑 되어 서럽다

동탑이 태자라면 서탑은 태자비일까, 저만치에서 마주 보고 섰건
만 서로를 안쓰러워하며 기나긴 침묵은 천오백 년의 끝없는 세월로
이어오고 있다. 두 손 모아 합장하고 몇 번이고 절을 해도 개운치가
않아서 먼 산을 한동안 쳐다보았다. 태자의 고영을 달래려는 것인지
고산준봉들이 야트막한 작은 봉우리들을 올망졸망 앞세우고 둥그렇
게 둘러서서 동서 쌍탑을 향해 머리를 조아린다.

애달프고 애절한 가락국의 한숨 소리가 사방으로 여울져서 눈앞이
희뿌옇다.

함양의 등구마천 오도재는 삼봉산과 법화산이 어깨동무를 한 잘록
한 고갯마루로 이어져 있다. 가락국의 마지막 왕, 구형왕의 황후 계
화 부인이 등구사에서 매일 같이 올라와 멀리 천왕봉을 향해 제단을
쌓고 망국의 한을 달래며 선왕들의 명복을 빌고 빌던 성황당 고갯마
루는 황후의 흐느낌 소리가 귓전에 맴돌고, 건너편 왕산 깊은 골짜기
에 웅장한 돌무덤인 구형왕릉에서는 종묘에 죄를 빌고 백성 앞에 속
죄코자 "과인이 죽으면 흙으로도 덮지 말고 돌로만 덮으라"고 했던

비통한 유언이 가슴을 후빈다.

흥망성쇠가 재천이라 천운을 슬퍼한들 무엇하랴만 가락국이 남긴 곳곳의 흔적에서 설움이 배여서 한이 서려 있다.

500년 종묘사직 어진 백성 뒤로하고 만조백관 부여잡던 옷소매도 뿌리치고 구중궁궐 겹겹 대궐 부귀영화 내려놓고 구름도 쉬어 넘는 가야산 준봉 아래 홍류천 굽이진 첩첩산중 찾아들어 들고나며 기어들 듯 옹색하지 그지없는 움막 같은 절집 지어 곤룡포 벗어두고 먹장삼 걸쳐 입고 익선관 벗어두고 물을 적셔 삭발하고 밤낮없이 무릎 꿇고 속죄하며 염송하고 목탁 치며 흘린 눈물 그 심정을 어찌 알랴.

떠가는 구름도 여기서는 잠시 머무는 듯 계곡물 소리도 숨을 죽이는 월광사지. 폐사지의 곤 한 숨소리가 가슴 속을 후빈다.

73

경남의 폐사지

(4) 승안사지

가까운 곳의 하루 코스 여행이라도 여행지의 선택은 계절에 따라 다르게 잡기 마련이다. 봄이면 꽃이 좋은 곳을, 여름이면 바다나 물 맑고 반석 좋은 계곡을, 가을이면 으레 단풍이 좋은 산을, 겨울이면 설경을 찾기 마련이다. 하지만 역사 속에 묻혀버려 흥망성쇠의 어슴 푸레한 흔적만을 남긴 폐사지는 계절과 상관없이 어느 때에 찾아도 찾을 때마다 애환 서린 과거사가 풍광과의 끈이 닿아 볼 때마다 그 멋과 맛이 다르다. 세월의 흔적이 자신의 삶을 돌아보게 하여 자연의 이치와 세월이 남긴 순리의 법칙까지 더듬게 한다.

폐허의 옛터는 부귀영화의 뒤끝을 일러주며 나아갈 길을 알려주기 도 하여 얻는 보람도 크지만 고요한 적막 속에서 배어 나오는 옛 내 음이 정겨워서 마음을 가라앉히고 다잡게도 하여 그저 좋다.

미리 계획하며 날 잡지 않아도 좋고 온갖 것 준비하지 않아도 좋아 서 번거롭지도 않다. 일 없고 약속 없는 날, 그저 짠한 마음이 우러나 면 홀가분한 차림으로 떠나기만 하면 된다.

함양의 승안사지를 다시 가볼까 하고 보온병에 커피 한잔 끓여 넣

어 집을 나서서 35번 고속도로 생초 요금소를 나와 국도 3호선의 구
도로를 찾아가며 길머리를 잡았다.

추수가 끝나가는 들녘에는 시간과 공간의 화합이 절묘하다. 군데
군데 황금빛 볏논이 남아있는 사이마다 유별났던 폭염과 폭풍우를
견뎌내고, 이제는 전부를 내어주고 텅 빈 바닥은 속살을 드러냈고,
키가 큰 수수는 아직도 띄엄띄엄 홀로 서서 고개를 숙이고 묵묵히 콩
밭을 지키고 섰는데, 밭두렁의 비탈진 들머리에는 모닥모닥 노란 소
국이 끼리끼리 정겹다.

수동 교차로를 지나자 길섶 저만치에서 홍살문이 높다랗게 솟았
다. 어찌 남계, 청계 두 서원을 그냥 지나서야 되겠냐? 여러 차례 들
여서 기행 수필도 네다섯 편을 남겼지만 고즈넉한 분위기에 엄숙함
이 길손의 옷매무새를 고치게 하고 때때로 무한 질주하는 온갖 상념
을 붙들어 앉혀 마음을 다잡게 하여 지나가는 길에 꼭 들린다. 세계
문화유산에 등재고 나니까 또 다른 감회를 불러온다.

홍살문 아래로 나직하게 선 하마비가 차에서 내리라는데 홍살문
뒤로 주차장이 마련돼 있다. 십여 채의 크고 작은 기와지붕들이 낙락
장송 푸른 솔숲을 등지고 종횡으로 정연하게 배열돼 있어 대궐같이
웅장하고 절집같이 엄숙하여 오지랖을 여미고 2층으로 된 삼문누각
인 풍영루가 하늘 높이 우뚝 섰다.

동방 5현의 한 분이신 일두 정여창 선생의 학문과 덕행을 추모하
기 위한 명종 7년에 지방 유생들이 건립하고 21년에 사액서원이 된
남계 서원의 정문이다.

중문불입의 예법을 따라 옆문으로 들어서면 좌우로 두 개의 네모난 연못이 길을 빗겨 앉았고, 왼쪽으로 일두 선생의 업적과 유훈을 새긴 정묘 비각이 단청이 화려한데, 오석에 음각된 주홍 글씨의 웅장한 비석도 대단한 크기이고 비의 지붕갓은 놀랄 만큼 거대하다.

　좌우로 기립한 영매헌과 애련헌은 누마루를 갖춘 서재와 동재이고, 좌우 돌계단을 나란히 한 석축 위로 '남계서원'이라는 편액이 붙은 대강당은 명성당이라는 또 다른 편액이 걸려있고 거경재와 집의재를 좌우의 온돌방으로 갖추고 있다.

　"밝게 되면 정성스러워진다."는 중용에서 따온 당호인 명성당 뒤편을 돌아가면 언덕 위의 돌계단 위로 높다랗게 편액 없는 사당이 우뚝 섰다. 일두 선생의 복권에 앞장섰던 개암 강익 선생과 광해군이 영창대군을 사사하자 이에 맞섰던 동계 정온 선생을 좌우로 배향하고 일두 정여창 선생의 위패를 모셨다. 서원 뒤편의 담장 너머에는 수십 그루의 노송들은 선생의 학덕과 고결한 절의를 유훈으로 전하며 만고상청 높이 섰다. 선생의 묘소는 고개 너머의 오늘의 목적지인 승안사지 옆의 산등성이에 있다.

　남계 서원을 나오면 인접하여 또 하나의 홍살문이 예를 갖추게 한다. 점필재 김종직 선생의 문하생으로 선생의 조의제문을 사초에 실은 것이 훗날 무오사화로 비화되어, 사림의 동문과 함께 희생된 탁영 김일손 선생의 위패를 모시고 춘추로 향사를 올리는 청계 서원이 남계 서원과 함께 자리를 나란히 했다. 충효지절의 유훈을 되새기며 오늘의 정세와 세태를 뒤돌아보고 정도와 준도의 길을 머리 조아리고 여쭈고 싶은 유서 깊은 서원이다. 고색창연한 고건물의 구조와 배열의 조화는 옛사람들의 솜씨가 경이롭기만 하고 낙락장송이 어우러진 풍치에 파묻혀서 깊어가는 가을의 강과 들을 굽어보고 섰는데 남계천 위로 백로 한 마리가 길손을 인도한다.

홍살문을 뒤로하고 가던 길을 재촉하여 거창 방향으로 4차선 3번 국도를 따라 1킬로미터 남짓 가다 보면, 승안사지를 알리는 작은 안내판이 화살표를 안고 출구를 알린다. 출구를 나서면 바로 눈앞에 단청이 화려한 두 개의 비각은 정여창 선생의 신도 비각이고 의병을 일으켜 무신란의 평정에 공을 세운 아홉 분의 하동 정씨 9충비각이 충의절의의 뒤끝을 일러준다.

비각 앞에서 다섯 시 방향으로 난 시멘트 길을 따라 좁다란 골짜기를 1㎞가량 오르면, 세월의 무게를 고스란히 짊어진 석조여래좌상이 좌정하고 계신다. 경상남도 유형문화재 제33호이다. 땅에 묻힌 하반신을 빼고도 상반신의 높이가 2미터 80센티의 거대한 석좌불이다. 통일 신라 때 번창했다는 승안사의 기록으로 보아 온갖 전란과 만고 풍상에 오른쪽 팔이 떨어져 나갔으나 선이 굵고 자태가 근엄하다. 합장의 예를 갖추니 세월의 무게가 어깨를 짓누르고 불심과 신심이 뒤죽박죽으로 머리를 헝큰다. 자비 발심이야 불계의 자비 발심이야 한결같은데 신심(信心)은 어쩌지도 이렇게 영악한가? 대궐 같은 절집에는 재가불자 신도들이 사시사철 북적거리는데 천년 고불은 잊은 지가 오래다. 발길은 흔적은 어디에도 없다. 석불의 세간살이가 촛대 하나에 향로 하나가 전부이다.

천여 년을 살아온 살림살이가 향로와 촛대 하나가 전부란 말입니까? 그리도 융통성이 없어서야 앞으로의 천 년은 또 어떻게 사시렵니까? 어쩌실 요량으로 사시마지 땟거리도 마련하지 못하고 폐허의 옛터에 홀로 남아 한결같은 자비의 미소만을 짓고 계십니까? 정말 배알도 없는 게 맞는 말이십니까? "바람막이야 없을망정 찬이슬 가리고 비 가림 한 것도 신심이 아니냐? 이만하면 족하다네." 어이없고 기막혀서 예 예 하고 꾸벅꾸벅 절을 하고 발길을 돌렸다.

작은 개울을 건너 맞은편 석탑 앞에 섰다. 옥개석의 귀가 더러는 떨어져 나갔어도 범상치 않은 석탑이다. 사면에 양각된 부처와 보살 그리고 비천상의 돋을새김이 두텁고 또렷하며, 탑신의 높이가 4미터를 훨씬 넘는데도 균형 잡힌 장엄한 조형미가 어루만지고 싶을 만큼 멋스러운 3층 석탑으로 고려 시대에 조성됐다는 보물 제294호란다.

석불 앞에서 생 앓이 한 속을 달라며 탑돌이 세 바퀴로 예를 갖추고 대가람의 옛 세월을 더듬어 본다.

74

경남의 폐사지

(5) 강남사지

운명이 기구한가? 팔자가 사나운가? 널따란 들녘에 등 붙이고 살아가면 비옥한 토지에 물길까지 좋아서 흉년을 모르고 배곯지는 않겠지 하는데 땟거리조차 없으니 이 무슨 팔자인가? 나무아미타불!

그 팔자도 애 터질 노릇이지만 산중에 살아도 별수 없는 팔자도 있다.

조붓한 골짜기에 다랑논에 쟁기 꽂고 비탈밭 한 뙈기면 그렁저렁 입에 풀칠은 할 것 같고, 뒷산에 등 기대고 앞산에 코를 박고 좌우 산에 빨랫줄 치고 살면 그럭저럭 끼니는 이을 것 같고, 푸지게 군불 때어 등 따습게 살겠거니 했는데 밥그릇 하나 없고 솥단지도 없는 것으로 보아 입에 풀칠은커녕 피죽도 한 그릇 못 먹은 것이 안 보아도 훤하고, 쭉쭉 뻗은 낙락장송 울울창창 빼곡한데 막대기로 지어도 비 가림은 하겠는데 기어들고 기어 날 움막조차 없으니 등 따습고 배부르기는커녕 흥부가 울고 가고 펭귄도 얼어 죽을 판이니 이 무슨 팔자인가? 관세음보살.

딸내미가 여고 시절에 쓰던 보온 도시락을 찾아 '맛있는 밥이 완성

되었습니다. 밥을 잘 저어주세요.'하는 사이비 우렁각시 압력밥솥의 맹랑한 아가씨의 멘트를 듣고 집사람에게 들이밀었더니 뭐할 거냐고 눈이 동그래진다. "뭐 하긴, 나가볼까 하고." 역마살 지핀 백수 9단의 속을 잘 알고 있으면서 도시락을 내미니까 웬일인가 싶은 모양이다. "부처님이랑 나눠 먹으려고.", "눈치가 있으면 절에서도 젓국을 얻어 먹는다는데 공양도 한 그릇 못 얻어 드셔?", "부처님도 굶고 있어.", "뭔 소린지, 나 원."하면서 챙겨주는 대로 주섬주섬 배낭에 넣고 밥숟가락을 놓기가 무섭게 집을 나섰다.

35번 고속도로 지곡 나들목을 나와 24번 도로를 따라 칠팔 분 거리의 안의 교차로에서 다시 3번 국도를 타고 10킬로미터 남짓한 거리의 마리면 삼거리에 닿았다. 마리 삼거리에서 직진하면 거창 방향이라서 좌회전을 하여 37번 도로로 접어들었다. 장풍 삼거리의 갈림길에서 곧장 직진하면 무주 구천동으로 가는 길이라서 수승대로 가는 길인 왼쪽 길로 들어서니 이내 위천면 소재지이다.

위천우체국을 지나자 보물 제530호인 '가섭암지 삼존석불'과 '강남사 터 석조여래입상'을 알리는 황토색 안내판이 고맙게도 길마중을 나와 있어서 안내에 따라 좌회전을 했다.

마을을 벗어나서야 위천 들녘이 꽤 넓다는 것을 알았다. 가을걷이가 한참 전에 끝난 황량한 들녘은 사방으로 3~4킬로미터는 족히 됨직한데, 멀리 산기슭마다 옹기옹기 촌락을 이뤄 정겨움이 가득하고, 들녘 가운데로 모닥모닥 눌러앉은 마을들도 고만고만하게 옹골찬 풍요를 끌어안고 조용하기만 하다.

띄엄띄엄 서넛 마을을 지나자 '석조여래입상'을 알리는 안내판이 강남 마을 표지석 앞에 다소곳하게 나와 섰다. 마을보다 훨씬 낮게 내려앉은 들판 가운데에 강남사라는 절이 있었던 모양이다.

작은 주차장이 말끔하게 마련돼 있다. 사방이 막힘 없이 널따랗고 평평하다. 대궐 같은 절집이 있었을 것 같은데 축대도 흔적 없고 주춧돌도 간곳없다. 세월의 뒤끝이 허망하기 그지없다. 그나마 골기와 맞배지붕에 단청이 선명하고 빨간 기둥 사이로 홍살을 둘러쳐서 멀리서 보아서는 커다란 비각같이 보였는데 석조여래불입상의 비 가림을 하는 불당이었다.

발끝에서 천정까지의 엄청난 크기의 광배를 등에 붙이고 도드라지게 양각된 불상은 천년 세월의 풍상에 닳고 닳았건만 자비로운 표정만은 윤곽만으로도 확연하고, 어깨를 감싸고 발끝까지 드리워진 옷자락의 주름은 물결이 여울지듯이 하늘거리며 흘러내리는 것만 같다. 더구나 불상과 광배가 하나의 돌인데도 광배의 가장자리 두께는 한 뼘이 채 되지도 않게 연꽃잎같이 날렵하고 높이가 365센티에 너비 130센티로 웅장하면서도 섬세하고 정교하여 우아하고 장엄하다. 손의 모양은 많이 훼손되었으나 오른손은 중생의 두려움을 덜어주는 시무외인을, 왼손은 중생의 소원을 들어주는 여원인을 표현한 것이라 하여 합장을 하고 고개를 숙였으나 얼른 소원이 생각나지 않아서 꾸벅꾸벅 절만 하다 아차 하고 배낭 속의 과자 봉지와 향을 꺼냈다.

사시마지 공양은 기억에도 없는 듯이 등에 붙은 줄인 배를 법의로 가리고도 미소만 지으시니 기가 찰 노릇이다. 라이타가 없어 마른 향을 향로에 꽂아놓고 멀리 금원산을 바라본다. 범종 소리 어디가고 풍경 소리 예불 소리 목탁 소리 흔적 없어 정적만이 내려앉은 옛세월이 허망하다.

돌아보기를 거듭하며 두 손 모아 절을 하고 발길을 돌려 가섭암지를 찾아 차를 몰았다. 사실 이번 길에는 안 들리려고 했는데 엎드리면 코 닿을 곳이고 예까지 와서 보니까 마음이 바뀌었다. "가섭암지 마애삼존불이시여! 삐지지 마십시오. 가고 있는 중입니다." 하고 금방 문바위 앞에 섰다. 우리나라에서 단일 바위로는 제일 크다. 럭비공처럼 생겼는데 동산만 하다. 왜 문(門)바위이라고 하는지 다들 잘모르고 있다. 서너 번은 다녀야 깨달음이 온다. 가섭암으로 들어가는 석문이라서 합장하고 절을 했다. 참으로 절을 헤프게 한다고 할지 모르지만, 어느 절을 가든 가기만 하면 시줏돈 내놓으면서도 옆 사람눈치까지 보아야 하는데 공짜로 하는 절인데 이럴 때 실컷 하면 돈안들어서 좋기만 하다.

문바위를 지나면 웅장한 바위들이 서로를 기댄 채로 무덕 무덕 모여서 내려다보고 있다. 돌계단은 바위틈 사이로 또 한 번 굽어지며점점 가팔라지고 폭도 좁아져서 어깨가 양쪽으로 바위를 비빈다.

착각이 아니고서야 극락으로 인도될 주제가 아니지만 이러다 돌아나올 수도 없는 극락으로 잘못 가는 것은 아닐까 하는데 평평하고 널따란 바닥을 마련한 바위굴로 들어선다.

향 내음이 그윽하다. 웅장한 바위가 'ㅅ'자 모양으로 서로 기댄 석굴이다. 족히 예닐곱 평은 됨직하고 천정은 비스듬하게 한쪽으로 높이 솟았다. 촛불을 밝히고 향이 타는 얄팍한 돌판 위로, 바위의 한 면 전체를 보주형으로 파서 광배를 만들고 그 위에 도드라지게 새긴 삼존입상불은 선이 곱고 부드러워 근엄하고 자애롭다. 흠 자국 하나 없이 완전한 모습으로 천년 세월을 마다않고 중생제도만을 위하여 오로지 자비에만 몰입하신 보물 제530호인 '가섭암지 마애삼존불'이시다. 가섭암의 옛터는 다랑논 같이 층층을 이룬 조붓한 암자였나보다.

되돌아서 위천으로 다시 나왔다. 뒤쫓는 사람이 없으면 강동마을을 빠트리고 지나서는 안 된다.

솟을대문을 나란히 한 고택으로 들어섰다. 동계 정온 선생의 종택과 담장을 사이에 둔 정온 선생의 후손 야옹 정기필 선생의 고택인 반구헌이다. 대궐같이 웅장하지도 않고 호화스럽지도 않은 사대부가의 옛 모습인 고택이지만 지나는 길이면 언제나 들러서 두 분 선생의 유훈을 되새기며 두고두고 돌아볼 교훈이 있어 성찰의 훈시를 듣는 것 같아 경배의 예를 갖추고 옷깃을 여미게 하는 고택이다.

'문강공동계정온지문'이라는 정려 홍패가 붙은 솟을대문을 들어서면 'ㄱ'자 형의 행랑채가 난간을 두른 일반적인 형태지만 누마루 위의 지붕이 눈썹지붕이라 하여 지붕이 2중으로 되어 있어 좀체 보기 드문 건축 양식이다. 위압감이 없이 소박하면서 절제된 선비의 근엄함이 권세의 위용이나 부귀영화의 호사를 삼가고 간결하고 반듯하여 옛 멋의 기품이 은은하게 배었다.

'충신당'이라는 편액이 붙은 마루청에 걸터앉으면 까마득한 시간 속으로 빨려 들어간다.

"영창대군도 죽이고 인목대비까지 폐출한다면 이런 패륜을 저지르고 죽어서 종묘의 선왕들을 무슨 낯으로 볼 것이냐고 극언의 상소를 하셨으니 이는 광해군과 정면으로 맞선 것이 아니옵니까? 멸문지화가 불을 보듯 빤 한데 정녕 어쩌실 요량이셨습니까?" 이미 모리(某里)로 가버리신 선생의 답은 없고 문 위에 붙은 '충신당'이라는 당호의 현판이 추사 김정희 선생을 떠올리게 한다.

200년 세월이 흐른 후에 동계 선생의 10년 유배지인 제주도의 인접한 장소에서 9년간의 유배 끝에 풀려난 추사 선생께서, 귀향길을 수백 리나 돌아서 이곳까지 찾아와 쓰신 친필의 당호인데 원판은 박물관에 보존되고 복제품이지만 동계 선생의 충절과 학덕을 찬양한 추사 선생의 체취가 묻어나는 현판이다. 그뿐만 아니라 모와(某窩)라는 현판은 조선 왕조의 끝머리에 파란만장한 삶을 산 의친왕 이강 공이 찾아와 선생을 기리며 남긴 친필이다.

섬돌로 내려서서 고개를 숙여 경배의 예를 가름하고 담장을 사이에 둔 반구헌으로 발길을 옮겼다.

문간방이 딸린 솟을대문을 들어서면 난간을 두른 누마루에 정자방을 갖춘 5칸 팔작지붕의 꽤나 큼직한 기와집이지만 꾸밈이라고는 어디에도 없고 엄격하게 절제된 소박한 고택이다. 야옹 정기필 선생께서 영양 헌감을 지내고 고향으로 왔으나 거처조차 마련하지 못하여 이를 안타깝게 여긴 안의 현감의 도움으로 마련한 처소인데 스스로 뒤돌아보고 반성한다는 뜻으로 '반구헌'이란 당호를 붙였다니 녹봉까지도 구휼에 쓰며 청렴하고 청빈한 선생께서 무엇을 더 돌아보고 반성하신다는 것인가. 무슨 게이트니 무슨 리스트니 하며 수십, 수억

원을 희롱하는 오늘의 세태가 부끄럽고 민망하다. 안채를 복원하는 공사가 한창인데 안마당의 우물은 변함없는 수량으로 옛 주인을 기다리고 금원산 깊은 골엔 무덕무덕 안개가 피어오르니 성현들의 강림일까 천상으로 회귀일까. 사시마지 시각이 한참 지났으니 마음이 바빠진다. 서둘러 말목재를 향해 차를 몰았다.

야트막해도 제법 긴 산 고개다. '말목'이라 했으니 말의 목은 꽤 길다. 고개를 넘어서자 작은 주차장을 마련하고 보물 제1436호라며 농산리 석조여래불입상의 안내판이 섰다.

두어 때기의 다랑논 논두렁의 가장자리 끝으로 난 질퍽거리는 자드락 길을 따라 비스듬히 오르자 하늘 높이 치솟은 울창한 소나무 숲 속에 좁다랗게 초원을 깔고 하얗게 빛이 바랜 석불이 외롭게 홀로 섰다. 이목구비가 완전하고 법의의 치렁거리는 주름까지 선명한 여래불 입상이다.

불상은 광배까지 하나의 돌에 조각되었는데 굴곡의 사실적 표현이 섬세하여 빼어난 몸매에 생동감이 감돈다. 오른쪽 어깨 위의 광배가 조금 떨어져 나갔으나 통일 신라 시대에 조성되었다니 천 년을 넘긴 세월이건만 그나마 온전한 모습이어서 고맙고 감사할 따름이다. 절터의 흔적은 어디에도 없다. 절을 지을 만큼 넓은 터가 아니다. 작은 암자의 흔적도 없는 야산의 구릉지인 인적 없는 노천에 홀로 섰으니 무슨 사연이 있어서일까.

석불 앞의 손바닥만 한 자연석 돌판이 불단이다. 스테인리스의 향로 한 점과 다기 그릇 하나가 전부인 세간살이로 그나마 먼지와 때가 올라 사람이 다녀간 흔적조차 없다. 준비해 온 보온 도시락을 열어 나란히 놓았다. 잔디를 깔고 삼배의 예를 갖추는데 세월의 무상함이 가슴을 조여온다.

낙락장송 둘러쳐서 천공을 지붕 삼고
소나무 가지 끝에 달을 걸어 불 밝히고
범종 소리 예불 소리 솔바람이 대신해도
사시마지 김 오른 지 천 년이 지났는데
인적 없는 외진 곳에 어쩌자고 홀로 섰나.

75

경남의 폐사지

(6) 영암사지

경남의 폐사지 가운데 합천 황매산 남쪽의 모산재 아래에 있는 영암사지만큼 옛터가 잘 보존된 곳은 없다. 발굴에 의한 복원으로 말끔하게 단장이 되긴 했으나 석축의 축성 기법이 예사롭지 않다. 석축이 무너지지 않게 귓돌을 포갠 기법이며 물려져 나오지 않게 거물돌을 중간중간에 끼워서 쌓은 것은 마치 불국사의 청운교와 백운교의 좌우 석축을 연상하게 하며 물 빠짐을 위한 홈통 돌이 중간중간에 끼어 있어 천년 세월을 견뎌온 기법인가 싶다.

봄이면 길 따라서 줄을 지어 만개한 벚꽃의 현란함에 설레고 들뜬 마음도 영암사지에 들어서면 세월의 무게 앞에 엄숙해지고 불볕더위에 심신이 해이해진 여름에도 옷깃을 여미게 하며 가을 겨울이면 살아온 옛 세월을 돌아보게 하는 숙연함에 빠진다.

마음이 심란하거나 울적해져서 준비 없이 찾아가도 헝클어진 상념을 가지런하게 톺아주고 포근하게 감싸준다.

합천군 가회면 소재지에서 영암사지와 모산재의 표지판을 따라 가회 중학교 앞을 지나 작은 고갯길을 넘어서면 마주하는 산세가 갑자기 별천지로 변한다. 야트막하고 두루뭉술한 지금까지의 산과는 달리 깎아지른 절벽이 하늘의 끝을 병풍처럼 막아서며 기암괴석들은 검푸른 소나무를 듬성듬성 깃발처럼 곧추세우고 결전장을 향한 출정식이라도 하는 듯이 위풍당당하게 결의에 찬 모습으로 빼곡하게 늘어섰다.

60번 도로를 따라서 대기마을 앞을 지나 꼬부장한 고갯길을 돌아서 올라 모산재 주차장에 차를 세우고 모산재를 바라보고 "전체 차렷!" 하고 구령이라도 냅다 지르면 지축을 뒤흔드는 군장 소리를 내면서 일사불란하게 부동자세를 취할 것만 같다.

금강산의 만물상을 옮겨온 것일까. 만폭동을 그린 열두 폭의 병풍을 펼친 것일까. 회색빛의 기기묘묘한 형상의 바위들이 몸집의 굵기와 높이가 다를 뿐 하나같이 하늘을 향하여 꼿꼿하게 서 있는 모양새가 임진란의 승병들이 창검을 들고 도열한 것 같기도 한데 수직의 석벽이 아기자기한 형상으로 장관을 이루어 비경이요 절경인데 코앞에서 마주하면 웅장하고 장엄하여 위압감에 눌리면 기를 못펴는 초라한 행색이 되고 위풍당당 군령을 내리면 천하제일의 용장이 된다.

기세가 가당찮은 모산재의 발치를 따라 사지 입구에 들어서면 널따란 절터가 대가람이었을 짐작하게 한다.

절터 안쪽 깊숙이 단청이 화려한 영암사가 자리 잡고 있으나 근작의 절집이고 앞에 펼쳐진 드넓은 터가 옛 영암사가 자리했던 절터다. 곳곳의 석축 위로 사변형의 옛터에는 주춧돌이 고스란히 남아서 전각의 규모를 짐작하게 한다. 좁다랗게 줄을 지은 주춧돌은 회랑의 옛 터임을 말하고 있어 영암사의 규모가 대찰이었을 말하고 있다. 요즘도 회랑이 있는 사찰은 별로 없다. 영암사의 규모를 짐작하게 길손에게 일러준 노 비구니스님이 모산재 아래 영암사로 들어오는 중간에 있는 황룡사에 계셨다.

스물다섯의 서울 처녀가 계룡산 동학사에서 머리를 깎고 이곳 황룡사를 개창하여 평생을 상주하시다가 법랍 칠십에 입적하신 진승스님이 길손에게 일러준 얘기들이 많다. 일타스님께서 법명까지 개명해주시고 인법당인 온돌 방고래에 불이 잘 들지 않는다고 굴뚝까지 손수 헐어내고 고쳐 주시고 했던 아낌을 한껏 받으셨던 진승스님은 영암사의 구전을 일타스님게서 듣고 내게 일러준 옛 얘기들이 수두룩하다. 마을 끄트머리의 계곡에 뿌리를 박고 길바닥까지 솟아오른 단일바위로 꽤 큰 반구형의 다비장 바위하며 스님들의 안행을 따라 모산재의 바위들도 줄을 서서 걷는 모습으로 바뀐 이야기며, 영암사의 공양미 씻은 물이 기회천을 희뿌옇게 했을 정도로 대기마을 날머리에서부터 영암사 건물이 큰 고을을 이루었다고 했다.

긴긴 세월이 남긴 쌍사자 석등과 삼 층 석탑이 폐사지 중앙에 섰고 빗돌을 잃어버린 웅장한 귀부 두 기가 황매산 자락에서 머리를 곧추세우고 빗돌을 찾으려고 눈을 부라리고 웅크리고 있다.

고요가 적막이 되어 처량하고 적적한데 뭐니 뭐니 해도 영암사지의 별미는 별이 폭포수 같이 쏟아지는 달빛 푸른 밤이다.

스쳐 가는 바람 소리

초판 1쇄 인쇄 2023년 11월 20일
초판 1쇄 발행 2023년 11월 27일
지은이 윤위식

펴낸이 김양수
편집디자인 안은숙
교정 김현비

펴낸곳 도서출판 맑은샘
출판등록 제2012-000035
주소 경기도 고양시 일산서구 중앙로 1456(주엽동) 서현프라자 604호
전화 031) 906-5006
팩스 031) 906-5079
홈페이지 www.booksam.kr
블로그 http://blog.naver.com/okbook1234
이메일 okbook1234@naver.com

ISBN 979-11-5778-623-7 (03800)

* 이 책은 경상남도 (재)경남문화예술진흥원으로부터 출간비 지원을 받았습니다.